AF130630

Celia Fremlin

DER LANGE
SCHATTEN

Celia Fremlin

DER LANGE SCHATTEN

Roman

Aus dem Englischen
von Sabine Roth

Das bei der Produktion dieses Buches entstandene CO_2 wurde durch die Finanzierung von Klimaschutzprojekten kompensiert: climate-id.com/17531-2110-1001/de

Die englische Originalausgabe erschien 1975 unter dem Titel ›The Long Shadow‹ bei Gollancz, London.

1. Auflage 2024
© 2024 für die deutsche Ausgabe: DuMont Buchverlag, Köln
Alle Rechte vorbehalten
Übersetzung: Sabine Roth
Umschlaggestaltung: Lübbeke Naumann Thoben, Köln
Satz: Angelika Kudella, Köln
Gesetzt aus der Minion Pro
Druck und Verarbeitung: CPI books GmbH, Leck
Gedruckt auf säurefreiem und chlorfrei gebleichtem Papier
Printed in Germany
ISBN 978-3-8321-6848-3

www.dumont-buchverlag.de

1

»Nein, er ist vor zwei Monaten gestorben«, sagte sie, »ich bin Witwe«, und wappnete sich für das winzige Zurückschrecken in seinem Blick, diese Betretenheit, mit der sie alle reagierten. Was *sagt* man zu nicht mehr ganz jungen Witwen, die so ungehörig früh einer Einladung folgen? Worüber *redet* man mit ihnen? Ist das Wetter ein gefahrloses Thema? Die Lage der Nation?

Mich dürfen Sie nicht fragen!, hätte Imogen ihn am liebsten angeschrien, ich weiß doch auch nicht, was Sie zu mir sagen müssen oder ich zu Ihnen – ich weiß gar nichts. Das ist mein erstes Mal unter Leuten, seit Ivor gestorben ist, und ich bereue jetzt schon, dass ich gekommen bin, ich würde viel lieber daheimsitzen und vor mich hin leiden. Wie idiotisch von mir, mich von Myrtle beschwatzen zu lassen, ich hätte wissen müssen, wie es wird …

Wobei Myrtle natürlich keine Schuld traf. Sie hatte es nur gut gemeint.

»Das bringt dich auf andere Gedanken, Liebes«, hatte sie insistiert. »Ivor hätte schließlich auch nicht gewollt, dass du ewig um ihn trauerst.«

Den Teufel hätte er getan! Für Ivors gewaltiges, unverwüstliches Ego wäre *ewig* das Mindeste gewesen. Er hätte es nur angemessen gefunden, dass Imogen auf ewig um ihn trauerte, ihn auf ewig vermisste – und nicht nur sie: nein, Studenten, Kollegen, Nachbarn, sogar seine früheren Frauen und Geliebten, alle zusammen hätten sie sich die Haare raufen, ihre Gewänder zerreißen und sich wehklagend auf seinen Scheiterhaufen werfen sollen. So hätte es Ivor gefallen, gerade Myrtle musste das eigentlich wissen.

Aber sie sprach es natürlich nicht aus, so wie auch Imogen es nicht aussprach, und so hatte sie behauptet: »Nein, das hätte er nicht gewollt«, und sich darum zu sorgen begonnen, was sie anziehen sollte.

Denn vielleicht tat es ihr ja gut. Vielleicht half es ihr, sich ein paar Stunden lang wieder als ganzer Mensch zu fühlen und nicht als die zerbrochene Hälfte eines Paares.

Von wegen. Inzwischen, nach bald zwei Stunden, fühlte sie sich nicht nur halbiert, sondern so, als hätte man sie für einen Anatomiekurs der Länge nach entzweigesägt … all die offenen, blutigen Stümpfe zur Schau gestellt, während die Studenten in fasziniertem Grauen an ihr vorbeidefilierten.

Über den Rand ihres Glases blickte Imogen verstohlen auf ihren Gesprächspartner. Klein, bärtig, zehn Jahre jünger als sie (wie das dieser Tage fast alle Männer zu sein schienen), mit einer Hornbrille, hinter der sie deutlich die SOS-Signale blinken sah. Nicht mehr lange, dann würde Myrtle – aufmerksame Gastgeberin, die sie war – lächelnd herangeglitten kommen, um die nächste Rettungsaktion in die Wege zu leiten. Die nunmehr vierte.

Wie lange sollte das so weitergehen? Wie lange würde jeder, mit dem man sie bekannt machte, in gequältes Schweigen verfallen, hastig seine Eröffnungssätze hinunterschlucken, alle witzigen Anekdoten aus seinem Kopf verbannen? Wie lange würde sie, wo immer sie hinkam, eine Peinlichkeit und eine Zumutung sein?

Die Peinlichkeit. Wenn sie an diese grauenhaften letzten Wochen dachte, schien es ihr manchmal, als wäre die Peinlichkeit fast noch schwerer zu ertragen gewesen als der Schmerz, für den wenigstens Tränen ein Ventil waren.

Die gesenkten Stimmen. Das Gelächter, das erstarb, sobald sie näher kam. Die sorgsam gefilterten Gesprächsthemen, bereinigt von jeglichen Anspielungen auf Ehemänner, Beerdigungen, Autounfälle, Professuren, Liebe, Glück, Unglück, Männer, Frauen, Leben … Viel blieb nicht übrig.

Noch schlimmer war nur die schier endlose Prozession der Bekannten, die es – unfassbarerweise – noch immer nicht wussten und die sie gleich als Erstes mit der Nachricht niederknüppeln musste. Ihnen das Lächeln vom Gesicht wischen, die gut gelaunten Begrüßungsworte ihre Kehlen hinunterrammen wie mit einem Fausthieb mitten auf den Mund. Ob sie ihr von der anderen Straßenseite zuwinkten, sie vom Gartentor aus grüßten, zufällig aus Los Angeles anriefen, aus Aberdeen, aus Beckenham … Eine freundliche Stimme nach der anderen verstummte entsetzt, wenn Imogen mit ihrer Keule zuschlug. Tag für Tag, wieder und wieder; mitunter kam sie sich vor wie der Schwarze Tod, der über die Erde zog und eine Schneise der Verwüstung hinterließ.

So wie sie es jetzt im Kleinen auf Myrtles Feier tat, ein grinsender Totenschädel in einer Blase aus Dunkelheit, der seine schwarzen Knochenfinger nach allen ausstreckte, die ihm zu nahe kamen.

Hör auf damit, du Idiotin, sofort! Lächle ihn an. Sag irgendetwas. Völlig egal, was. Du bist hergekommen, oder etwa nicht? Du bist Myrtles Gast. Also streng dich ein bisschen an. Nimm dein Joch auf dich …

Ein schwereres Joch als bisher, das stand fest. Sie war jetzt der Albtraum einer jeden Gastgeberin: eine überzählige Frau. Und nicht nur das, sie amüsierte sich nicht einmal. Überzählige Frauen hatten sich zu amüsieren wie wild, das war ihre Pflicht und Schuldigkeit.

»Eine tolle Party, nicht wahr?«, schrie sie durch das Stimmengewirr – und biss sich gleich darauf auf die Zunge. Durften Witwen Partys »toll« finden? Würde dieser bärtige Mensch sie dafür verurteilen, würde er sie für herzlos halten?

Er schaute nur noch verschreckter drein, und so demütigend es auch war, Imogen atmete auf, als sie Myrtle herannahen sah, mit schaukelnden Diamantohrringen und fest ins Gesicht geschraubtem Lächeln.

»Liebste, du musst Terry kennenlernen«, drängte sie, während sie Imogen schon mit leichter, aber stählerner Hand von ihrem derzeitigen Opfer weg- und zum nächsten hinsteuerte. »Terry ist fixiert auf diesen Ulmenpilz, du weißt schon. Terry, das ist meine sehr liebe Freundin Imogen. Sie … sie …«

Sie ist Witwe, Punkt, aus. Mit steinerner Gleichmütigkeit sah Imogen Myrtles gesellschaftlichen Aplomb an der Aufgabe zerschellen, etwas über Imogen zu sagen, das sich an Witz mit dem Ulmenpilz messen konnte.

Sie gab auf.

»Terry – Imogen. Imogen – Terry« war das Äußerste, was

sie sich abringen konnte, bevor sie floh wie vom Schauplatz eines Verbrechens.

Diesmal war es der Beruf – »Arbeitet Ihr Mann auch an der Universität?« –, aber ebenso gut hätten es die Ferien sein können oder Fußball oder die Zubereitung von Cordon Bleu. Es schien kein Thema unter der Sonne zu geben, mochte es noch so unverfänglich daherkommen, das nicht innerhalb von zwei Minuten unter hässlichem Knirschen mit ihrer Witwenschaft kollidierte. Und diesmal war es peinigender denn je, denn dieser Terry war noch einmal jünger, als seine Vorgänger es gewesen waren – ein Doktorand, so vermutete Imogen, ganz am Anfang seiner Arbeit –, und dementsprechend schüchtern. So schüchtern sogar, und so unbeholfen, dass er bei der Nachricht von Imogens Verlust nicht nur zuckte, er verschüttete vor lauter Schreck seinen Wein. Sein Kopf auf dem langen, rot anlaufenden Hals ruckte nach hinten; der Wein schwappte auf seine Hose; als er sie abtupfen wollte, fand er sein Taschentuch nicht, und Imogen, die auszuhelfen versuchte, fand ihres auch nicht.

Ich muss hier weg, dachte sie, während sie mit abgewandtem Gesicht in ihrer Handtasche kramte, als würde sie immer noch suchen. Ich muss weg hier, ich halte es nicht aus, ich ertrage diese ganzen Leute nicht. Ivor wird fuchsteufelswild sein, er hasst es, früh zu gehen, aber …

Aber Ivor ist tot. Ivor kümmert es nicht, wann du heimgehst. Ihn wird nie wieder etwas kümmern. Du kannst gehen, so früh es dir passt.

Also geh. Geh jetzt sofort, ohne dich auch nur zu verabschieden, und pfeif auf sie alle.

9

Die stillen, baumbestandenen Straßen zwischen Myrtles Haus und dem von Imogen waren selbst um diese vergleichsweise frühe Zeit fast menschenleer. Die Nacht war mondlos, die Luft schwer und feucht, nirgends ein Laut. Imogens Füße in den schmalen Schuhen rutschten auf dem durchweichten Novemberlaub – rutschten und schlitterten auf dem nassen Asphalt, wie auch Ivors Wagen geschlittert sein musste, als er in jener Nacht auf der Landstraße heimwärts fuhr, etwas zu flott im Zweifel, eine kleine Kraftdemonstration für die wenigen Verkehrsteilnehmer, die um halb zwei Uhr früh noch unterwegs waren. Sollten sie staunen, was sein neuer Wagen draufhatte, was er selbst mit fast sechzig noch draufhatte! Er, der Professor auf dem Feuerstuhl, der unsterbliche Überflieger, Liebling des Zeus – so hatte es ihn ereilt.

Es war noch nicht einmal zehn Uhr, als Imogen heimkam, aber das Haus, schwarz aufragend vor dem sternenlosen Himmel, lag im Dunkeln.

Natürlich lag es im Dunkeln. Wenn man kein Licht anknipst, bevor man nachmittags aus dem Haus geht, dann brennt auch keins, wenn man spät abends zurückkommt.

Doch so war es nicht immer gewesen. Noch vor Kurzem waren hier die Lichter so selbstverständlich erstrahlt, wie das Gras wuchs. Ivor schaltete nie irgendwo das Licht aus, er verabscheute solche Knauserei, und so hätte jetzt, zehn Uhr abends, zu seinen Lebzeiten jedes Fenster hell geleuchtet, das große Haus funkelnd wie ein Ozeanriese, der durch den Nachthimmel pflügt, mit Ivor am Ruder.

Imogen fröstelte. Als sie das Gartentor aufstieß, ging von den überhängenden Büschen ein kleiner Tropfenschauer auf ihr Haar und die Schultern nieder. In der Dunkelheit des Vordachs tastete sie nach ihrem Schlüssel, fand ihn, steckte ihn ins Schloss. Dann stählte sie sich, wie ein Schwimmer, bevor er ins eisige Wasser steigt, drückte die Tür auf und ging hinein.

Sie waren jetzt alle weg: die Verwandten, die Anwälte, die Nachbarn, die Freunde der Familie. Nicht einmal ihre Stieftochter Dot aus Ivors erster Ehe war mehr da; sie war heute Morgen abgereist. Richtig abgereist, hieß das, nachdem sie acht Wochen lang zwischen ihrem Haus und dem von Imogen gependelt war, gefangen in einem beglückenden Wirbel widerstreitender Pflichten. Dot liebte Pflichten, sie gaben ihr ein Gefühl der Sicherheit und Unentbehrlichkeit, und widerstreitende Pflichten waren die besten von allen, denn sie erhoben sie geradewegs in den Stand der geistlich Reichen, machten aus ihr eine Magnatin der Begehrtheit, von allen gebraucht und vermisst. Selbst Herbert, ihr Mann, begann sie zu vermissen, wenn sie so lange fortblieb, dass das Haus sichtbar verlotterte und ihre kleinen Söhne Vernon und Timmie keine sauberen Kleider mehr für die Schule hatten. »Wann kommst du zurück, Dot?«, drängte er widerstrebend; doch kaum war sie einen Tag oder zwei daheim und die Familie nahm sie wieder als gegeben hin, fiel ihr ein, wie unersetzlich sie doch für ihre Stiefmutter war, welch unverzichtbare Hilfe bei der Sichtung der väterlichen Habe.

»*Das* kenne ich noch, das gehörte Mutter«, raunte sie mit andächtigem Unterton, während sie adleräugig durch die Räume ging und bald auf dies herabstieß, bald auf jenes. Oder: »Die hat ihm Tante Bertha geschenkt, sie hätte ganz sicher gewollt, dass sie auf unserer Seite der Familie bleiben.«

»Sollte Robin nicht auch gefragt werden?« war Imogens

einziger Einwand gegen Dots sehr schlichtes Prinzip der Aufteilung gewesen, und Dot hatte mit einiger Strenge erwidert, wenn ihr kleiner Bruder mitreden wolle, dann solle er sich gelegentlich blicken lassen und helfen, statt unmittelbar nach der Beerdigung abzuhauen und nicht einmal eine Karte zu schicken.

Auch wieder wahr. Aber so war Robin eben; es überraschte sie kein bisschen, dass er sich rarmachte. Wobei sie auch Dot ab jetzt deutlich seltener sehen würde – die mehr als sechzig Meilen von London bis hierher waren doch eine weite Strecke, nun, da keine echte Not mehr am Mann war. Die Nachbarsbesuche wurden ebenfalls spärlicher; sie waren großartig gewesen, ausnahmslos, alle hatten sie anfangs angerufen oder waren gekommen, um zu fragen, ob sie irgendetwas tun könnten. Während dieser ersten Tage war die Hilfsbereitschaft über das Haus hereingebrochen wie ein Tornado, aber jetzt flaute der Wind langsam ab; das Auge des Mitleidssturms war weitergezogen, fort von diesem Haus, zu anderen Unglücksstätten. Selbst Edith Hartman von nebenan kam nicht mehr ganz so oft mit Tassen lauwarmer Brühe und aufbauenden Geschichten über Leute, die kürzlich an Krebs verstorben waren.

Heute würde Imogen zum ersten Mal ganz und gar allein sein. Eine volle Minute stand sie, nachdem sie die Haustür hinter sich geschlossen hatte, reglos in der pechschwarzen Stille und wartete darauf, dass die Einsamkeit über ihr zusammenschlug. Wie wenn man sich den Zeh an einem Stein gestoßen hat und darauf wartet, dass der Schmerz einsetzt.

Sie empfand nichts als eine überwältigende Dankbarkeit. Endlich Ruhe! Die Stimmen, das Gepäck, der Wirrwarr des Kommens und Gehens; die Tränen, die Mahlzeiten, die Streitereien – all das war vorbei. Jetzt hatte sie endlich, wonach sie sich so lange schon sehnte: Stille, Einsamkeit und Frieden.

Und Ivor. Es war wieder Platz für Ivor, nun, da alle anderen weg waren. Nachdem sie den Mantel ausgezogen und ihre kippeligen Ausgehschuhe gegen weiche Pantoffeln vertauscht hatte, ging sie durch das leere Haus und versuchte, seiner wieder habhaft zu werden. Raum für Raum wanderte sie ab und betrachtete Gegenstand um Gegenstand, berührte seine Bücher, seinen Schreibtisch, seinen großen Ledersessel, roch an dem schweren bronzenen Aschenbecher, in dem noch die Aschereste seiner Pfeife klebten: kalt wie seine eigene Asche und fast exakt gleich alt wie sie. Und während sie über die Teppiche tappte, über die schweren, exotischen Läufer, die er wie Kriegsbeute aus allen Teilen der Welt mit heimgebracht hatte, kam es ihr vor, als wäre sie selbst es, die tot war: ein Geist, der an die Orte von früher zurückkehrte. Ihre Füße erzeugten kaum mehr an Geräusch als die Herbstblätter draußen.

Die Küche, sauber und blitzend, wie Dot sie am Morgen hinterlassen hatte. Das Wohnzimmer, schon jetzt museal anmutend nach all den Wochen des Nichtgebrauchs, der gedämpften Stimmen und feierlichen Beratungen. Das Esszimmer, nicht länger der Schauplatz von Candle-Light-Dinners für Ivors bedeutende Freunde, sondern eine Art Hauptverwaltung für die geschäftliche Seite der Trauer. Auf dem langen Refektoriumstisch türmten sich die Beileidsschreiben, die sie aus aller Welt erreicht hatten.

Wie Ivor es genossen hätte, tot zu sein! Welch ein Jammer, dass er das alles verpasste! Er hätte geschwelgt in der Flut von Briefen, die mehrmals täglich zu Dutzenden eingegangen waren, jeder einzelne ein Tribut an seine Person. Imogen sah ihn vor sich, wie er sie in dicken Packen von der Fußmatte aufgeklaubt hätte, Gleichgültigkeit heuchelnd. »Die schau ich später durch«, hätte er gewollt beiläufig gesagt, um dann, verstohlen wie ein Alkoholiker, mit ihnen im Arbeitszimmer zu verschwinden. Und dort, hinter verschlossener Tür, hätte er sich auf sie gestürzt, mit leuchtenden Augen; gar nicht schnell genug hätte er sie aufreißen können …

»… ein Freund, wie ich ihn mit Sicherheit kein zweites Mal finden werde …«

»… ein großer Gelehrter und doch von beispielhafter Demut …«

»… Sein Mut ist es, den ich immer in Erinnerung behalten werde, sein Mut und seine Lebensfreude. Dieser unvergessliche Abend damals – es dämmerte schon, und die Kamele trafen und trafen nicht ein …«

»Der beste Dozent, den wir jemals hatten, und der großherzigste aller Menschen. Sein Einsatz für seine Studenten war unermüdlich … Inspiration für die Begabten … ein Quell der Kraft für die Schwachen … ein brillanter Gelehrter und ein brillanter Lehrer … ein loyaler und allseits beliebter Kollege …«

»… Nie werde ich vergessen, wie gütig er an diesem Tag zu mir wahr … ich, die schüchterne, unbedeutende Studienanfängerin, und er, schon damals auf seinem Gebiet weltberühmt … Er sagte nicht viel, saß nur da, die Pfeife im Mund, und ließ mich reden … aber es war genau das, was ich brauchte …«

Langsam faltete Imogen den letzten Brief wieder zusammen und legte ihn auf den Stapel zurück. Das also war Ivors Denkmal: goldene Erinnerungen in Tausenden von Herzen, Loblieder aus allen Teilen der Erde. Das war es, was von ihm übrig blieb.

Und irgendwo unter alledem, tiefer vergraben, als das tiefste Grab es vermochte, lag der echte Ivor.

Ein Gefühl so absoluten, unwiederbringlichen Verlusts übermannte sie, dass sie den Kopf auf die verstreuten Papiere legte und ihren Tränen freien Lauf ließ.

»O Gott«, murmelte sie – und näher an einem Gebet war wohl nichts, was Imogen jemals geäußert hatte –, »bitte, lieber Gott, lass mich nie vergessen, was für ein Ekel er sein konnte.«

2

Die große Standuhr, die Mitternacht schlug, rüttelte sie auf.

Sie sollte diese Briefe beantworten, statt sie nass zu weinen. In zwei ganzen Monaten hatten sie und Dot es gerade mal geschafft, ein Drittel abzuarbeiten, und es kamen immer noch neue dazu.

»Zehn pro Tag«, hatte Dot vorgeschlagen, auf diese schwerfällige, humorlose Art, die ihren Mann schon seit Jahren zu Überstunden trieb. »Wenn wir beide jeden Tag zehn schreiben, Imogen, dann sind wir in – warte mal, zwanzig am Tag sind hundertvierzig die Woche – in einem Monat durch. Ein bisschen über einem Monat.«

Nur bekamen sie schon sehr bald das Gefühl, dass fünf am Tag ein realistischeres Ziel sein könnte … dann drei … dann zwei; und an diesem Punkt waren die rechnerischen Aussichten so deprimierend geworden – das Projekt, so schien es, würde sie beide den Großteil ihrer verbleibenden Lebenszeit kosten –, dass Dot entschieden hatte: Ein System musste her. Darum die Eingangskörbe, die Pappkartons und die Zettel, auf denen Dinge standen wie »Zu beantworten vor dem 7. Dezember«, »Freunde, aktuell«, »Freunde, divers«, »Verlage etc., außer Charlie« und »Die australische Truppe«. Imogen fand die Klassifikationskriterien nicht ganz durchschaubar, aber sie sah ein, dass eine solche Aufteilung leichter war, als die Briefe tatsächlich zu schreiben.

Letztlich entledigte man sich einer Aufgabe natürlich nur auf eine Weise, nämlich indem man sie anging, aber mit dieser Logik drang man zu Dot nicht durch. Sie komme nach ihrer Mutter, hatte Ivor oft gesagt, womit er recht gehabt haben konnte oder auch nicht. In all den Jahren hatte Imogen diese früheste ihrer Vorgängerinnen nie kennengelernt, darum konnte sie solch elterliche Schuldzuweisungen schwer einschätzen.

Sie wischte sich die Augen, die sich geschwollen und wund anfühlten, und griff blindlings nach dem obersten Brief auf dem nächstliegenden Stapel. »Immer von der Platte nehmen, die dir am nächsten steht«, pflegten sie einem als Kind am Teetisch zu sagen, ein sehr brauchbarer Rat. Egal, was für ein Brief dieser oberste war, wichtig oder unwichtig, leicht oder schwierig, dringend oder nicht, sie würde ihn beantworten, schlicht und einfach beantworten, jetzt sofort. Und damit der furchtbaren Entscheidung, wo sie beginnen sollte, enthoben sein.

O nein, ausgerechnet! Tja, Imogen, recht geschieht dir, wenn du die Wahl dem Schicksal überlässt. Gerade du, als Frau eines Altphilologen! All diese griechischen Tragödien – wer sollte besser wissen als du, was dem Schicksal alles einfallen kann, wenn die Götter nicht länger auf deiner Seite sind?

Witwe eines Altphilologen, verbesserte sie sich und fing zu lesen an. Ein zweites und dann ein drittes Mal las sie die fünf eng beschriebenen Seiten durch und starrte danach fast eine Minute lang auf die schweren Samtvorhänge, die die Nacht hinter den großen Fenstern aussperrten.

Schließlich zog sie die Schreibunterlage zu sich und griff nach ihrem Füller.

»Liebe Cynthia« – oder schrieb sie besser »Liebe Mrs Barnicott«? Wie spricht man die Ex-Frau – zweite Ex-Frau – seines Ehemanns an, die einen in dreizehn Jahren kaum eines Wortes gewürdigt hat? Imogen durchblätterte die dünnen Seiten des Luftpostpapiers nach irgendeinem Hinweis darauf, welche Regel hier griff, aber sie fand nichts.

»*Ach, meine Liebe*«, so begann der Brief. »Ach, meine Liebe, Worte vermögen nicht auszudrücken, was …«

Ein guter Grund, hätte man meinen sollen, nicht gar so viele zu verwenden. Fünf *Seiten*!

Sei's drum, los geht's …

Sie hatte ihren Brief kurz halten wollen: kurz und würdevoll, in möglichst markantem Gegensatz zu Cynthias weitschweifigen Übertreibungen. Aber hier war sie nun, bereits auf der dritten Seite, und noch immer waren die eigentlichen Punkte nicht angesprochen – oder umschifft.

»Nein, natürlich finde ich es nicht seltsam, dass Sie ihn immer noch lieben«, schrieb sie, »und ich bin überzeugt, tief in seinem Herzen wusste er das …«

Natürlich hatte er es gewusst, der alte Schlawiner. Es gewusst und sich darin gesonnt, so wie er sich in jedermanns Liebe sonnte, zu jeglicher Zeit. Nur Mühe durfte es ihm keine machen, und bei Ex-Frauen gab es noch dazu die Geldfrage, die den nostalgischen Glorienschein, mit dem er sie sonst gern umgeben hätte, eine Spur trübte.

»… Wie Sie sagen, eine Entscheidung hinsichtlich der Fortführung der Unterhaltszahlungen an Sie muss getroffen werden«, schrieb Imogen hastig, als würde sich die Angelegenheit in nichts auflösen, wenn sie die Worte nur rasch genug zu Papier brachte: »… Ich bin mir sicher, der Nachlassverwalter nimmt sich der Sache an, und Sie werden recht bald von ihm hören …«

Recht bald, Pustekuchen! Es wird sich Monate hinziehen, das tun diese Geldangelegenheiten immer, wie du, liebe Cynthia, besser wissen solltest als irgendjemand sonst. Wie viele Jahre hat es gedauert, bis du deine Unterhaltsansprüche gegen Ivor endlich durchgesetzt hattest? Fünf Jahre? Sieben? Fast die Hälfte *meiner* Ehe mit ihm auf alle Fälle. Wenn du wüsstest, wie er über dich hergezogen ist, meine Liebe, beim Frühstück, denn das war die Zeit, zu der deine nörgelnden Briefe in aller Regel eintrafen. Während die schönen krossen Speckstreifen, die ich ihm gebraten hatte, auf seinem Teller erstarrten und das perfekt gelungene Spiegelei kalt und ledrig wurde … Und jetzt hast du die Stirn, mir einen Kondolenzbrief zu schreiben.

Egal. Weiter im Text.

»… So sehr ich Ihre Empfindungen nachfühlen kann, glaube ich doch, dass nichts gewonnen wäre, wenn Sie zum jetzigen Zeitpunkt nach England kämen (Umbringen würde ich sie!), und so schön und ergreifend ich Ihre Vorstellung finde, Ivor hätte gewollt, dass wir gemeinsam um ihn trauern …«

O ja, es wäre genau das, was Ivor gewollt hätte: seine Frau und seine Ex-Frau in trautem Beisammensein, bitterlich weinend über sein Ableben. Vielleicht würde ja auch Nummer eins gern dazukommen, aus ihrer Trinkerheilanstalt Gott weiß wo, sodass sie ein Dreigespann bilden konnten?

Also gut, Ivor hätte es gefallen. Nur ist Ivor leider nicht mehr da, liebe Cynthia. Was jetzt zählt, ist, ob *mir* etwas gefällt oder nicht. Ich bin diejenige, die dich am Flughafen abholen müsste, dein Bett beziehen, dich fragen, ob du eine Wärmflasche möchtest, einen Kakao, Cornflakes … Und am zweiten Tag würdest du immer noch da sein, und ich müsste mit dir reden, dir die Marmelade reichen, mir überlegen, was zum Teufel ich mit dir anfangen soll. Denn du würdest natürlich wochenlang bleiben wollen, nachdem du einmal den weiten Weg von den Bermudas auf dich genommen hättest, 400 Pfund hin und zurück, nicht wahr?

Ich hasse dich nicht, meine Liebe, keineswegs, ich will mich nur nicht mit dir herumschlagen müssen. Genau wie Ivor.

Genau wie Ivor. Wie hätten Ivor die maliziösen Gedanken gefreut, die ihr beim Abfassen ihres korrekten, schicklichen Briefs durch den Kopf gingen. Im Geist hörte sie sein leises, kehliges Lachen, während er ihr über die Schulter sah und las, was sie geschrieben hatte. Hörte seine klangvolle, spöttische Stimme, mit der er sie zu schändlichen Postskripten und Zusätzen anstiftete.

»Schick ihr viele Küsse von mir«, hätte er etwa gesagt, in dem ganz eigenen süffisanten Ton, der den Bemerkungen über seine Ex-Frauen vorbehalten war, »sie weiß ja nicht, dass das ›X‹ im Altakkadischen das Ideogramm für ›hau ab‹ ist. Schau, so – ein stolpernder Mann, der über die Schwelle geschubst wird …«

Wie hätten sie miteinander darüber gelacht, sie und Ivor – vielleicht sogar tatsächlich die Reihe von Kreuzchen ans Ende des Briefes gesetzt, kichernd wie zwei Schulkinder. Über seine Ex-Frauen zu spotten war ein Lieblingszeitvertreib von Ivor und Imogen, sie brillierten darin – wie eines dieser perfekt aufeinander eingespielten Tänzerpaare, so kam es ihr immer vor. Irgendwie schuf es eine große Nähe zwischen ihnen beiden.

Nie wieder. Nie wieder würde sie mit jemandem so witzig

und boshaft sein können wie mit Ivor. Witzig, ruchlos, sich biegend vor herzlosem Gelächter, skrupellos vor Liebe …

Herrgott, jetzt weinte sie schon wieder! Sie war die ständigen Tränen so leid, und nun flossen sie von Neuem, tropften unkontrolliert auf ihren Brief hinab, sodass er fleckig wurde, mitleiderregend.

Hör auf, du Idiotin, hör sofort auf!

Mitleiderregend, o ja. Ein Jammer, dass Cynthia sie nicht sehen konnte, das wäre ein Anblick so recht nach ihrem klischeeverliebten kleinen Herzen gewesen: die arme, einsame Witwe, die tiefnachts in ihrem leeren Haus sitzt und den Albernheiten nachweint, die von nun an nie mehr jemand komisch finden wird.

Es mochte eine halbe Stunde später sein, irgendwann zwischen eins und zwei, als plötzlich das Telefon klingelte, und im ersten Moment bildete sich Imogen in einer Umnachtung, die halb dem Kummer geschuldet war, halb dem Schlaf, ein, dass schon Morgen sei – dass sie verschlafen hatte und ihr der Tag schon davonzog mit seiner Geschäftigkeit, seinem Lärm: Türklingeln, Telefonen, Wäschereiangestellten, Nachbarn. Sie wollte aus dem Bett springen – und merkte da erst, dass sie gar nicht im Bett lag, ja dass sie die ganze letzte Nacht nicht ins Bett gekommen war … Himmel, nein, es *war* ja noch letzte Nacht!

Sie war aufgeblieben, um Briefe schreiben … Das war es. Der unvollendete Brief an Cynthia lag noch vor ihr auf dem Tisch.

Klingeling … Klingeling … Wer konnte es sein, der um diese Zeit anrief? Und mit was für einer Nachricht? Imogen empfand nichts von der Unruhe, die ein normaler Mensch verspürt hätte. Sie fühlte sich durch ihre Trauer gefeit gegen jedweden weiteren Kummer, und so hob sie den Hörer ohne das leiseste Angstbeben ab – ja, fast ohne ein Flackern der Neugier. Hätte man ihr mitgeteilt: »Ihre Schwester in Australien ist tot« oder »Ihre Stieftochter Dot ist tot« oder »Ihr Stiefsohn Robin« oder eines der Enkelkinder – sie hätte lediglich gesagt: »Ja, ich weiß.«

Aber nichts von alledem zu hören – das warf sie aus der Bahn. Sie hatte Mühe, sich zu konzentrieren. »Mrs Barnicott?«, sagte die Stimme mehrmals. »Hier spricht doch Mrs Barnicott, oder?«

Eine Männerstimme. Die eines jungen Mannes – eines sehr jungen –, und als er weitersprach, wurde ihr Denken allmählich klarer.

»Auf der Party?« Natürlich, Myrtles Party. Diese grässliche Party gestern Abend – heute Abend – was auch immer. Aber wer …?

»Ja … selbstverständlich erinnere ich mich …«, behauptete sie, um Zeit zu gewinnen, und dann plötzlich erinnerte sie sich tatsächlich, und ihre Stimme wurde spröde vor Verlegenheit, als ihr die Einzelheiten wieder einfielen.

»Sie sind – wir haben über diesen Ulmenpilz geredet?«, sagte sie vorsichtig.

»Nun ja, nein.«

Unkonstruktiv, aber sachlich richtig. Myrtle war es gewesen, die ihn als Fachmann für das Ulmensterben vorgestellt hatte. *Fixiert* sei er darauf, hatte sie gesagt.

Imogen nahm einen neuen Anlauf.

»Sie sind …«, sie fischte in dem Wust ihrer Eindrücke, »Sie sind Terry, nicht wahr? Sie sind …«

»Nun ja, nein«, sagte er wieder, vielleicht noch unkonstruktiver als zuvor. »Der Name ist ›Teri‹. T-E-R-I …«

»Oh.« Ein Zusatz, so schien es Imogen, der jedes weitere Gespräch erfolgreich verbaute. »Hoffentlich geht's Ihrer Hose halbwegs?«, haspelte sie sinnlos – aber die ganze Angelegenheit war ja ohnehin so aberwitzig, um diese Nachtzeit noch dazu, »… wegen dem Wein, meine ich.«

Was für eine schwachsinnige Unterhaltung! Niemand hatte das Recht, einen zu solchen Schwachsinnigkeiten zu treiben.

»Ja, alles gut.«

Die nächste Sackgasse. Imogen konnte hören, wie er Atem schöpfte, sich bereit machte, während das, was der eigentliche Grund seines Anrufs war, sich seine Kehle hocharbeitete.

»Hören Sie, Mrs Barnicott, ich wollte Ihnen sagen … beziehungsweise, ich wollte mich entschuldigen, ich meine, so wie es mich gerissen hat … mit dem Wein und allem. Es tut mir leid.«

»Schon gut«, sagte Imogen eine Spur frostig. Wie breit wollte er das Missgeschick denn noch treten?

»Verstehen Sie«, fuhr er fort und machte es dadurch mit jeder Silbe schlimmer, »es war einfach ein Schock, als Sie mir gesagt haben, dass Ihr Mann – also, als mir klar geworden ist, dass Sie …«

Dass ich Witwe bin. Ist ja gut, ist ja gut. Glaubte der Einfaltspinsel allen Ernstes, sie wüsste nicht, welches Wort ihn so aus der Fassung gebracht hatte? Natürlich war er erschrocken, jeder erschrak. Aber musste er nachts um zwei anrufen, um ihr das zu verkünden?

Sie wappnete sich gegen sein Mitleid wie gegen den Rück-

23

schwung einer Pendeltür. Das Mitleid der Jungen, Unversehrten war am schwersten zu ertragen.

»Nun, ich fürchte …«, setzte sie an, kalt und rachsüchtig – nur um plötzlich zu merken, dass ihr Anrufer noch weitersprach.

»Verstehen Sie«, sagte er, »mir war anfangs nicht bewusst, wer Sie sind – Myrtle hatte uns ja nur mit den Vornamen vorgestellt, wenn Sie sich erinnern, und daraus konnte ich natürlich nichts ableiten. Aber als Sie mir dann Ihren Nachnamen gesagt haben, und wer Ihr Mann war – das war das, was mich umgehauen hat. Denn schauen Sie, Mrs Barnicott, ich weiß zufällig recht viel über Ihren Mann und über die Umstände seines Todes. Zum Beispiel, dass sein Tod kein Unfall war. Und Sie wissen das auch, Mrs Barnicott, und zwar besser als jede andere, denn Sie haben ihn ja umgebracht.«

3

Ein Irrer, was sonst. Imogen lauschte entsetzt, mit zitternden Händen. Ein Irrer, der seinen Spaß daran hatte, auf die einzutreten, die bereits am Boden lagen; der sich die Hände rieb, wenn eine ohnehin schon verzweifelte Witwe sich noch elender fühlte.

Nur dass sie sich keineswegs elender fühlte. Im Gegenteil, sie fühlte sich schlagartig besser. Bei den Worten »Sie haben ihn ja umgebracht« hatte ein Strahl unfasslichen, sirrenden Glücks sie durchfahren – eine Empfindung, die noch schockierender, noch unbegreiflicher war als die Bezichtigung selbst. Eine überwältigende, grell leuchtende Sekunde lang war sie nicht mehr die arme, bedauernswerte Witwe, sondern eine glitzernde Ausgeburt von Niedertracht. Kommen Sie, mein Lieber, ich stelle Sie meiner Freundin, der Mörderin, vor. *Das* wäre mal ein Grund zum Zucken und Stottern. Sollten sie sich aus Angst verschlucken und ihre Hosen mit Rotwein bekleckern, nicht aus Mitleid. »Witwe«, ha!

Den Hörer ans Ohr gedrückt, ihr Schädel noch widerhallend von der irrwitzigen Anschuldigung, verspürte Imogen ein schwindelerregendes Gefühl von Umkehr, Hoffnung, Befreiung. Es gab sie noch, die verrückte, gefährliche, unberechenbare Welt dort draußen, mit ihren Spinnern, ihren Abartigkeiten, ihren Blitzschlägen aus heiterem Himmel. Diese graue Kapsel des Trauerns, in die sie seit Wochen eingeschlossen war wie in eine Gummizelle, war doch nicht alles, was das Leben noch zu bieten hatte. Irgendwo jenseits ihrer Wände drehte sich die reale Welt weiter wie zuvor. Für diesen kurzen Augenblick war es Imogen vergönnt, wieder das Zischen ihrer Giftpfeile zu hören, die Zacken und Kanten ihrer Drangsale und Wirren zu spüren.

Der Augenblick war vorbei, ehe sie sich seiner so recht bewusst werden konnte. Sie war wieder gefangen in ihrer Kapsel, weinend.

»Ein Irrer«, schluchzte sie wütend und knallte den Hörer auf die Gabel. »Als ob es mir nicht eh schon bis hier stehen würde – ein Scheißirrer!«

»Ein Irrer«, bestätigte Edith von nebenan am nächsten Morgen, die Lippen gespitzt über ihrem süßen, starken Kaffee, mit einem düsteren Nicken zu ihrer Nachbarin hin, die jetzt demütig und leidtragend bei ihr am Kamin saß – oder was der Kamin gewesen wäre, muss man wohl sagen, hätte Edith nicht im ganzen Haus Zentralheizung gehabt, weshalb da, wo einst die Flammen ihren flackernden Tanz aufgeführt hatten, nun Plastiknarzissen und trockene Gräser standen. Es war absurd früh für einen Kaffee, Imogen hatte eben erst gefrühstückt, aber Edith mochte ihre schlechten Nachrichten am liebsten frisch, und sobald sie gemerkt hatte, dass es neue Probleme im Trauerhaus gab (wie sie das Nachbarhaus derzeit nur nannte), hatte sie Telefon, Kaffeekanne und Kessel mit einem einzigen, geübten Griff zur Hand genommen.

»Da müssen Sie wirklich aufpassen«, belehrte sie Imogen, während sie in einem damenhaften kleinen Schauspiel der Gier den Zucker vom Grund ihrer Tasse löffelte und dabei den

Eindruck zu erwecken verstand, dass sie mit irgendetwas wieder einmal recht gehabt hatte. »Sie können gar nicht vorsichtig genug sein, meine Liebe … eine Frau ganz für sich allein, ohne Schutz. Ich weiß, wovon ich rede. Ist Ihnen klar, Imogen, dass es jetzt vier Jahre sind – vier ganze Jahre –, seit mein lieber, guter Desmond von mir gegangen ist? Vier Jahre nächsten Donnerstag …?«

Auf diesen vier Jahren Vorsprung im Verwitwetsein ritt Edith ziemlich herum, fand Imogen. Sie erwähnte sie in jeder Unterhaltung, bald als Trost, bald als Warnung, bald um, sehr behutsam, anzudeuten, dass Imogen nicht ganz so sehr trauerte, wie sie sollte.

»Sie sind so *tapfer*«, pflegte sie zu sagen, »und das nach nur zwei Monaten. Also *ich* konnte nach zwei Monaten nur weinen, weinen und nochmals weinen. Wissen Sie, meine Liebe« – hier begann sie sich die Augen zu tupfen und dabei an ihrem Taschentuch vorbei scharf zu Imogen hinüberzuspähen, ob diese hoffentlich auch tupfte –, »bei mir brauchen Sie die Ohren nicht steifzuhalten. Lassen Sie es heraus, halten Sie es nicht unter Verschluss, weinen Sie nach Herzenslust. Denken Sie dran, ich habe das alles selbst durchgemacht, ich weiß genau, wie Sie sich fühlen.«

Nichts weißt du, dachte Imogen dann missmutig. Wenn du das tätest, würdest du die Klappe halten, verdammt! Während sie laut sagte: »Ja, Edith, ich weiß« – fügsam und vage schuldbewusst, dass sie nicht eine einzige Träne aufbrachte. Und das Seltsame war, sann sie mitunter, ihre Ohren fühlten sich wirklich steif an in Ediths Gegenwart, und nicht nur sie, sondern der ganze Rest ihres Körpers.

Aber heute Morgen war Edith zu fasziniert von dem nächtlichen Zwischenfall, um sich lange mit der Etikette des Trauerns aufzuhalten. Sie hatte Ratschläge und zweckdienliche Warnungen en masse zu bieten.

»Sie können nicht vorsichtig genug sein«, wiederholte sie, wissend und eine Spur auftrumpfend. »Ich habe ständig Anrufe dieser Art bekommen. Monatelang, jede Nacht, und manchmal untertags auch noch. Oh, es war schrecklich!«

Natürlich. Alles – aber auch wirklich alles! – war bei ihr um diese eine, entscheidende Nuance schrecklicher gewesen als bei Imogen. Sich ihres niederen Ranges in der komplexen Hierarchie der Witwenschaft bewusst, beugte Imogen den Kopf über ihren Kaffee. Was immer dazu vonnöten war, um Anrufe »dieser Art« jede Nacht und manchmal auch untertags zu bekommen, sie, Imogen, besaß es eindeutig nicht. Sie hatte nach acht Wochen nur einen einzigen Anruf »dieser Art« vorzuweisen.

Aber welcher Art überhaupt? Ein Fünkchen Kampfgeist regte sich nun doch in ihr, und sie hob den Kopf wieder.

»Man hat Sie beschuldigt, Desmond ermordet zu haben? *Jede Nacht?*«, erkundigte sie sich harmlos, und im Sprechen durchfuhr Ivors Fehlen – dass er sie nicht hörte, nicht sah, sich nicht mit ihr amüsierte – sie wie ein Schwerthieb. Wie hatte er es genossen, versteckte Spitzen gegen Edith-von-nebenan abzufeuern oder von Imogens versteckten Spitzen gegen sie zu hören. Sich vor ihm damit schmücken zu können, hatte der Sache erst ihre Würze verliehen. Wenn sie Edith künftig auf die Schippe nahm, dann blieb sie allein damit.

»Imogen! Wie können Sie nur so etwas Furchtbares sagen! *Natürlich* hat mich niemand jemals beschuldigt, ich hätte … ich könnte … was für ein Gedanke! Meinen liebsten Ehe-

mann … so innig waren wir … solch gute Freunde … nicht
ein böses Wort in all den Jahren …«

Ivors gesammelte böse Worte über die Jahre zerschnitten
das Gespräch wie ein Peitschenknall, und beide Frauen verstummten einen Augenblick, um ihrem Nachhall zu lauschen …
quer über den sommerlichen Rasen tönend … aus der eiskalten Garage dröhnend … laut und klar aus den offenen Trep-
penhausfenstern dringend: Wo zum Teufel ist mein Dies? Welcher Idiot hat mein Das weggenommen? Wie blöd bist du
eigentlich, dass du denkst, ich …? Vier Jahre lang, seit sie ins
Nachbarhaus gezogen war, musste Edith ihn über die Hecke
hinweg brüllen gehört haben, und mit Sicherheit hatte sie sich
alles gemerkt.

Es war schlicht nicht *fair*. Ivor war verdammt noch mal am
Leben gewesen, all diese Jahre hindurch, während Desmond
einfach nur tot war. Welcher Lebende konnte es je an Geduld
und Langmut mit einem Toten aufnehmen? Der liebe, gute
Desmond hielt alle Trümpfe in der Hand, unter dem grünen
Gras seiner Grabstätte, das nach vier Jahren dicht und üppig
wuchs, vielleicht ja sogar mit Gänseblümchen dazwischen. *Seine* bösen Worte, wie immer sie geartet gewesen sein mochten,
waren mit ihm begraben und würden nie wieder aufleben.

Herrje! Das halb unterdrückte Schniefen, die lauten Schluck-
geräusche, die hinter Ediths vorgehaltenem Taschentuch he-
rausdrangen, verrieten, dass es wieder einmal so weit war:
Imogen hatte es zugelassen, dass sich das Gespräch dem lieben,
guten Desmond zuwandte, und nun weinte Edith schon wieder
um ihn.

Aber Tränen fließen meist nicht nur *um* jemanden, sie fließen auch *für* jemanden, und Edith war da keine Ausnahme.

Sie weinte an Imogens Adresse, und zwar ganz gezielt. Schau, besagte das Schluchzen und Schnüffeln in aller Klarheit, schau, wie *ich* nach vier vollen Jahren noch um *meinen* Mann weine! Während du, nach nur zwei Monaten … Partys … Friseurtermine … Sieh mich an, Imogen! Schau! Echte Tränen!

Aber Imogen weigerte sich, hinzuschauen.

Ich spiele nicht mit, sagte sie sich. Ich halte mich da raus, ich mache ihr keine Konkurrenz. Soll sie gewinnen.

Aber *war* es denn ein Spiel? Einen schrecklichen, ahnungsvollen Moment lang blitzte in Imogens Kopf die schauderhafte Möglichkeit auf, dass Ediths Tränen am Ende doch aufrichtig sein könnten. Dass sie nach so langer Zeit allen Ernstes noch trauerte. Schau, lautete diese neue, beängstigende Botschaft, nach vier vollen Jahren geht es dir immer noch so! Du leidest wie am ersten Tag!

Ich nicht, gelobte sich Imogen und presste die Augen fest zu, die Fäuste geballt in einer seltsamen, ingrimmigen Art von Gebet. Ich nicht, ich nicht, ich nicht. Nicht *vier verdammte Jahre* lang!

»Und deshalb verstehe ich so gut, wie Ihnen zumute ist, meine Liebe«, schloss Edith, indem sie sich schnäuzte und ihre roten Augen rieb. »Man sollte meinen, dass ich inzwischen langsam darüber hinwegzukommen beginne, dass ich anfange zu vergessen. Aber glauben Sie mir, meine Liebe, so ist es nicht. Die Trauer ist so lebendig wie an dem Tag seines Todes …«

Lebendiger vermutlich. Von diesem ersten Tag bleibt fast nichts im Gedächtnis, und das Wenige hat mit Trauer nicht viel zu tun. Das Tropfen des Wasserhahns. Der Porridge-Topf, der in der Spüle einweicht – zum letzten Mal, denn nur er mochte

Porridge, aber daran denkst du jetzt noch nicht. Der Himmel vor den Fenstern wird allmählich hell; es wird Morgen, dann Tag. Es scheint nichts zu tun zu geben, also tust du auch nichts. Das größte Nicht-Geschehnis deines Lebens.

Konnte er für Edith anders gewesen sein, dieser erste Tag ohne den lieben, guten Desmond? Oder ist es vielleicht so, dass die Wochen, Monate und Jahre peu à peu, kontinuierlich und klammheimlich, den Erinnerungen ebenso viel hinzufügen wie nehmen? Bis schließlich all die ungeschehenen Dinge das Geschehene überwuchern wie Moos: ein weiches grünes Kissen, auf dem der Geist endlich ausruhen kann?

Was würde ihr selbst nach vier langen Jahren von Ivor und ihrer Trauer um ihn im Gedächtnis bleiben? Welches Bild würde sie von ihm haben, wenn erst vier Sommer zwischen ihnen lagen, vier graue, zehrende Winter, vier Urlaube vielleicht? Und all die neuen Leute – neue Freunde, neue Nachbarn, neue Fensterputzer, die ihn nicht mehr gekannt hatten? Wie würde er aussehen hinter der immer größer werdenden Barriere der Jahre, eine winzige, wild winkende Gestalt, wenn sie ihn aus ihrer wachsenden Distanz in den Blick zu nehmen versuchte?

Auf keinen Fall wie der liebe, gute Desmond. Das zumindest würde *ihr* nicht passieren.

»Er hatte die fürchterlichsten Wutanfälle«, sagte sie laut zu Edith, abrupt und ohne jeden Aufhänger. »Die kleinste Kleinigkeit reichte schon aus – eine von den elfenbeinernen Schachfiguren, die nicht in ihrer Schachtel war, oder wenn ich vergessen hatte, den Torf für die Rosen zu bestellen.«

Edith starrte sie an, den Mund stumm auf- und wieder zuklappend, während sie in dem Fundus ihrer Reaktionen vergeblich nach einer suchte, die hier passen mochte. Es fand sich keine, und so entschied sie sich zuletzt für einen Ausdruck vager Gekränktheit. Nicht, dass sich Imogens Ausbruch direkt als Kränkung bezeichnen ließ, aber er war – nun ja, undankbar, auf eine schwer zu erklärende Art. Wenn sie, Edith, schon bereit war, Imogens Gefühle so gut zu verstehen, dann konnte diese doch wohl die Güte haben, auch entsprechend zu fühlen, oder?

»Sie sind überreizt, meine Liebe«, diagnostizierte sie argwöhnisch. »Sie haben sich übernommen. Warum gehen Sie nicht heim und legen sich ein wenig hin?«

Sich hinlegen, das schien ihnen allen die Patentlösung, wenn Imogens Verlust ihnen zu sehr zusetzte. Sie konnte es ihnen nicht verübeln – Witwenschmerz war etwas so Permanentes, so Ausdauerndes, da brauchten die Menschen um sie ab und zu eine Auszeit. Und seien wir ehrlich, wenn eine Witwe nicht brav auf der Couch liegt, wo ist sie dann? Irgendwo anders, wo sie den Leuten über kurz oder lang auf die Nerven fällt.

Das war das Wunderbarste daran, dass sie das Haus endlich für sich hatte: Sie fiel niemandem auf die Nerven. Welche Wohltat, treppauf und wieder treppab stromern zu können, hinein in die Küche und wieder heraus, ohne dass jemand fragte: Wonach suchst du, Liebes? Was willst du, Liebes? Würde es dir etwas ausmachen, nicht auf meinen Nerven herumzutrampeln, Liebes?

Man will gar nichts, das ist ja das Problem. Man *würde* gern wieder etwas wollen, man wandert herum und sucht nach Dingen, die man vielleicht wollen *könnte* – eine Zeitung, sagen wir, eine halb fertige Strickarbeit, eine Orange. Nichts davon will man wirklich, dennoch regt sich der Hauch eines

Anflugs von Verdruss, wenn man feststellt, dass die Orangen alle aufgegessen sind. Immerhin.

Zurück in die Küche, wo man den Kühlschrank aufmacht, hineinstarrt und sich fragt: Angenommen, man wäre hungrig, was würde man dann zum Mittagessen wollen?

Jedenfalls nicht Fleischpastete. Gläser über Gläser davon stehen da, alle gestiftet von netten Menschen, die etwas schenken wollten, das brauchbarer war als Blumen, aber nicht so taktlos wie Theaterkarten.

»Köstlich!«, hatte Dot tadelnd gesagt, als sie das vierte Glas zu den anderen ganz hinten im Kühlschrank gestellt hatte, »und so fürsorglich.« Aber etwas davon angerührt hatte auch sie nicht.

Also wieder heraus aus der Küche und die Treppe mit ihrem weichen Läufer hinauf. Wie angenehm, hier ziellos herumschleichen zu können, ohne dass jemand nach dem Grund dafür fragte! Von Zimmer zu Zimmer zu geistern, minutenlang planlos vom Schlafzimmerfenster hinab auf den matschigen Rasen zu schauen, wo Ivors Schubkarre voll totem Laub noch immer stand, ungeleert, so wie er sie an jenem letzten Nachmittag zurückgelassen hatte. Zwei Monate wartete sie nun schon dort, grub ihre Holzkufen tief und tiefer in den nassen Boden, derweil die Wochen verstrichen. Bis zum Frühjahr würden sich säuberliche, tote kleine Rechtecke eingesunkener Erde in dem zarten, jungen Gras abzeichnen, falls nicht jemand anpackte und sie wegschob, und wer hätte das sein sollen?

Wie angenehm, ungestört auf den langsamen Verfall der Dinge starren zu dürfen, ohne dass jemand an ihrem Ellbogen sagte: Nicht brüten, Liebes, mach dir keine Sorgen, Liebes, alles wird sich finden, Liebes, entspann dich einfach, Liebes, und wenn du die Schubkarre nicht bald da wegholst, verrottet sie.

Ja, natürlich. Zu denken, Witwen wüssten nicht um die Entropie! Sie wissen sogar besser darum als jeder andere Mensch, selbst solche, die das Wort noch nie gehört haben.

Wie angenehm, nicht Gegenstand steter Beobachtung und Sorge zu sein. Bucklig auf der Kante des großen Doppelbetts sitzen zu können, mit leerem Gesicht und schlaffer Kinnlade, ohne dass jemand hereinkommt und fragt: Fehlt dir etwas, Liebes? Die Schuhe abzustreifen, ohne vernünftigen Grund auf den Zehenspitzen zu gehen und den dichten Flor des Teppichs, für den Ivor zweihundert Pfund berappt hatte, unter den Füßen zu spüren. In dem hohen Spiegel Fratzen zu schneiden, die Zunge heraushängend, die Nase mopsartig zusammengedrückt, die Augen zu Schlitzen gezogen wie bei einem Mongolen. Bäh, du hässliches Geschöpf! Du scheußliche, elende Kreatur, bäh!

»Stief? Hallo? Was *machst* du da, Stief?«

Bestürzt fuhr sie herum, ihr Gesicht ein Kaleidoskop hastig geglätteter Züge.

»Robin!«, rief sie, halb lachend vor Schreck und Verlegenheit. »Was um Himmels willen … Ich dachte, du bist in Yorkshire?«

»Übst du oft für Schönheitswettbewerbe, wenn du allein bist?«, erkundigte sich Robin interessiert und kam ins Zimmer, um seine Stiefmutter flüchtig zu umarmen. Dann hielt er sie ein Stück von sich weg: »Was ist los, Stief? Freust du dich nicht?«

Imogen sah skeptisch zu seinem Gesicht empor. Er war so groß und breit wie sein Vater, aber da endete die Ähnlichkeit auch schon. Statt einer Löwenmähne wie Ivor hatte Robin dunkles, glattes Haar, das schlaff herabhing und sich oben schon lichtete. Die schweren Schultern, die dem Vater etwas Kraftvolles, Bulliges verliehen hatten, ließen den Sohn nur übergewichtig aussehen. Obgleich er erst Anfang dreißig war, setzte sein Körper bereits Fett an – und diese kleinen Vorboten des herannahenden Älterwerdens versetzten Imogen einen leisen Stich der Trauer, wie über einen winzigen neuen Verlust.

Sein Gesicht freilich war jungenhaft wie stets – rosig, strahlend und von unerschütterlicher Gelassenheit, genauso wie damals bei ihrer ersten Begegnung vor bald zwölf Jahren, als sie die nervöse angehende Stiefmutter gewesen war und er ein amüsierter, lässiger, unendlich toleranter Student im zweiten Jahr.

»Ich glaube, ich sag einfach ›Stief‹«, hatte er Imogen nach (wie ihr schien) eingehendster Begutachtung ihrer sämtlichen Unzulänglichkeiten eröffnet, von dem geröteten Gesicht und der welkenden Frisur (es war Juli und brütend heiß) bis hinunter zu den spitzen weißen Schuhen, die drückten und schon ein paar grüne Schmierer aufwiesen von den altehrwürdigen Rasenflächen, über die Ivor als Lehrstuhlinhaber wandeln durfte, um der Frau an seiner Seite den rechten Eindruck von seinem privilegierten Status an der Universität zu vermitteln.

»Stief« – Robin sprach das Wort versuchsweise und nickte. »Ist dir das recht? Damit würden wir nämlich auch das Mummy-Mutter-Ma-Dilemma umgehen. Und da ich ja schon eine Mummy, eine Mutter und eine Ma habe …«

Imogen konnte die Logik nachvollziehen und lächelte, und das war die Geburtsstunde einer engen Freundschaft zwischen

ihnen gewesen, die elf Jahre fast unausgesetzter Familienstrei-
tereien überdauert hatte.

Denn Ivors Charme, so bezwingend überall sonst, war bei
seinem Sohn so machtlos, als prallte er gegen eine Wand. Taub
für jedwedes gute Zureden, unbeeindruckt selbst von dem
größten Zorn, schien Robin von klein auf nichts Schöneres
zu kennen, als seinen Vater bis aufs Blut zu reizen, um sich im
letzten Moment vor der Explosion in Sicherheit zu bringen.
Die dann natürlich jemand anderen traf – für gewöhnlich
Imogen.

»Robin, warum *machst* du das bloß?«, hatte Imogen einmal verzweifelt gefragt – das war, als Robin seine Weiterbil-
dung zum Lehrer gleich im ersten Jahr abgebrochen hatte und
daheim aufgekreuzt war, sorglos wie der junge Tag, um sich
Geld zu leihen.

»Die zahlen mir mein Stipendium nicht weiter aus, wenn
ich nicht mehr hingehe«, hatte er mit leichtem Vorwurf erklärt, um sich dann, während das Haus unter den Nachwir-
kungen dieser Bemerkung bebte, in den Gartenschuppen zu
verziehen und an seinem Fahrrad herumzuschrauben. Dort
fand ihn Imogen eine Stunde später in einem *Private-Eye*-
Heft schmökernd und Cox-Orange-Äpfel von der Obst-Stel-
lage futternd.

»Kannst du es nicht wenigstens etwas *diplomatischer* ange-
hen?«, hatte sie ihn angefleht. »Als würdest du es drauf *anle-
gen*, ihn zur Weißglut zu bringen. Warum *machst* du so was?«

Eine berechtigte Frage, aber Robin hatte nur aufgelacht.

»Wie der Vater, so der Sohn«, hatte er leichthin gesagt, den
Mund voller Apfel, und Imogen hatte nur folgern können, dass
das ein Witz sein sollte. Denn welche Gemeinsamkeit konnte

es geben zwischen Ivors kometenhaftem Aufstieg am Firmament der Universität und Robins ziellosem Herumgedaddel auf den untersten Sprossen der akademischen Leiter?

Wie auch immer, so lautete seine Antwort, und während daheim noch der Sturm tobte, war er in aller Ruhe davongeradelt, um die benötigte Summe seiner Schwester Dot aus den Rippen zu leiern; mit dem Geld hatte er sich für Monate nach Istanbul abgesetzt, und bis er wiederkam, war so viel Neues – und Schlimmeres – passiert, das den Zorn seines Vaters erregte, dass an das ursprüngliche Vergehen niemand mehr dachte.

Das war von jeher das Muster gewesen: Über den neuen Ungeheuerlichkeiten, mit denen Robin aufwartete, wurden die alten vergeben. Oder nicht so sehr vergeben wie aus schierer Ermüdung aus dem Gedächtnis getilgt, und zuletzt kam der Tag, an dem Imogen begriff, dass der Krieg zwischen Vater und Sohn beendet war: Ivor regte sich nicht mehr auf. Seine Erfolge waren inzwischen so mannigfach, dass er nicht auch noch einen erfolgreichen Sohn brauchte. Und außerdem, sagte sich Imogen, musste irgendwann Schluss sein mit dem Sichgrämen. Wenn pflichtvergessene Söhne erst einmal auf die dreißig zugehen, dürften die meisten Eltern es aufgegeben haben, stolz auf sie sein zu wollen, und danken dem Schicksal einfach, dass sie noch leben (wenn dem so ist) und dass all die Katastrophen, die noch zusätzlich hätten passieren können, ausgeblieben sind.

Und nun war Ivor tot, und hier stand Robin, mit einem Lächeln, als könnte er kein Wässerchen trüben, exakt demselben Lächeln wie mit neunzehn (oder doch fast), und fragte sie vorwurfsvoll, ob sie sich denn nicht freue, ihn zu sehen?

»Ist es irgendetwas mit einem Mädchen?«, fragte sie misstrauisch. »Oder brauchst du Geld? Dir ist schon klar, oder, dass wir vor der Testamentseröffnung …«

»*Stief!* Du materialistisches altes Monster! Als ob ich es wagen würde, ein so schnödes Thema wie Geld anzuschneiden – ›in einer Stunde wie dieser‹, wie deine geliebte Edith von nebenan sagen würde! Ernsthaft, Stief, du denkst wohl, ich hätte ein Herz aus Stein. Womit du natürlich völlig recht hast. Aber um Geld geht's mir trotzdem nicht – ausnahmsweise. Was ich mir überlegt habe, liebes Stiefmütterchen: Jetzt, wo Dad über den Jordan gegangen ist, wäre es da nicht eine gute Idee, wenn ich wieder zu Hause einziehen würde? Was meinst du, Stief? Schon, oder?«

4

Das Fragezeichen in seiner Stimme war nur pro forma. Er fragte nicht, er ließ es sie wissen. So gewiss war er sich, sie um den Finger wickeln zu können, dass er sich die Mühe gar nicht mehr machte. Da stand er, strahlend, durch und durch zufrieden mit sich, und wartete auf ihre Jubelrufe.

»Ich werde nicht in dem Sinn *hier* sein«, fuhr er fort, eine Spur weniger siegessicher, als von ihr keine Antwort kam. »Ich bin mehr oder weniger auf dem Sprung, nach Sardinien wahrscheinlich. Oder ich könnte diesen Kumpel von mir in Spanien besuchen, der eine Keramikfabrik hat … Es wäre nur irgendwie albern, die Wohnung zu behalten, wenn …«

»Du hast deine Stelle verloren, meinst du?«, unterbrach ihn Imogen resigniert. »Sie haben dich gefeuert, diese Dünger-Leute?«

»Ach was! Ich wünschte, du würdest ein bisschen mehr an mich glauben, Stief, nur ab und zu. Nein, *ich* habe *sie* gefeuert. Ich konnte mir einfach nicht länger bieten lassen, wie …«

Das alte Lied. Noch so ein Haufen vorsintflutlicher Chefs, für die es nur die Qualifikationen gab, die auf dem Papier standen; noch so ein Scheuklappen tragendes, ewig gestriges Unternehmen, das nicht begriff, was es an diesem unvergleichlichen, diesem unersetzlichen Mitarbeiter hatte, der alles in den Griff bekommen hätte, vom Direktorium bis zum Laufjungen, und die Exportzahlen in die Höhe hätte schnellen lassen, wenn er sich nur dazu hätte aufraffen können, morgens aus dem Bett aufzustehen.

Arbeitslos. Er würde den ganzen Tag untätig im Haus herumhocken. Sich aus dem Kühlschrank bedienen. Sie um Geld für das Flugticket nach Sardinien anpumpen. Oder nach Spanien, je nachdem. Würde ohne einen Penny zurückkommen, kränkelnd und mit Bergen von Gepäck, das überall im Weg stehen würde. Anderseits …

»Ich muss sagen, Robin, ich bin mir nicht sicher …« Sie versuchte so zu klingen, als hätte sie in der Sache zumindest ein Mitspracherecht. »Ich möchte mich eigentlich in nichts hineindrängen lassen. Alle fragen mich ständig, was machst du mit dem Haus, was machst du mit dem Haus … Vielleicht verkaufe ich es auch«, schloss sie mit einem Anflug von Trotz.

»Ganz bestimmt nicht«, prophezeite Robin, indem er sich auf das Ehebett plumpsen ließ (ohne die Schuhe auszuziehen, wie immer) und sich sämtliche Kissen hinter den Kopf stopfte, »Witwen verkaufen nie. Sie *reden* davon, das schon, in einer Tour. Die ersten sechs Monate jammern sie nonstop, dass sie die Erinnerungen nicht aushalten. Damit kommen sie auch durch, weil in dieser Phase natürlich niemand so hartherzig ist, von den armen, trauernden Geschöpfen zu erwarten, dass sie auch nur einen Finger rühren. Aber dann, wenn die Rückkehr zur Normalität droht und sie sich mit der Plackerei des tatsächlichen Umzugs konfrontiert sehen, lassen sie die Erinnerungsmasche fallen wie eine heiße Kartoffel und beschließen stattdessen, dass sie den Rhabarber nicht verlassen können, den *er* selbst noch gepflanzt hat, oder was weiß ich. Deshalb halte ich mir die Witwen auch vom Leib, mir sind die Geschiedenen lieber.«

Bei diesen Worten kam Imogen ein neuer, noch fürchterlicherer Gedanke.

»Margot!«, rief sie aus. »Was ist mit Margot? Die willst du aber nicht mit hierherbringen, oder?«

»Margot? Guter Gott, nein. Mit Margot ist es aus. Das hatte ich dir aber doch erzählt, oder? Ihre Mutter wollte das Kind nicht länger behalten. Tja, und das war's mit uns.« Er hielt inne, und als Imogen schwieg, schob er, leicht defensiv, nach: »Jeder hat irgendwo seine Belastungsgrenze, Stief. Und bei mir sind es Kinder, das weißt du.«

Ivors Enkelkind, sprach er von Ivors Enkelkind? Oder nur von einem x-beliebigen Balg, dem Nachwuchs von Margot und irgendeinem Unbekannten? Imogen hatte das nie zu fragen gewagt, und sie fragte auch jetzt nicht. Wozu – geändert hätte es ja doch nichts. Sie hatte diese Margot ohnehin nie leiden können, eine raffgierige Person mit großporiger Haut – verdient gehabt hätte er sie zweifellos, aber sie war trotzdem froh, dass es mit ihnen nichts wurde.

Vergiss also das Kind, dunkel und käsig wie seine Mutter, und mit fast zwei kaum des Sprechens mächtig – vielleicht ein Dutzend Worte, mehr sicherlich nicht. Aber gut, anderes Thema.

»Oh, Robin, du glaubst nicht, was mir passiert ist!«, rief sie, vielleicht etwas zu überschwänglich und sprudelnd. »Das *muss* ich dir erzählen! Dieser komische junge Mann, ich habe ihn bei Myrtles Party kennengelernt, und weißt du, was er gemacht hat: mich um zwei Uhr nachts angerufen, um mir zu sagen …«

Sie lachte und kam ins Schleudern, stolperte über ihre eigenen Worte, als sie ihr Abenteuer von gestern Nacht berichtete, unsicher, ob sie eine lustige Geschichte erzählte oder ein Problem beichtete. Robin stemmte sich ein Stück höher auf den Kissen, während er lauschte, und zündete sich eine Zigarette an. Als sie zum Ende kam, nickte er anerkennend.

»Hätt' ich gar nicht gedacht, dass du so eine bist«, äußerte er. »Aber sag, wie hast du das hingekriegt? Hat die Polizei keinen Verdacht geschöpft?«

»*Robin!*« Sie warf ein Kissen nach ihm, ein scharfer, gezielter Schuss – ob zum Spaß oder aus echter Entrüstung, hätte sie selbst nicht zu sagen gewusst.

»Genau, steck auch noch das Haus in Brand«, bemerkte er friedfertig und bückte sich nach seiner Zigarette, die ihm aus der Hand geschlagen worden war und unterm Bett weiterglomm. »Aber erzähl mir mehr, Stief, ich will alles wissen. Dieser Typ mit dem Ulmenpilz – wie heißt er?«

»Er *promoviert* über den Ulmenpilz«, verbesserte Imogen ihn kichernd – es war ihr erstes Kichern als Witwe, und es fühlte sich merkwürdig an. »Er heißt ›Teri‹, auch das noch! Nicht etwa ›Terry‹, nein, ›Teri‹, mit langem *e* und mit *i*.«

»Und er hat dich des *Mordes* beschuldigt? Dieser Teri?«

»Wieso – ja?« Imogen sah ihren Stiefsohn an, plötzlich verunsichert. Mord war ein ernstes Thema – warum lachte er also nicht? »Was hast du, Robin? Was ist los? Kennst du ihn etwa?«

Dankbar hörte sie den neckenden Unterton in seine Stimme zurückkehren.

»Ihn kennen? Also hör mal, Stief. Ich muss nicht mit diesen vergeistigten Spinnern verkehren, warum sollte ich also? *Ich* habe nur mit ›Ausreichend‹ abgeschlossen, schon vergessen? Die mit den Superhirnen sind es, die abdriften, nicht das Mittelmaß.«

Er hielt inne, auch jetzt wieder tiefer in Gedanken versunken, als es seiner Natur entsprach.

»Was hast du ihm geantwortet, Stief?«, fragte er schließlich. »Was genau hast du gesagt?«

»Gesagt?« Mit gefurchter Stirn versuchte sie sich zu erinnern. »Äh, nichts, glaube ich. Ich war so – ja, so erschrocken und geschockt, ich glaube, ich habe einfach aufgelegt. Vielleicht habe ich ›Unsinn‹ gesagt oder ›Was reden Sie denn da?‹ oder etwas in die Richtung. Aber mehr sicher nicht.«

»Du hast ihm nicht widersprochen? Oder ihn irgendetwas gefragt? Wie er auf so eine Idee kommt, beispielsweise? Ob er es von jemandem gehört hat, oder …?«

»Nein, ich sag's dir doch. Es hat mich so – ja, überrumpelt, nehme ich an, dass mir nichts eingefallen ist. Gut, irgendwas hätte ich wohl besser sagen sollen – ihm klarmachen, dass er mit seinen Unterstellungen falschliegt, weil ich ja hier war, daheim, zweihundert Meilen entfernt, als es – als es passiert ist. Sie wissen, dass ich hier war – die vom Krankenhaus, meine ich –, sie haben mich ja sofort kontaktiert. Das hätte ich ihm wahrscheinlich sagen können.«

»Hättest du, ja. Wie du's auch der Polizei gesagt hast.« Robin hatte sich eine neue Zigarette angesteckt und inhalierte tief. »Aber die Zeitungen haben anders getitelt, nicht wahr? ›DARSTELLUNG DER WITWE ZWEIFELHAFT‹, meine ich mich zu erinnern, und ›DIE FEHLENDEN STUNDEN DER TRAUER‹. Solche Sachen. Vielleicht hat dieser Ulmen-Fritze das auch gelesen. Falls er überhaupt lesen *kann* – was bei so einem Pilzforscher ja fraglich ist. Aber rechnen können sie dafür, diese Naturwissenschaftler, darin sind sie gut. Das mit den vierundzwanzig Stunden dürfte er also kapiert haben. Vielleicht hat er es sogar nachgeprüft, falls ihm das lohnenswert schien. Und so war es ja offenbar, oder? Sag doch, Stief, was hast du denn nun *gemacht* während dieser vierundzwanzig Stunden? Das wüsste ich wirklich zu gern.«

Und nicht nur du, dachte Imogen. Dass eine Frau, die soeben vom Tod ihres Mannes erfahren hat, einen ganzen Tag so verbringt, als ob nichts geschehen wäre, und keinem Bescheid sagt, erschien ihr inzwischen so unglaublich, wie es jedem anderen erschien; und doch hatte sie zu dem Zeitpunkt nicht das Gefühl gehabt, in irgendeiner Weise seltsam zu handeln. »Es war ja Sonntag«, hatte sie der Polizei erklärt – als sei der Sonntag ein Tag, der nicht in derselben Form existierte wie andere Tage. Das hatten sie nach einer Weile auch eingesehen; sie waren sogar, auf eine betretene Art und Weise, recht verständnisvoll gewesen, aber da war es schon zu spät, um ihre Angaben gegenüber den Zeitungsreportern zu korrigieren; die Lügen, die sie ihnen aufgetischt hatte, waren bereits in der Welt.

Dabei war es im Grunde nur die eine Lüge – eine kleine Unwahrheit, die sie dem jungen Mann von der Lokalzeitung erzählt hatte. »Montag«, hatte sie ihm gesagt, »ja, zwei Uhr am Montagmorgen.« Die Lüge erschien ihr in dem Moment als die einfachste Erklärung für ihre eigentümliche Untätigkeit den ganzen Sonntag hindurch. Wie hätte sie ahnen sollen, dass der desinteressierte junge Journalist, der während des Gesprächs fortwährend auf die Uhr sah, sich die Mühe machen würde, ihre Aussage mit dem Polizeibericht abzugleichen? Oder dass die Unstimmigkeit, die er aufdeckte, von den anderen Zeitungen aufgegriffen werden würde – denen es, wie der Zufall es wollte, in dieser Woche an Schlagzeilen mangelte –, sodass eifrige junge Männer und Frauen in Scharen an ihre Tür klopften, die Notizblöcke gezückt, die Augen leuchtend, weil sie eine gute Story witterten?

Eine gute Story. Das hätte Ivor gefallen. Als Held einer guten Story hatte er gelebt, und nicht anders hätte er zweifellos sterben wollen. Was ihm ja zu gönnen war – nur was blieb ihr, seiner Witwe, somit übrig, als immer weiter zu lügen?

5

Wie fern erscheint eine Jahreszeit, die vorbei ist, eine Lebensform, die für immer der Vergangenheit angehört. Welten schienen den weißen, nassen Nebel, der im schwarzen Geäst der winterlichen Bäume hing, von dem goldenen Septembertag zwei Monate vorher zu trennen, als Ivor in der milden Sonne welkes Laub für das Herbstfeuer zusammengerecht hatte, das er nie anzünden sollte. Das erste Herbstfeuer des Jahres, auf das er sich freute wie ein Kind – ein Kind von bald neunundfünfzig. So wie er sich auch auf den morgigen Vortrag freute, an dem er die halben Semesterferien hindurch gefeilt hatte: die Hanfield Memorial Lecture, die er zweihundert Meilen von hier halten würde, vor über tausend hochgelehrten Kollegen aus aller Welt. Die Hanfield Memorial Lecture halten zu dürfen, war eine seltene Ehre, die Krönung einer brillanten Laufbahn. Es war ein Preis, und Ivor hatte ihn gewonnen, wie schon so viele Preise zuvor. Imogen, die ihn vom Küchenfenster beobachtete, hatte die schwingenden Bewegungen gesehen, mit denen er die Blätter aufklaubte, die triumphierende Art, auf die er seine sonnenbeschienene braungelbe Mähne zurückwarf, und gedacht: »Gott sei Dank ist er gut gelaunt«, und sie war nach oben gegangen, um seine Sachen zu packen. Ivor konnte unausstehlich sein, wenn ein wichtiger Vortrag anstand, so wenig ihm die Menschen das zutrauten. Selbst Imogen fiel es, wenn sie ihn auf dem Podium sah – entspannt, witzig, ganz und gar souverän, während das Publikum an seinen Lippen hing –, selbst ihr fiel es schwer zu glauben, dass dies derselbe Mann sein sollte, der noch vor zwei, drei Stunden daheim seine Familie terrorisiert hatte.

Viel war nicht zu packen. Nur die paar Dinge, die er für die Nacht in dem Hotel brauchte, in dem er im Anschluss an den Vortrag schlafen würde. Was ihn dazu bewogen hatte, doch nicht zu bleiben, sondern kurz nach Mitternacht zu der Zweihundert-Meilen-Fahrt über nasse Straßen aufzubrechen, würde niemand je erfahren. Höchstwahrscheinlich jedenfalls. Aber was hätte man auch davon gehabt, es zu wissen? Was hätte irgendwer *tun* können, wenn er es gewusst hätte?

Wenn, wenn, wenn. *Wenn* er zusammen mit Professor Ziegfeld den Zug genommen hätte. *Wenn* Imogen ihn daran erinnert hätte, die Fernbrille einzupacken, anstatt sich auf seine Zweistärkenbrille zu verlassen. *Wenn* sie darauf bestanden hätte, ihn zu begleiten, trotz seiner nervösen Beteuerungen, dass er allein sein musste. *Wenn* der lange Nachsommer nicht just an diesem Abend von sintflutartigen Herbstgüssen weggespült worden wäre. Wenn, wenn, wenn. Mittlerweile, acht Wochen später, fühlte sich Imogens Hirn regelrecht taub an, so oft hatte sie all die Arten, auf die das Unglück hätte vermieden werden können, durchgespielt.

Zu Beginn war das anders gewesen. Zu Beginn war ihr Geist ihr ungewöhnlich wach und seltsam abgeklärt vorgekommen. Es hatte sie nicht einmal sonderlich überrascht, tiefnachts durch den Anruf des Krankenhauses geweckt zu werden; es war, als hätte sie ihn bereits erwartet.

»Ja«, hatte sie gesagt. »Ja, ich verstehe. Ja, haben Sie vielen Dank. Danke, dass Sie mir Bescheid gesagt haben«, und sie hatte den Hörer aufgelegt und war in die Küche gegangen, um auf die Uhr zu sehen.

Drei Uhr fünfundvierzig, und wenig später, als es gerade zu dämmern begann, noch einmal dasselbe Spiel: die Polizei diesmal.

»Danke. Ja. Danke«, sagte sie wieder. Und dann: »Nein, ich bin nicht allein, mein Sohn ist hier«, log sie und hörte die Erleichterung in der befangenen fremden Stimme, bevor der Hörer auf der Gabel klirrte.

Ha! Reingelegt! Sie fühlte sich gerissen, geradezu draufgängerisch, nachdem sie diese kleine Teufelei über die Bühne gebracht hatte. Jetzt würden sie sie in Ruhe lassen, aufhören, sie zu behelligen. Aufhören mit ihren Versuchen, ihr Ivors Tod aufzuzwingen wie ein falsch adressiertes Paket.

Er konnte noch nicht tot sein, sie war nicht bereit dafür, er würde warten müssen. Er würde erst Sonntagabend wieder zurück sein, hatte er gesagt, und jetzt? Kam er an, tot, in aller Herrgottsfrühe! Es war zu bald, zu früh, wie sollte sie zu so einer Zeit gerüstet sein? Außerdem war sie beschäftigt, es gab so viel zu tun.

Allein schon der Bazar.

»Ja, ich hab's gleich«, behauptete sie vage und stopfte die letzten Kleinigkeiten in den Pappkarton, während Mrs Fielding vom Roten Kreuz draußen im wässrigen Sonnenschein wartete, lächelnd und müde.

»Ja, bestens, danke«, hörte sich Imogen papageienhaft sagen, während sie Mrs Fielding mitsamt dem Pappkarton und sämtlichem Krimskrams von ihrem Grund und Boden komplimentierte. »Ja, sehr gut, danke Ihnen … Ja, das sollten wir wirklich mal … Ja, möglichst bald … Ja, das wäre sehr nett … Ja. Danke. Ja.«

Weg, endlich! Wieder verspürte Imogen dieses Aufflackern heimlichen Triumphs. Denn solang niemand wusste, was passiert war, *war* es auch nicht passiert. Nicht richtig. Noch nicht. Es war wie ein Spiel, bei dem sie sich wegducken und die anderen auf eine falsche Fährte locken musste, damit sie sie nicht in die Enge treiben und ihr ein Geständnis abpressen konnten.

Wie lange würde sie es durchhalten können?

Den ganzen Tag, so wie es aussah, während der Wasserhahn in die Spüle tropfte, die Wanduhr blechern tickte, ungestüm vorwärts drängend ohne Plan oder Ziel, bis sie gegen Abend ins Stolpern geriet und verstummte, weil niemand sie aufgezogen hatte.

»Sehr gut, danke dir«, hörte Imogen ihre Papageienstimme zu den zwei oder drei Bekannten sagen, die im Laufe des langen Nachmittags und der langsam herankriechenden Nacht anriefen. Ja, danke. Ja, natürlich. Doch, ja, der Vortrag ist bestens gelaufen, danke, ja, schön, nicht wahr?

Was ja vermutlich – höchstwahrscheinlich – stimmte; aber diesmal züngelte in ihr beim Auflegen erstmals eine winzige Unruhe auf. Irgendetwas, irgendwo, war nicht so, wie es sein sollte.

Doch dieses Gefühl dauerte kaum eine Sekunde an, und dann saß sie friedlich da wie zuvor und lauschte dem Tropfen des Hahns. Er war inzwischen wie ein alter Freund, geruhsam und anspruchslos. Sie hätte den Rest ihrer Tage in seiner Gesellschaft verbringen können.

Es war letztlich eine Art von Trägheit, die sie Ivors Tod so vor sich herschieben ließ. Wie einen schwierigen Brief, den sie schreiben musste. Morgen würde noch genug Zeit dafür sein.

Doch als der nächste Tag kam, da kam er mit donnernden Schlägen an die Tür, mit Schluchzen und Geschrei und einem Tumult von Fragen und Antworten, die alle auf sie einstürmten, und in ihrem Gefolge schlüpfte die Wirklichkeit durch die aufklappende Haustür. Aus dem windigen Herbstmorgen, noch im Dämmer, mit dem Klappern der Milchflaschen, rollte all das Verdrängte heran wie eine gewaltige Welle und riss Imogen um.

»Tot?«, japste sie mit ungläubigem Starren. »Ivor *tot*?«, und so groß war ihre Entgeisterung, ihr blankes, ungekünsteltes Entsetzen, dass niemand – bis nicht viel später das Gegenteil ans Licht kam – sich hätte träumen lassen, dass sie schon Bescheid wusste: dass sie bereits mehr als vierundzwanzig Stunden über alles im Bilde war.

»PROFESSORENGATTIN VERSCHLEIERT TOD DES EHEMANNES«, verkündete eines der Boulevardblätter einige Tage später, und tatsächlich konnte man es den Reportern kaum zum Vorwurf machen bei der Fülle widerstreitender Meldungen, die im Umlauf waren.

»Ich habe nichts verschleiert, ich habe nur gelogen«, schluchzte Imogen, als sie die Schlagzeile sah – und »Schon gut, schon gut«, sagten ihre befremdeten Angehörigen, tätschelnd und streichelnd, und versicherten ihr, sie würden sie bestens verstehen.

Was sie selbstredend nicht taten, Imogen verstand sich ja selbst nicht mehr, doch bald wurde der Zwang, verstehen zu müssen, von dem Zwang überlagert, Autos für die Beisetzung zu organisieren und die Pannen bei den Blumen zu beheben. Jemandem, der einen riesigen Lilienkranz geschickt hatte, war ein dürftiges Sträußchen welkender Chrysanthemen zugeordnet worden, und eine Zeitlang hatte dieses Problem natürlich Vorrang vor Trauer und Verlust.

Aber wie sollte sie all das für Robin zusammenfassen? Da lag er, rekelte sich in den Kissen, erwartungsvoll, erst dreißig Jahre alt und noch in dem Glauben, dass es für alles im Leben eine Erklärung gab. Er wartete darauf, dass seine Stiefmutter die wahre Geschichte in Worte fasste – am besten in nicht allzu viele. Er war neugierig auf das Geheimnis, das ja, aber auf der Hut, sollte es sich als öde erweisen.

»Ich weiß es nicht, Robin. Dieser erste Tag – das habe ich dir ja gesagt –, ich erinnere mich an fast nichts. Der Arzt meinte, ich hätte unter Schock gestanden.«

Während sie es sagte, begriff sie erstmals, dass der Arzt schlicht recht gehabt hatte. Sie *hatte* unter Schock gestanden. Bislang war ihr das wie eine schuldbewusste Rechtfertigung erschienen.

Rechtfertigung wofür? Herzlosigkeit? Feigheit? Oder einfach dafür, dass sie Ivor um seinen ersten, aufregenden Tag als zu Betrauernder gebracht hatte? Er hätte das sicher schwergenommen, und jetzt gab es keinen Weg mehr, ihm nachträglich zu seinem Recht zu verhelfen. Erste Liebe, erste Arbeitsstelle, erster Tag als Toter – sie kommen nur einmal, und verpasst ist verpasst.

»Spielt es denn eine Rolle?«, sagte sie nach einer Weile, als Robin sie immer noch fragend ansah.

Er zuckte die Achseln.

»Nur für mich«, erwiderte er trocken. »*Du* bist fein raus, wie du ja selber gesagt hast – all die Anrufe belegen, dass du die ganze Nacht brav zu Hause warst. Aber schau, Stief, bei einem dieser nächtlichen Anrufe musst du erwähnt haben, dass dein Sohn bei dir war.

Das war ich natürlich nicht, und darum möchten sie jetzt gerne wissen, *wo* ich denn war. Und ich habe eigentlich keine Lust, ihnen das zu sagen.«

6

Zu Mittag backte sie einen Apple Pie, mit Zucker bestreut, wie in früheren Zeiten. Es war ein merkwürdiges Gefühl, sich wieder zu solchen Fleißübungen aufzuschwingen, aber das kam natürlich daher, dass Robin da war. Er verdiente einen anständigen Nachtisch, nachdem er sich so brav durch all die Fleischpastete gegessen hatte, zu der sie nichts hatte reichen können außer abgepacktem Brot. Nicht einmal Tomaten hatte sie da.

Zu dem heiklen Thema von vorhin, Imogens erstem Tag als Witwe, war nichts weiter gesagt worden, und in ihr keimte die Hoffnung auf, dass Robins Interesse daran (auch wenn es ihn ja betraf) bereits erlahmt war. Um die Vergangenheit mit all ihrem beschwerlichen Gepäck hatte er schon immer gern einen Bogen gemacht; er war ein Kind der Zukunft, mit dem Kopf stets schon in der kommenden Woche, ehe das Gestern zu ihm aufschließen konnte. Im Augenblick schien er völlig erfüllt von seinen Plänen, wieder zu Hause einzuziehen.

»Hör mal, Stief. Euer altes Schlafzimmer – deins und Dads«, er schnappte nach Luft, weil die Äpfel noch zu heiß waren, und musste seinen Mund mit einem Schluck Wasser abkühlen, »ich hab mir das vorhin mal angeschaut, als du in der Küche warst, und es ist genau das Richtige. Es bringt alle Voraussetzungen mit. Schmerzliche Erinnerungen (sodass *du* es auf keinen Fall wollen wirst) und jede Menge Stauraum. Diese Schränke sind

genau das, was ich brauche. Wir müssten nur Dads Müll raus-
räumen …«

»Du meinst seine Manuskripte?« Imogen war schockiert.
»All seine Artikel, Gedichte, Übersetzungen – da sind noch
Sachen aus seiner Schulzeit dabei! Und vieles ist gar nicht ver-
öffentlicht – davon gibt es keine Kopien! Du scheinst nicht ganz
zu verstehen, Robin: Dein Vater war ein bedeutender Mann.
Seine Handschriften werden eines Tages viel wert sein.«

»Dann sollen sie ihren Wert woanders steigern«, gab Robin
zurück. »Am besten in einer dunklen Kellerecke, wie Cham-
pignons. Sie müssen kein schönes großes, sonniges Zimmer
belegen, nur um darin zur Kostbarkeit heranzureifen. Ich brauche den Platz.«

»Robin!« Auch jetzt wollte Imogen widersprechen – aber
wozu, dachte sie dann. Diese unterschwellige Feindseligkeit
und Spöttelei, die, seit sie Robin kannte, in jeder Äußerung
über seinen Vater durchklang, war etwas, wogegen sie jahre-
lang vergebens gekämpft hatte. Nun war Ivor tot, die Pfeile
konnten ihn nicht mehr treffen, wozu also weiterkämpfen?
Wo es doch schon zu seinen Lebzeiten zwecklos gewesen war.

Zumal gegen Robins Vorschlag an sich nichts einzuwenden
war – im Gegenteil, er war höchst praktisch. Ihr gefiel die Vorstellung, das leere, von Geistern heimgesuchte Zimmer zu neuem Leben zu erwecken, ihm durch tägliche, resolute Nutzung
den Stachel zu ziehen. Auf diese Weise würde es nicht mehr
so bedrohlich auf sie lauern, sobald sie die Treppe hinaufkam.
Sie würde sich nicht mehr gezwungen fühlen, es entweder zu
meiden oder sich hineinzuwagen, wie sie es heute Morgen getan hatte: sich darin aufzuhalten, sich umzusehen, bedrückt
von Erinnerungen und von dem Wissen, dass sie früher oder

später etwas damit würde machen müssen. Vor allem mit dem riesigen, unnützen Himmelbett, in das Ivor so vernarrt gewesen war. Wo würde sie jemals wieder Narrheit solchen Ausmaßes finden? 800 Pfund hatte er spontan dafür hingeblättert, bei einer Versteigerung irgendwo auf dem Land: 800 Pfund für ein Möbel, das er nicht einmal die Treppe hinaufgewuchtet bekam, ehe nicht eine Spezialfirma gefunden war, die Antiquitäten zerlegen und wieder zusammenbauen konnte. Narren dieses Formats existierten heute nicht mehr.

Über das Bett hatte Robin nichts gesagt. Was vermutlich hieß, dass es ihm gefiel – oder ihn zumindest nicht störte. Vielleicht waren Himmelbetten inzwischen wieder in. Jedenfalls schien er vergessen zu haben, wie sehr sein Vater das Bett geliebt hatte, denn sonst hätte er schon längst seine Häme darüber ausgegossen, gefordert, dass es umgehend auf den Müll verbannt wurde. Nicht, dass die Müllabfuhr es mitgenommen hätte, aber es war schließlich der Gedanke, der zählte.

Gut, aber die Manuskripte. Sie konnten sie vorerst in Dots altem Zimmer lagern. Und wenn sie schon dabei war, warum sollte sie nicht auch Ivors Arbeitszimmer ein bisschen ausmisten – die Papierberge dort dezimieren – Platz schaffen ...?

Platz wofür? Für wen? Bei der Vorstellung, jemand anderes als Ivor könnte sein Arbeitszimmer nutzen, scheute Imogen wie ein nervöses Pferd; dann, als der erste Schrecken abflaute, tastete sie sich schüchtern und mit unendlicher Vorsicht wieder an die Idee heran, beäugte sie neugierig aus sicherer Entfernung.

Ein Sofa unterm Fenster, mit bunten Kissen darauf. Ein kleiner, robuster Tisch, mit ein paar Schubladen möglicherweise, anstelle von Ivors gigantischem Rollpult, auf dem sich noch seine Papiere türmten. Das ein oder andere davon konnte doch sicher weggeworfen werden … Reiseprospekte … alte Quittungen …?

Sachen ausmisten. Möbel umstellen. Apple Pie mit Streuzucker. Imogen spürte, wie sich in ihrem betäubten Wesenskern etwas regte. Etwas brach einen kleinen Spalt auf, verschob sich, wie das Eis, wenn der arktische Frühling naht.

Ein Drang, Möbel zu verrücken, ist ein Drang nach Leben.

»Also gut«, sagte sie und erhob sich entschlossen. »Du sollst deinen Stauraum bekommen, Robin. Fangen wir am besten gleich an. Es wird guttun, wenigstens ein Zimmer auszuräumen. Und danach müssen wir sehen, was wir mit dem restlichen Haus machen. Alle liegen sie mir in den Ohren damit, dass es zu groß für mich ist, und sie haben ja recht. Selbst wenn du hier bist – und du wirst ja vermutlich nicht ewig bleiben –, ist es immer noch zu groß für uns zwei. Fünf Schlafzimmer und drei völlig akzeptable Mansarden. Wir müssen Zimmer vermieten, Robin. An Studenten zum Beispiel. Ehemalige Studenten deines Vaters vielleicht, das hätte ihm gefallen.«

»Und wie ihm das gefallen hätte! Nächtelange Gelage in seinem Arbeitszimmer. Colaflaschen auf dem Bechstein. Seine Hazlitt-Erstausgabe ins Fenster geklemmt, damit es nicht zieht. Er wäre begeistert gewesen. Was noch, Stief? Was hätte Dad noch alles gefallen? Wir sollten einen Plan aufstellen, wie wir das Haus am besten nach seinen Wünschen umgestalten.«

»Nicht, Robin!« Der Einspruch war sinnlos, aber sie konnte nicht anders. »Warum musst du immer so zynisch reden? Alle Väter machen Fehler – jetzt, wo du selbst erwachsen bist, wirst du das doch verstehen.«

»Aber sicher verstehe ich das. Das habe ich schon mit vier

getan. Mit dreieinhalb, wenn du's genau wissen willst – irgendwann erzähle ich dir davon. Aber die Frage ist doch, was hat es mir gebracht, dieses ganze Verständnis? Sag mir das, Stief: *Was hat es mir gebracht?*«

Imogen antwortete nicht. Es gab Momente, da bestürzte Robins Bitterkeit gegen Ivor sie nicht nur, sie machte ihr Angst. Auch jetzt wich sie aus, wie eigentlich immer, versuchte, das Thema zu wechseln.

»Dann komm, fangen wir an«, sagte sie zum zweiten Mal. »Wenn du ein paar von diesen großen Kartons aus dem Esszimmer holen könntest, Robin – und ich räume derweil die Schränke im … im Schlafzimmer aus … Dann sehen wir, was alles da ist.«

Robin, so zeigte sich, hatte recht gehabt – wie das bei ihm so oft und so unverdient der Fall war. Es *war* Müll, jedenfalls vieles davon. Etliche der vergilbenden Manuskriptstapel waren Abzüge anderer vergilbender Manuskripte, dazu das handschriftliche Original – alle musste man sie doch gewiss nicht aufheben?

Und dann waren da die Zeitschriften, Hunderte und Aberhunderte, die dreißig Jahre und länger zurückreichten, und nur ganz wenige von ihnen enthielten Artikel von Ivor selbst. Wobei man aufpassen musste: In manchen fanden sich Leserbriefe von ihm, oder ganz unten auf einer der Seiten war ein hochgebildetes lateinisches Wortspiel versteckt. Und nicht selten hob neben einem gelbstichigen gelehrten Absatz ein erboster Bleistiftkommentar, zittrig vor lang verrauchtem Zorn und flankiert von Ausrufungszeichen – zweien, dreien, teils sogar vieren –, einen Schnitzer hervor, dessen Infamie nie wieder jemanden empören würde.

Wozu sollte man solches Zeug aufheben? Wie konnte man es wagen, etwas davon wegzuwerfen?

Auf dem Fußboden kauernd, blätterte und sortierte Imogen, Staub unter den Nägeln und in den Fingerrillen, und die Stapel wuchsen höher und neigten sich, und Robin tappte über den Flur und schleppte sie weg, wie sie es anwies – aber gönnerhaft, mit einem unterdrückten Lächeln, als stünde er eigentlich über der Sache und spielte nur mit, damit die Erwachsenen sich freuten. Obwohl es ja seine Schränke waren, die leer geräumt wurden.

So war es immer. Robin fing Feuer für ein Projekt, und seine Freunde legten los, nahmen ihm alles ab, nur um mittendrin festzustellen, dass er nicht nur die Arbeit, sondern auch das Interesse daran auf sie abgewälzt hatte: Jetzt war es *ihre* Aufgabe, für die Sache zu brennen, nicht seine.

Wie ein Virus, so betrachtet.

»Du bist wie ein Virus, Robin«, beschwerte sie sich, als er das nächste Mal ins Zimmer kam, und er gab ihr sofort recht.

Ihn abzulenken indessen entpuppte sich als ein Fehler; es verstärkte nur seinen ohnehin schon schwelenden Überdruss an dem Ganzen. Schweigend reichte sie ihm den nächsten Armvoll Papiere und sah ihm nach, als er damit verschwand. Die Kunst bestand darin, ihn bei der Stange zu halten, die Arbeit zu Ende zu bringen, bevor seine grässliche, unbezähmbare Langeweile die Oberhand gewann und man selbst im Flachwasser seiner Trägheit und Wurstigkeit auf Grund lief wie ein gestrandeter Wal.

»Es hat keinen Sinn mehr, Dots Zimmer ist voll bis zum Kronleuchter«, verkündete er gleich darauf gähnend und warf sich in einen Sessel, und Imogen, die über den Flur eilte, um ihm zu beweisen, dass das unmöglich stimmen konnte, erwartete ein kleiner Schock.

Dot hatte ihre Schrankkoffer nicht mitgenommen! Da standen sie, verschnürt und reisefertig, bis zum Rand vollgestopft mit all den Dingen, die – laut Dot – ihr gehörten oder ihr zustanden oder die sie sich einfach nahm.

Verdammt! Obgleich es Imogen ursprünglich etwas verstimmt hatte, so viele von Ivors Schätzen in Dots Klauen davonwandern zu sehen: sie nun alle wiederzuhaben war unvergleichlich viel schlimmer. Die riesige Porzellanschale mit der chinesischen Landschaft darauf – schon jetzt war ihr Platz auf dem Dielentisch zu einem nützlichen, nein, unverzichtbaren Ablageort für Handtaschen, Handschuhe, Bibliotheksbücher und Telefonnachrichten geworden. Auch der Perserteppich aus dem Wohnzimmer – das Staubsaugen war so viel leichter ohne ihn! Die vertrauten Wahrzeichen eines ganzen Lebens: Wie schnell gibt es, wenn sie einmal fort sind, keinen Platz mehr für sie!

Während sie mürrisch auf diese unerwünschten Relikte von Dots Aufenthalt schaute, fand sich Imogen nach acht Wochen vollständiger Lethargie von einer kaum erträglichen Ungeduld gebeutelt.

»Sie *muss* sie abholen – ich kann hier nicht überall dieses Zeug herumstehen haben«, schimpfte sie. »Es ist fast Dezember, wenn wir zum nächsten Semester Studenten unterbringen wollen …«

Die Studenten – von denen bis vor zwei Stunden nie die Rede gewesen war – hatten sich merkwürdig stark in ihrem Kopf festgesetzt. Sie sah das ganze Haus von ihnen bevölkert, und es war eine so reizende, unkomplizierte Truppe, wie man sie sich nur wünschen konnte. An einem großen Weißholztisch im Gästezimmer saßen zwei langhaarige blonde Mädchen mit offenen, sympathischen Gesichtern über ihren Büchern, ihre gebeugten Köpfe glänzend in der Wintersonne. Ein bettelarmer Musikstudent stand andächtig vor Ivors geliebtem Bechstein, berührte in ungläubigem Staunen die Notenblätter – exakt dem ungläubigen Staunen, das Ivor sich erwartet hätte – und dachte bei sich, welch wunderbarer Mensch das doch gewesen sein musste, der solch einen wunderbaren Flügel hinterließ. Und einen Studenten der Altphilologie gab es selbstredend auch, oder noch besser zwei, die überwältigt Ivors einzigartige Büchersammlung betrachteten – drei Wände allein im Arbeitszimmer, Regale vom Boden bis zur Decke –, und auch sie konnten ihr Glück kaum fassen und befühlten voller Ehrfurcht die prächtigen Bände …

»Ich an deiner Stelle würde mir ja eher Depressive als Angstpatienten ins Haus holen, Stief«, riet Robin ihr. »Aus Vermietersicht sind Depressive unbedingt vorzuziehen, weil sie bis mittags im Bett liegen und kein Frühstück brauchen. Für Angstpatienten muss es ständig eine Extrawurst sein – Grapefruit, Ballaststoffe, dieses ganze Zeugs. Und nachts essen sie dir den Kühlschrank leer und trinken Kaffee. Und sie haben zig verschiedene Probleme, Verstopfung und Liebeskummer, und führen hektische Ferngespräche mit so abartigen Orten wie Aberystwyth. Das geht ins Geld. Und du als Zimmerwirtin trägst sowieso die Schuld an allem – du bist *in loco parentis*, was übersetzt so viel heißt wie: Bei Kopf gewinne ich, bei Zahl verlierst du. Die soziologische Fakultät in Leeds hat eine Umfrage unter Zimmerwirtinnen durchgeführt und schlüssig bewiesen, dass …«

»Sei still, Robin, ich versuche nachzudenken. Ich muss Dot anrufen und darauf bestehen, dass sie … ich meine, ich muss die Zimmer ja schließlich leer räumen, oder? Und wenn das irgendwann geschafft ist, kann ich erst entscheiden, was ich damit machen will.«

Jede Witwe hätte es ihr sagen können, jeder Hausbesitzer letzten Endes. Dieser Tage entscheidet man nicht selbst über seine leer stehenden Räume, man wehrt sich schwächlich gegen das, was die anderen entscheiden, und gibt, wenn man klug ist, beizeiten auf.

Denn die anderen sind stärker als man selbst. Gegen ihr Gepäck, ihre Entschlossenheit und die Aussichtslosigkeit ihrer Lage ist man machtlos.

So erging es auch Imogen. Innerhalb von vierzehn Tagen war Dot wieder da, in Tränen und mit noch mehr Schrankkoffern, die Berge von Kleidern und die elektrische Eisenbahn der Jungen enthielten. Herbert, so schien es, benahm sich wieder einmal unmöglich, und sie hielt es einfach nicht aus – nicht jetzt, an Weihnachten, wo die Kinder Ferien hatten. Außerdem – schob sie geflissentlich nach – hatte es ihr solche Gewissensbisse verursacht, Imogen allein in dem leeren Haus zurückzulassen. Sie konnte (sehr günstig angesichts Herberts derzeitiger Unmöglichkeit) den Gedanken nicht ertragen, dass ihre Stiefmutter an Weihnachten einsam sein musste, und deshalb – nun ja, deshalb war sie jetzt hier. Mit Vernon und Timmie. Die zwei würden Imogen aufheitern, nicht wahr, sie würden Leben ins Haus bringen … wie Imogen, während sie im Geist Betten, Zimmer, Decken, Lebensmittel durchzählte, etwas halbherzig bestätigte.

Wie sich zeigte, war Imogens Einsamkeit allseits ein hoch-willkommener Umstand. Kaum hatte Dot ihr altes Zimmer bezogen – hellauf empört über die Stapel von Manuskripten und Papieren, die dort in ihrer Abwesenheit abgeladen worden waren und die, wie sie schrill verlangte, umgehend auf den Dachboden geschafft werden müssten –, als ein Telegramm von den Bermudas eintraf, in dem Cynthia sich für den kommen-den Donnerstag ankündigte. Liebste Grüße, ihr Flugzeug wür-de um Viertel vor sieben Uhr früh in Heathrow landen, man möge sie dort bitte abholen. Auch ihr war der Gedanke, dass Imogen über Weihnachten allein war, unerträglich gewesen – wie offenkundig allen, die irgendein Motiv dafür hatten, den Festivitäten im eigenen Zuhause zu entgehen.

Nicht einmal Herbert bildete da, als es ernst wurde, eine Ausnahme. Unmöglich mochte er sein, und genau so selbst-süchtig, wie seine Frau behauptete, aber die Vorstellung von Imogens Einsamkeit hatte denselben unwiderstehlichen Effekt auf ihn wie auf alle anderen. Klein und verschüchtert stand er am Tag vor Heiligabend vor ihrer Haustür, mit einer Miene, als wären sämtliche Höllenhunde hinter ihm her.

Imogen gab sich alle Mühe, sich nichts anmerken zu las-sen; er war schließlich nicht *ihr* Mann. Sie begrüßte ihn leid-lich herzlich und überlegte dabei fieberhaft, wo in aller Welt sie ihn unterbringen sollte, wenn er und Dot, wie ja anzuneh-men war, noch zerstritten waren – während Dot selbst, ein Stück hinter ihr, ihn mit wissendem, geradezu triumphieren-dem Blick ins Visier nahm.

»Hier ist kein Platz für dich, Herbert, du kannst nicht blei-ben«, begann sie selbstgefällig, »und behaupte ja nicht, ich hät-te dir das nicht gesagt«, und als er nichts dergleichen behauptete, schlug ihre Stimme in ein Kreischen um: »Ich hab dir gesagt, mach das nicht! Ich hab's dir gesagt! Oh, du bist dermaßen unmöglich!«

Herbert leugnete es nicht, ließ aber auch keine unmittelbare Absicht erkennen, daran etwas zu ändern. Er lauschte Dots Tirade mit ernster Miene, packte seine Sachen aus, aß mit zu Abend, und dann, später, stritten er und Dot lange zischelnd hinter verschlossener Tür. Worüber, wurde Imogen nicht ganz klar, aber das Ende vom Lied war auf jeden Fall, dass Herbert doch nicht heimgeschickt wurde; er durfte bleiben und hier unmöglich sein.

Erst Dot, dann die Kinder, dann Cynthia. Alle ungeladen, und nun auch noch Herbert. Der berühmte letzte Tropfen, dachte Imogen.

Zu früh – denn wie sich herausstellte, war Herbert erst der Vorletzte gewesen.

»Das ist Piggy«, verkündete Robin und führte aus der Dunkelheit draußen ein großes, stämmiges junges Mädchen mit riesigem Koffer und einem schweren blonden, nachlässig geflochtenen Seitenzopf herein. »Ich schlafe nicht mit ihr«, fügte er hinzu und sah beifallheischend in die Runde.

Unterm Strich machte das natürlich alles nur komplizierter. Es bedeutete, dass das Mädchen ein Zimmer, ein Bett für sich allein brauchte. Es würde eine der kleinen Dachkammern sein müssen, sonst war nichts mehr frei. Die eine hatte Imogen vorerst für sich reklamiert, bis sie irgendwann in der Lage war, zu entscheiden, welcher Raum ihr am meisten zusagte; aber es gab noch die Kammer daneben, auch wenn man einiges würde herausräumen müssen, bevor dort jemand übernachten konnte. Und kalt war sie auch … Imogen wurden die

Decken schon jetzt knapp, und sie war es gründlich leid, sie treppauf und treppab schleppen zu müssen.

Es war wirklich ein Ärgernis. Was bezweckte Robin nur damit? Das Mädchen sei aus ihrer Wohnung geflogen und wisse nicht, wohin, hatte er erklärt – aber was hatte *er* damit zu tun? Wenn er nicht mit ihr schlief oder ihr Geld schuldete (und dass sie kein Geld besaß, das ihr jemand schulden konnte, schien mehr als klar), was wollte er dann mit ihr? Was trieb ihn zu dieser Aktion? Weihnachtliche Nächstenliebe?

Es war unheimlich. Doch. Unheimlich.

7

Weihnachten im Trauerhaus: Edith kam mit vielsagenden Blicken, aus jeder Pore Beileid dünstend, und brachte einen Topf weiße Hyazinthen, aber nur, weil es schwarze Hyazinthen nun mal nicht gab. Imogen bedankte sich nervös und versuchte abzuschätzen, aus welcher Richtung die nächste Attacke erfolgen würde. »Ein stilles Fest«, hatten ihr alle feierlich in Aussicht gestellt – und man sah förmlich, wie sie schon im Sprechen ausrechneten, welche Beträge sie dadurch sparen würden und was sie stattdessen mit dem Geld anfangen konnten. Keine Geschenke, das wäre pietätlos, juhu! Und nun, nach all diesen Beteuerungen, kamen sie einer nach dem anderen an, brachten schuldbewusst Päckchen hinter ihrem Rücken zum Vorschein und schoben sie ihr hin, als wären es obszöne Postkarten. Seife. Badesalz. Briefpapier. Lauter Dinge, für die nach menschlichem Ermessen selbst eine Witwe noch Verwendung haben sollte. Und weil sie versprochen hatten, ihr nichts zu schenken, und ihr Versprechen nun brachen, musste sie ihnen doppelt dankbar sein, einmal für das Geschenk und einmal für den Wortbruch.

Wobei einer dieser Wortbrüche – Cynthias – ein ausnehmend prächtiger war: ein kostspieliger Kaftan, über und über mit Gold bestickt, betörend ungeeignet für jeglichen Anlass außer für die Art von Partys, auf die Imogen nun nie mehr gehen würde. Für diese Partys allerdings wäre er äußerst brauch-

bar gewesen, und Ivor hätte sie darin nur zu gern an seiner
Seite gehabt. An seiner Seite, wohlgemerkt, für alle sichtbar in
seinem Besitz – aber andererseits mochte er es gar nicht, wenn
sie auf Partys zu dicht bei ihm blieb, denn wie sollte er da die
schönen Ehefrauen bedeutender Männer charmieren? Und
so wäre es letzten Endes eine recht komplizierte Angelegenheit geworden. Ihre Trauer um Ivor verhedderte sich jedes Mal
so: Kaum dachte sie, ach, wie sehr hätte das Ivor gefallen, er-
eilte sie schon eine jähe Vision dessen, was wirklich gewesen
wäre.

Und irgendwie stimmte sie das noch weinerlicher. Seltsam.

Aber am Weihnachtsmorgen weinte man natürlich nicht.
Nicht, solange alle einen ansahen und sich fragten, ob man
wohl losweinen würde und was sie tun sollten, wenn.

»O danke, Cynthia, wie wunderschön!«, schwärmte sie, indem sie die glitzernden Falten ausschüttelte und zur Betrach-
tung hochhielt. »Schau, Dot. Schaut her! Ist das nicht traum-
haft?«

»Sehr schön«, sagte Dot missbilligend. Es war nicht, dass
sie schockiert war oder dass ihr das Gewand an sich nicht gefiel, nein, sie spürte nur augenblicklich, dass es zu nichts Gu-
tem führen würde. Manche Frauen spüren so etwas.

Herbert dagegen quollen fast die Augen aus dem Kopf.

»Der ist ja erste Sahne!«, rief er. »Damit schießt du den Vo-
gel ab!« – zwei Ausdrücke, die, wie er sicherlich wissen musste, seine Frau zutiefst verachtenswert fand. Einen Mann zu
haben, der unmöglich ist, das ist das eine, und man kann sich
bei seinen Freunden darüber beklagen, ohne an Status einzu-
büßen; aber einen Mann zu haben, der *vulgär* ist …

»*Herbert!*«, sagte sie nur, und er zog den Kopf ein, während

Imogen, noch immer Dankesbekundungen murmelnd, den Kaftan wieder zusammenlegte und ihn in seinem Seidenpapier verwahrte, zufrieden beobachtet von Cynthia. Es war mehr als deutlich, dass Cynthia gewonnen hatte, auch wenn sich Imogen im Moment noch nicht ganz erschloss, worum es bei dem Kampf ging.

Um Ivor natürlich – worum sonst? Selbst im Tod konnte sie ihn nicht in Ruhe lassen.

In den fünf Tagen seit Cynthias Ankunft in Heathrow – mit vier Stunden Verspätung und einer zusätzlichen Verzögerung, weil sie ihren Impfpass nicht fand – hatte Imogen beinahe vergessen, dass es sich bei ihrem Gast um Ivors Ex-Frau handelte. Sie schien ihr mehr eine Naturgewalt zu sein, so wie sie Schals, Gepäck, Mitbringsel und Haarspray im ganzen Haus verteilte und das Recht einforderte, mit dem Kopf nach Norden und drei Wärmflaschen im Bett zu schlafen. Sie vertrug keine Pastinaken und nichts in irgendeiner Weise Gebratenes, und jede Mahlzeit begann mit dem Ruf: »Wo sind meine Tabletten?« Drei verschiedene Sorten von Pillen gab es – weiße für Cynthias Nerven, gelbe für ihren Blutdruck und rosafarbene für – wofür gleich wieder? – Migräne vielleicht. Sie waren ihr von ihrem Arzt auf den Bermudas verschrieben worden, einem so lieben, reizenden Mann. *Versprechen* Sie mir, hatte er Cynthia beschworen, *versprechen* Sie mir, dass Sie sie während Ihrer Zeit in England regelmäßig einnehmen; und das hatte sie versprochen. Hätte er nur – dachte Imogen düster – hätte dieser liebe, reizende Arzt ihr nur auch das Versprechen abgenommen, sie nach jeder Mahlzeit am selben Platz zu verwahren. Doch das hatte er leider versäumt. Handtaschen, Jackentaschen, Schubladen mussten tagtäglich durchforstet werden, während das Essen auf dem Tisch kalt wurde und keiner anzufangen wagte, damit es wenigstens *aussah*, als würden sie helfen, und Cynthia sich hinter ihren Stühlen vorbeidrückte, links, rechts, wieder links, bis der Tisch wackelte, und beteuerte, auf keinen Fall stören zu wollen.

Und nun saß sie da und wartete darauf, dass Imogen etwas sagte – sich aus dem Fenster lehnte, ins Fettnäpfchen trat, irgendetwas. Dieses funkelnde, überteuerte Geschenk war als Einstieg gedacht.

Imogen wartete.

Vergebung, so stellte sich heraus. Cynthia vergab ihr, sie wollte Vergangenes vergangen sein lassen. Weihnachten sei doch gewisslich die Zeit, das Kriegsbeil zu begraben.

Allerdings. Nur welches Kriegsbeil? Welche Vergangenheit? Imogen wollte ihr an weihnachtlicher Nächstenliebe nicht nachstehen, aber sie begriff nicht ganz, worum es eigentlich ging. Schließlich hatte Ivor Cynthia ja nicht wegen Imogen verlassen, er hatte sie verlassen, weil er Ruhe und Frieden wollte, seine Freiheit und pünktliche, anständig zubereitete Mahlzeiten. Es war Imogen ein Rätsel, wie da Vergebung ins Spiel kommen sollte, egal von welcher Seite, schon gar nach so langer Zeit.

Aber dies ließ Cynthia aus irgendeinem Grund nur in Tränen ausbrechen und erklären, dass Imogen sie nicht verstehe, sie niemals verstanden habe, was natürlich stimmte. Doch wie nun weiter?

»Ich weiß, du verabscheust mich«, schluchzte Cynthia, »du hast mich schon immer verabscheut! Du findest mich dumm und unpraktisch und albern … und vielleicht bin ich das ja, aber Ivor hat mich trotzdem geliebt, er hätte gewollt, dass ich zu meinem Recht komme … er hat mich so geliebt, wie ich bin. Er hatte genug von gescheiten Frauen, seine erste Frau war ein richtiger Blaustrumpf und zig Jahre älter als er … wenn du sie je kennengelernt hättest, würdest du dich nicht mehr wundern, dass er sich in ein unbedarftes, flatterhaftes, spatzenhirniges kleines Ding wie mich verliebt hat …«

Nein? Imogen musste an diese ganze unbedarfte kleine Anreise von den fernen Bermudas denken, genau rechtzeitig für die Aufteilung von Ivors Nachlass … an die spatzenhirnigen kleinen Telefonate mit Anwälten und anderen Juristen, die in den letzten Tagen stattgefunden hatten … und jäh füllten sich ihre Augen mit Tränen. Ivor, warum lachst du jetzt nicht? Wo bist du, dass du meine boshaften, ketzerischen Gedanken nicht hörst?

Cynthia für ihren Teil hielt die Tränen in Imogens Augen natürlich für Tränen der Reue und strömte sogleich über vor Güte und Mitleid.

»Oh, Imogen, Liebste, ich wollte nicht … *Natürlich* trage ich es dir nicht nach, du Liebste, Ärmste. Jetzt nicht mehr, nach alledem. Das habe ich dir zu sagen versucht, die Bitterkeit ist ganz und gar verflogen, sie ist ausgelöscht worden durch diese schreckliche, schreckliche Tragödie. Wir sind jetzt Schwestern im Leid, Imogen, Schwestern, so wie Ivor es sich gewünscht hätte …«

Schwestern? Das wäre das Letzte, was Ivor sich gewünscht hätte. Schwestern, die Ansprüche an ihn hatten und Indiskretionen über ihn als Zehnjährigen ausplauderten – Gott bewahre! Imogen, die sich in Cynthias duftender Orlon-Umarmung kleinmachte, überlegte, wie bald sie sich, ohne unhöflich zu sein, befreien und in Sicherheit bringen konnte. Das Schlimme war, dass Cynthia es auf ihre Art ja gut mit ihr meinte. So wie auch Edith es gut meinte, und Dot und Herbert ebenfalls. Auf ihre unterschiedlichen Arten – und mit dem nötigen Blick auf die eigenen Interessen – meinten sie es alle gut mit ihr.

Aber was können einem Freunde nützen, wenn man in Wahrheit Feinde braucht? Menschen, an denen man seine noch fragile, eben erst wieder erwachende Angriffslust austesten kann; Menschen, denen man es zeigen, die man vorführen und schlecht behandeln kann. Tut mir leid, ich wollte dir keine reinhauen, ich wollte nur schauen, ob es noch geht …

Ein Truthahn. Man hatte ihr versprochen, dass es keinen geben würde, aber hier war er nun. Robin holte Piggy, deren Zopf mit einem Schnürsenkel zusammengebunden war, zu dem Familienmahl dazu, aber sie warf nur einen Blick darauf und stampfte davon, um sich einen Topf makrobiotischen Reis zu kochen. Worauf sich alle anderen noch einmal schuldiger fühlten.

»Wir machen es für die Kinder«, sagten sie, während sie sich Rosenkohl auftaten, Brottunke, Bratensoße. »Weihnachten ist für die Kinder.« Eine schwere Bürde, hätte man meinen sollen, für zwei so kleine Jungen, von denen einer seinen Truthahn nur ohne Füllung mochte.

Nach dem Essen gab es noch mehr Geschenke – »für die Kinder« natürlich, diese beiden zarten, verzückten kleinen Stützpfeiler, auf denen die ganze Last dieses düsteren Tages ruhte, so viel labiler, als sie es ahnen konnten.

Kein Baum. Die besorgte, hinter verschlossener Tür geführte Debatte zu diesem Thema war gestern dankenswerterweise durch die Erkenntnis abgewürgt worden, dass sämtliche Bäume ausverkauft waren. Und so lagen die Geschenke der Jungen nun in einem Haufen auf dem Teppich und warteten darauf, dass irgendein gezwungenes Ritual improvisiert würde. Um die Sache noch mehr zu komplizieren, schien sich gerade eine Legende zu bilden, der zufolge es Ivors Gewohnheit gewesen sein sollte, seinen Enkelsöhnen als Weihnachtsmann verkleidet ihre Gaben zu bescheren, lieblich lächelnd und unter törichtem Geschwätz über Rentiere, Schornsteine und dergleichen. Imogen bekam mit halbem Ohr mit, wie gepresste Stimmen in der Zimmerecke darüber beratschlagten, ob vielleicht Herbert diese Rolle übernehmen könnte – oder vielmehr diese Nicht-Rolle, denn Imogen erinnerte sich beim besten Willen an nichts Derartiges. Gnädigerweise entschieden die gepressten Stimmen dagegen, und gierig jauchzend stürzten sich die Jungen ohne Zeremoniell auf ihre Päckchen, fielen über das bunte Geschenkpapier und die liebevoll verfassten Begleitkärtchen her wie Termiten über einen Holzbalken. Das Geschenk von Großpapa fehlte dieses Jahr natürlich, aber egal, es gab ausreichend andere.

Ivor als Weihnachtsmann! Aber ja, vermutlich hätte er sich auch in dieser Rolle gesonnt – wenn jemand von der BBC die Idee aufgebracht hätte und mit einem Kamerateam angerückt wäre, um die Szene zu filmen: »Professor Barnicott, Autor von Soundso und Soundso, am Weihnachtstag mit seinen Enkeln«. Fast ein Jammer, dass das nie passiert war.

Sollte ihm also wenigstens die Legende vergönnt sein: diese Legende, an der Dot und die anderen gerade so eifrig bastelten! Der launige, gütige Großpapa, der seinen kleinen Enkelsöhnen Jahr für Jahr den Zauber der Weihnacht nahebrachte. Das hätte ihm getaugt – zumal es ihn ja im Jenseits nichts kostete. Keine Langeweile. Kein Nerverei. Keine Gefahr, dass die Kinder das schöne Bild durch Geheul und Gezanke verdarben. Wer tot war, hatte es leicht. Der gute alte Ivor.

Aber gleich der *Weihnachtsmann*! Und das nach nicht einmal drei Monaten. Was würden sie ihm noch alles angedichtet haben, wenn erst ein Jahr um war – von künftigen Jahren ganz zu schweigen?

Ivor, Ivor, rief sie stumm, was machen die mit dir? Komm zurück zu mir, für einen Augenblick nur, damit ich dich sehen und mich erinnern kann, wie du wirklich warst!

Doch er entglitt bereits in die Vergangenheit, eine immer kleinere, immer fernere Gestalt mit seiner roten Mütze und dem Rauschebart …

»Omi! Du, Omi!«

Imogen schreckte aus ihren Gedanken auf. Neben ihr stand Timmie und sah mit großen, eine Spur empörten Augen zu ihr empor. »Großpapa sollte doch tot sein, Omi! Ist er aber gar nicht, er ist immer noch hier. Im Arbeitszimmer, mit einem Weihnachtsmann-Mantel an! Warum ist er nicht tot, Omi, so wie er sein soll?«

8

Selbstverständlich schimpfte niemand mit Timmie wegen seiner Lügengeschichten. Erstens war Weihnachten und zweitens, so stellte Dot klar, gab es die Lüge als solche heutzutage nicht mehr, es gab nur die Unfähigkeit, zwischen Fantasie und Realität zu unterscheiden. Außerdem komme Timmie nach ihr, er sei hochsensibel, und dies sei eben seine Art, seine Trauer zu verarbeiten.

Seine Trauer? Um die Wahrheit zu sagen, hatten er und sein Großvater kein sehr inniges Verhältnis gehabt. Timmie hatte einen fatalen Hang dazu, Ivors eindrucksvollste Reminiszenzen zu verderben, indem er etwa fragte: »Wer ist Churchill?« Trotzdem, ganz unberührt ließ Ivors Tod sicher auch ihn nicht, und auf gewisse Weise war es eine Erleichterung, endlich ein Anzeichen dafür zu sehen.

Und so wurde Timmie nach ein paar ersten Momenten der Sprachlosigkeit wie eine Mischung aus einem Invaliden und einem Medium behandelt: alle überboten sich an Respekt für seine Gefühle und hofften dabei, jemand anderes würde die unsensiblen Fragen stellen, die Timmie zum Reden brächten.

Denn mysteriös war es in der Tat. Sämtliche Anwesenden waren natürlich ins Arbeitszimmer gestürzt, und eine beklommene, leicht verlegene Suche war unternommen worden, die erwartungsgemäß nichts ergeben hatte. Kein Weihnachtsmannkostüm. Nichts.

»Warum bist du dir so sicher, dass es Großpapa war?«, wagte jemand zu fragen. »Sich als Weihnachtsmann verkleiden könnte doch jeder.«

Die Frage schien Timmie kurzzeitig aus dem Konzept zu bringen.

»Er ist in seinem großen Sessel gesessen, wo sonst keiner drin sitzen darf«, begann er. »Er hatte seine Brille auf, und er hat in einem von seinen dicken Büchern gelesen – dem griechischen, das so riesig ist. Und er war böse«, fügte er hinzu, als würde das die Identifikation komplett machen. »Er ist aufgesprungen und auf mich los, als ob ich was ganz Schlimmes angestellt hätte. Und das habe ich doch gar nicht, Mummy. Ich habe nichts angefasst. Ich wollte ihn ja auch nicht stören, ich meine, er sollte doch tot sein! Es ist so ungerecht!«

Von dieser Fülle an Beweisen blieb zur öffentlichen Begutachtung nichts übrig als das Griechisch-Lexikon. Da lag er, der große *Liddell and Scott*, aufgeschlagen auf der Armlehne von Ivors gewaltigem Ledersessel, so wie er immer dagelegen hatte, wenn Ivor arbeitete. Aber das bewies gar nichts, jeder hätte ihn dort hinlegen können. Nicht, dass irgendwer das getan hatte, aber möglich wäre es gewesen. Kein Grund, daraus ein riesiges Drama zu machen.

Die Fragen und Argumente gingen bald in diese Richtung, bald in jene. Jemand musste ein Wort für ein Kreuzworträtsel nachgeschlagen haben. Wie, auf *Griechisch*? Dann eben einfach so nachgeschlagen. Aber hier *kann* doch überhaupt niemand Griechisch …

Schlagartig ertrug Imogen es nicht mehr. Sie knallte das große Lexikon zu und lehnte sich über den Sessel, um es an seinen Platz in dem niedrigen Regal zu stellen. Und nun, da das einzige handfeste Beweisstück weggeräumt worden war, schien sich das ganze Rätsel plötzlich in Luft aufzulösen. Es gab nichts mehr zu erklären, nichts mehr zu sagen. Man versicherte Timmie, dass es unmöglich Großpapa gewesen sein konnte – nicht, dass ihn das groß zu kümmern schien –, und das Thema wurde fallen gelassen, nur von Dot kam noch ein: »Ich hab's dir ja gesagt!«

Das hatte sie natürlich nicht, wie auch? Aber wie sich zeigte, war der Satz gar nicht auf Timmies unglaubhafte Behauptung von eben gemünzt, sondern auf eine frühere und allgemeiner gehaltene Voraussage ihrerseits, des Inhalts, dass Herbert nichts, aber auch nichts, richtig hinbekam. Anscheinend fiel darunter auch das, was er *nicht* tat: Nicht einmal sich nicht als Weihnachtsmann zu verkleiden bekam er hin.

Darauf lief es hinaus, soweit Imogen es durch die offene Tür beurteilen konnte. Für gewöhnlich hielt sie sich möglichst fern, wenn Herbert und Dot stritten, aber das war schwer, wenn sie sich auf der Treppe stritten, was sie oft taten, denn in der Regel war es Herberts Versuch, sich unauffällig nach oben in ihr Zimmer zu verdrücken, der in Dot die Erinnerung an seine Taten oder Versäumnisse wachrief.

Und damit wurde der Zwischenfall ad acta gelegt. Aus irgendeinem Grund konnte sich Imogen nicht dazu aufraffen, den anderen von dem kleinen Zusatzschock zu berichten, den sie unbemerkt von ihnen erlitten hatte. Denn als sie sich vorgebeugt hatte, um das Lexikon ins Regal zurückzustellen, hatte sie schwacher Whiskygeruch angeweht, und bei näherem Hinsehen hatte sie eine Whiskyflasche und ein frisch benutztes Glas an eben der Stelle entdeckt, wo sie bei Ivor immer gestanden hatten – auf dem Boden zwischen Sessel und Bücherregal.

Jemand hatte an dem Nachmittag mit einem Whisky in Ivors Lehnstuhl gesessen und griechische Texte gelesen, so wie er zu sitzen und zu lesen pflegte. Ein Glas nach dem anderen leerend, möglicherweise während er darauf wartete, dass der verwünschte Gästetrupp endlich aufbrach ... Einen Augenblick lang hätte Imogen, während sie über den Sessel griff, schwören können, auch den Rauch seiner Pfeife zu riechen und sein Räuspern zu hören, aber das war natürlich reine Einbildung.

Wer war es gewesen, der hier gesessen hatte? Eine Möglichkeit wäre natürlich gewesen, sie alle zu befragen, aber sie hätten ja so oder so alle verneint, wozu also der Aufwand?

Warum den Ärger *suchen*? Viel leichter war es doch, das Glas einfach abzuspülen und die leere Flasche wegzuwerfen, dann hörte das ganze Rätsel gleich auf zu existieren. Genauso, wie auch das Rätsel des Lexikons aufgehört hatte zu existieren, sobald das Buch wieder im Regal stand, wo es hingehörte. Wie harmlos es dort wirkte, wie unverrückbar: schwer und abgegriffen und solide an seinem angestammten Platz neben dem Großen Wörterbuch des Altertums.

Eine knappe Woche verging, bis sich der nächste merkwürdige Vorfall ereignete. »Du musst einen Poltergeist haben, Teuerste«, hatte Cynthia gesagt, halb lachend, halb ängstlich. Aber Cynthia neigte natürlich von Haus aus zur Übertreibung. Bei Lichte betrachtet war ohnehin anzunehmen, dass das Ganze nichts als ein dummes Missverständnis war. Mit so vielen wild zusammengewürfelten Menschen unter einem Dach, die nichts verband als der feste Wille, irgendwo anders *nicht* zu sein, waren Verwirrungen nur eine Frage der Zeit.

Wieder einmal war es Timmie, der in die Sache hineinstolperte, aber diesmal zusammen mit seinem Bruder. Es war ein grauer, ins Frostige gehender Nachmittag kurz vor Neujahr, und das erste Anzeichen, dass etwas nicht stimmte, erreichte Imogen in Gestalt schriller, in wütendem Protest erhobener Kinderstimmen direkt unter ihrem Fenster. Unterbrochen wurden sie von einer tieferen Stimme – der eines Mannes –, die das hohe, empörte Piepsen spielend übertönte.

Eine Weile achtete Imogen nicht darauf. Sie lag auf dem Bett, halb lesend, halb tagträumend, und spürte nichts als eine überwältigende Unlust, sich zu rühren. Obwohl es erst drei Uhr war, neigte sich der Winternachmittag bereits dem Ende zu. Seit einiger Zeit schon bemerkte sie die sich verdichtenden Schatten in den Winkeln der Zimmerdecke. Das scharf umrissene Lichtviereck der Dachgaube war nicht mehr weiß, sondern silbrig-violett; bald würde es zu dunkel zum Lesen sein.

Es war das vorderste Mansardenzimmer, das sie für den Moment ihr Eigen nannte – die kleinste der drei Mansarden, die die ganze Breite des Dachbodens einnahmen. In der angrenzenden wohnte Piggy, und die dritte, geräumigste wurde als Abstellkammer genutzt wie all die Jahre zuvor auch schon.

Imogen wohnte natürlich nur vorübergehend hier oben. Sobald sich der Tumult all dieser An- und Abreisen gelegt hatte (Imogen war kurz genug Witwe, um noch zu glauben, dass dies irgendwann der Fall sein könnte), würde sie sich eines der Zimmer im ersten Stock aussuchen und zu ihrem machen. Richtig zu ihrem, nach ihrem Geschmack eingerichtet, nicht dem von Ivors Geist. Sie würde billige bunte Teppiche kaufen, die weder aus Persien noch aus Benares oder sonst woher kamen. Sie würde die Bücherregale mit Romanen füllen, keinen gebundenen, sondern Taschenbüchern, und dazwischen Töpfe mit rankendem Efeu aufstellen, und an die Wände würde sie Bilder hängen, die ihr nicht der Künstler persönlich in dankbarer Anerkennung für diese oder jene Großtat verehrt hatte.

Ihre Bilder, nicht die von Ivor. Es wurde höchste Zeit, dass Ivor sich vom Acker machte. Es war nicht fair, tot und dennoch so hartnäckig gegenwärtig zu sein, in jedem Zimmer, jedem Winkel des Hauses. Ein Spray sollte es geben, dachte sie, wie ein Mückenspray gegen Geister, ein Geisterspray …

Ivor hätte das witzig gefunden, wenn er in der Stimmung dafür gewesen wäre. Nein, falsch, er hätte sie schrullig genannt, mit diesem ungeduldigen Zucken um den Mund, das bei ihm dummen Leuten vorbehalten war …

Ruhe! Du bist tot, wen interessiert es, was du denkst? Du hast kein Recht, mir zu sagen, was schrullig ist und was nicht, jetzt nicht mehr.

Raus hier! Raus hier! Raus hier!

Der Streit unter ihrem Fenster schien zu eskalieren. Eine der Kinderstimmen kippte schon ins Weinerliche.

Dennoch blieb sie liegen, untätig. Verdammt, das waren Dots Kinder, sollte *sie* doch eingreifen. Und Robin – ja, die Männerstimme, die jetzt nicht länger nur gereizt, sondern ausgemacht zornig klang, gehörte eindeutig ihm –, Robin war Dots Bruder, nicht der von Imogen. Keinerlei Verwandtschaft. Wann immer ihr Ivors Familienleben im Lauf der Jahre über den Kopf zu wachsen drohte, hatte sie sich mit Überlegungen dieser Art zu trösten versucht, aber der Trost hielt nie lange an. Blut mag dicker als Wasser sein, aber bei Familienzwistigkeiten ist es die schlichte räumliche Nähe, durch die man sich verstrickt. Nicht ihre Gene würden es sein, sondern ihre Anwesenheit, die ihr zum Verhängnis wurde.

Deshalb lag sie ganz still da und stellte sich tot. Sie bräuchte nur den Kopf aus dem Fenster in die schneidende Dezemberdämmerung zu strecken und hinunterzuschreien: »Was ist da los?«, und schon wäre sie an allem schuld und durfte zusehen, wie sie es wieder zurechtbog. Man würde sie als Richterin darüber anrufen, ob etwas *fair* war oder *unfair*, ob Dot ihre Blagen heillos verzog oder nicht …

Trotzdem war es ungewöhnlich, dass Robin die Kinder so anschrie. Sicher, er mochte keine Kinder, und Kinder wittern so etwas unfehlbar und scharen sich um den Kinderfeind wie Fliegen um einen Honigtopf. Zum Glück mochte Robin Kinder nicht nur nicht, er war auch extrem gut darin, sie zu ignorieren, darum blieben die Zusammenstöße meist aus, außer wenn Dot sie provozierte, indem sie ihrem Bruder vorwarf, Kinder als *Sachen* zu behandeln, nicht als *Menschen*.

Aber sie *sind* doch Sachen, gab Robin dann unschuldig zurück; von Kindern als Menschen zu sprechen, sei schierer Anthropomorphismus – und dem folgte ein geschwisterliches Schimpfduell, dem die Jungen mit größtem Interesse lauschten. Was für Komplexe sie dadurch davontrugen, ließ sich schwer sagen. Sie waren fröhliche Kinder und dementsprechend unergründlich.

Momentan freilich klangen sie nicht sonderlich fröhlich. Zumindest Vernon nicht.

»Haben wir nicht!«, kreischte er. »Haben wir nicht, haben wir nicht, haben wir nicht …!«

»Und wenn du sagst, wir lügen«, fiel Timmie noch schriller ein, »wenn du sagst, dass wir lügen, dann bist du einfach ein … ein …«

Doch ehe er aus seinem keineswegs kleinen Wortschatz das Wort ausgewählt hatte, das seinen Onkel am treffendsten beschrieb, verriet ein lautes Knirschen auf dem Kies Imogen, dass Robin die Arena verließ.

Geschlagen? Siegreich? Gelangweilt von dem ganzen Zirkus? Von allen Männern, die Imogen je getroffen hatte, war Robin der einzige, den selbst ein Triumph anöden konnte.

Es wäre leichter gewesen, den Grund für die Aufregung zu erfahren, wenn sie nicht alle gleichzeitig auf sie eingeredet hätten, jeder die Gerechtigkeit der eigenen Sache mit solcher Lautstärke verfechtend, dass das Porzellan auf dem Teetisch klirrte. Es wäre auch leichter gewesen, wenn nicht Dot, ebenfalls aus voller Kehle, zwei etwas widersprüchliche Standpunkte gleichzeitig vertreten hätte: erstens, dass ihre Söhne nichts angerührt hatten und ohnehin nie auch nur in die Nähe von Onkel Robins Zimmer gekommen waren, und zweitens, dass all dies nicht passiert wäre, wenn Herbert mit ihnen, wie andere Väter das taten, einen Sonntagnachmittagsspaziergang gemacht hätte.

Das Himmelbett. Daran, so verstand Imogen recht bald, hatte sich der Konflikt entzündet. Das Himmelbett in dem Zimmer, das einmal ihr eheliches Schlafzimmer gewesen war und das jetzt Robin für sich beanspruchte. Jemand (und hier schwollen die Stimmen zu einem solchen Crescendo des Beschuldigens und Abstreitens an, dass Piggy, die anscheinend kein Familienleben gewohnt war, »Geht's noch?« murmelte und aus dem Zimmer floh) – *jemand* also hatte all diese alten Papiere wieder vom Dachboden heruntergeschleppt und sie auf dem Bett verteilt! Und dazu noch die Kissen durcheinandergeworfen, die Vorhänge verwurstelt und den Raum generell in ein Schlachtfeld verwandelt.

»Natürlich waren das diese kleinen Gauner, wer denn sonst?«, wollte Robin wissen.

Eine gute Frage. Nichtsdestoweniger beharrte Dot unerschütterlich darauf, dass ihre Söhne niemals auf die Idee kommen würden, zu … ja, was eigentlich? Und wie sollte sie überhaupt schlau aus dem Ganzen werden, wenn alle so auf sie einschrien?

Eine *Höhle* zu bauen? Eine *Kissenschlacht* zu veranstalten? Undenkbar! Und außerdem spielten alle normalen Kinder solche Spiele, wie grotesk, sich deswegen so aufzuführen. Zumal ihnen ja niemand gesagt hatte, dass sie *nicht* in dem Zimmer spielen durften. Schließlich war es vor nicht allzu langer Zeit das Zimmer ihres geliebten Großpapas gewesen …

Die in dem letzten Satz mitschwingende Unterstellung, Ivor könnte zu seinen Lebzeiten lächelnd geduldet haben, dass die Jungen auf seinem kostbaren Bett herumtobten und seine Manuskripte durch die Gegend schmissen, ließ alle für einen Moment bestürzt verstummen – und als sie einer nach dem anderen die Fäden des Disputs wieder aufnahmen, geschah dies in ruhigerer und verständlicherer Form, sodass sich Imogen endlich halbwegs zusammenreimen konnte, was geschehen war. Es musste sich in etwa so zugetragen haben:

Sonntagnachmittag. Die Erwachsenen alle beim Mittagsschlaf oder in undurchdringbare Lethargie versunken. Die Langeweile ging im Haus um, trieb die Buben von Zimmer zu

Zimmer, Treppen hoch und wieder hinunter, bis sie schließlich an der Schwelle des Zimmers landeten, das einmal Omi und Großpapa gehört hatte. Irgendein Impuls (Trauer, behauptete Dot, wenn sie nicht gerade darauf bestand, dass es niemals passiert war) ließ sie die Tür aufmachen und hineinlinsen.

Zu ihrer Überraschung waren die Vorhänge um das Bett zugezogen. Das hatten sie noch nie erlebt – ja, bis zu diesem Moment war ihnen gar nicht klar gewesen, dass das Bett Vorhänge *hatte*. Fasziniert und ein klein wenig ängstlich waren sie nähergeschlichen, hatten die Vorhänge eine Handbreit geöffnet, woraufhin …

»Da saß ein Zauberer!«, quietschte Timmie. »Mitten auf dem Bett, und er hat gehext!«

»Gehext? Was meinst du damit?«

»Gehext eben. Mit Magie. Er saß bucklig da und hat Zaubersprüche gemurmelt.«

»Hat er nicht«, korrigierte Vernon seinen kleinen Bruder. »Er hat nur …«

»Hat er doch!«

»Nein, er hat …«

»Kinder, Kinder. Nicht so schreien. Immer nur einer auf einmal, bitte. *Wer* war … Warum meinst du, es war ein Zauberer?«

»Weil's eben einer war!«

»Er hatte jedenfalls einen Zauberhut auf«, urteilte Vernon fachmännisch. »Vielleicht hatte er ihn ja bloß aus Spaß aufgesetzt, aber er hat echt total nach Zauberer ausgesehen. Und er hat komische Zeichen gemalt …«

»Zauberformeln, lauter Dreiecke und so«, vervollständigte

Timmie eifrig das Bild, »genau wie der Zauberer bei Ali der Esel.«

Und so wucherte die Geschichte weiter, während die Erwachsenen sie mit prosaischen Einwürfen hier und da auf den Boden der Tatsachen zurückzubringen versuchten. Ja, aber wie sah er aus? Alt oder jung?

Keine glückliche Frage, denn natürlich waren Zauberer weder alt noch jung, sie waren einfach Zauberer.

Hatte er denn dann graue Haare? Oder welche Farbe hatten sie?

»Grau«, bestätigte Timmie wie aus der Pistole geschossen im gleichen Augenblick, in dem Vernon »Schwarz« sagte.

»Blödsinn, sein *Hut* war schwarz.«

»War er nicht!«

»War er wohl, und außerdem konntest du ihn ja gar nicht sehen, weil du hinter mir warst.«

»War ich nicht!«

»Warst du doch! Und Zauberer haben immer graue Haare.«

»Stimmt doch gar nicht.«

»Und ob das stimmt. Bei Ali der Esel …«

Pscht, Kinder, schreit doch nicht so. Erzählt uns, was dann passiert ist. Was hat er gemacht, als er euch gesehen hat? Er hat uns gar nicht richtig gesehen, wir sind ganz schnell wieder weggeschlichen … Aber warum seid ihr nicht gleich gekommen und habt es erzählt …?

»Wollten wir doch, Omi! Wir haben gerade Mummy gesucht, als Onkel Robin …«

»Alles erstunken und erlogen!«

Robins scharfe Stimme setzte dem Gespräch ein jähes Ende, und alle sahen erschrocken auf.

»Die lügen doch, wenn sie nur den Mund aufmachen. Erst verwüsten sie mein ganzes Zimmer, dann versuchen sie sich aus der Verantwortung rauszuschwindeln, diese skrupellosen kleinen Vandalen. Sie werden beide in der Besserungsanstalt landen.«

Hier brach Timmie diplomatisch in Tränen aus, und Dot ging auf ihren Bruder los wie eine Tigerin und schimpfte ihn einen Schikaneur, Heuchler und Sadisten.

Das verbesserte seine Laune erheblich, interessiert lauschte er dem Rest ihrer Anschuldigungen. Er habe etwas Entsetzliches getan, warf sie ihm vor, das Schlimmste, was man jungen Menschen nur antun konnte: Er war *ungerecht* gewesen.

»Sie werden dir nie wieder vertrauen«, schlussfolgerte sie tränenreich. »Nie wieder.«

»Blödsinn. Sie haben mir doch noch nie getraut. Ich bin ihr böser Onkel, stimmt's, Kinder?«

Das jubelnde Zustimmungsgeschrei, das diese Frage erntete, traf Dot ins Herz. Und später, nach dem Tee, stand sie da und betrachtete ihren Bruder, der mit seinem Kreuzworträtsel behaglich im Sessel saß, auf jeder Armlehne einen begeistert zuschauenden Neffen.

»Warum schwimmt der Elefant auf dem Rücken, Onkel Robin?«

»Onkel Robin, wusstest du, dass Katzen einunddreißig Jahre alt werden können?«

Er antwortete nicht, das machte er nie, was sie aber nicht im Mindesten zu stören schien.

»Damit seine blauen Tennisschuhe nicht nass werden, On-kel Robin!«, jauchzten sie in ekstatischer Einseitigkeit. »Onkel Robin, im Guinnessbuch der Rekorde steht, dass …«

Dot beobachtete sie säuerlich und fragte sich zum gefühlt tausendsten Mal in ihrem Leben, wie es sein konnte, dass Liebe sich so leicht verdienen ließ. Auf nahezu jede Weise, schien es, nur nicht dadurch, dass man ihrer würdig war.

Auch Imogen betrachtete das kleine Tableau.

Er weiß etwas, dachte sie; er weiß etwas, das er uns nicht verrät. Vielleicht nicht, wer der »Zauberer« war oder was er gemacht hat, aber irgendetwas weiß er.

9

Imogen hatte schon vor geraumer Zeit beschlossen, dass es ihr ab dem ersten Januar besser gehen würde. »Letztes Jahr ist mein Mann gestorben«, würde sie sagen können und so auf einen einzigen, glorreichen Schlag Abstand zwischen sich und seinen Tod bringen.

Als sie darum am Morgen des Stichtags wach wurde und sich so depressiv fühlte wie eh und je, war die Enttäuschung fast schlimmer als der Kummer selbst. Sie drehte sich um und vergrub das Gesicht im Kopfkissen, versteckte sich vor dem Neujahrslicht.

Ein helles, reines Licht war es, das durch die Dachgaube ins Zimmer fiel. Weiß, als hätte es über Nacht geschneit. Das hatte es nicht, die Luft roch nicht richtig dafür, aber so wirkte es für einen Moment, als Imogen die Augen aufschlug.

Ivor hatte den Schnee geliebt. Es geliebt, die Dichter zu zitieren, die ihn besangen – Vergil, Hesiod, Tennyson –, am Esszimmerfenster stehend, während alle ihm zuhörten. Und er hatte die gewaltigen Spuren geliebt, die er mit minimalem Einsatz hinterließ, indem er zu der eingeschneiten Garage stiefelte, über das makellose Weiß des Rasens und wieder zurück. Riesig hatten seine Fußabdrücke gewirkt, als wäre der Yeti aus dem Himalaya niedergestiegen, um sich an der unberührten Weite zu vergehen.

»Ein tüchtiger Marsch durch den Schnee …«, »Ich stapfe ein bisschen durch den Schnee …«. Ivor hatte sich solche Ankündigungen auf der Zunge zergehen lassen, wenn er am Fenster stand und auf die verschneite Landschaft blickte; manchmal machte er sie wahr, manchmal nicht, während das weiße Licht das Haus erfüllte und Imogen den Kamin kräftig einheizte.

Ein Marsch durch den Schnee. Mit fest geschlossenen Augen sah sie Ivor vor sich, wie er einen weißen Berghang herabstieg, klein und weit weg und gottlob ohne das Weihnachtsmannkostüm. Nur in seinem alten Anorak und den Stiefeln, und ausnahmsweise einmal auf sie zukommend – größer und immer größer wurde er. Jetzt konnte sie schon sein Gesicht sehen, gerötet vom beißenden Frost und dem Stolz, jener eine zu sein, der sich ihm ausgesetzt hatte und sich nun den ganzen Abend damit brüsten durfte vor allen, die sich nicht hinterm warmen Kamin hervorgewagt hatten. Sie erinnerte sich, wie kalt seine Wangen sich anzufühlen pflegten, wenn sie ihn küsste: eisig und zugleich durchwärmt von dem großen Wagnis. Und während sie ihm einen Kaffee kochte und ihm, wie er es so gern hatte, Vorwürfe wegen seiner feuchten Socken machte, erzählte er ihr, wie tief der Schnee gewesen war. Drei Fuß tief … vier Fuß. Am Tag darauf waren es dann mindestens fünf.

Sie sehnte sich nach seinem Geflunker, seiner Prahlerei, wie man sich nach der Sonne sehnt.

Vier Monate. Vier Monate waren es jetzt. Es war wie eine Schwangerschaft: im dritten Monat wirst du dich so fühlen, im vierten so; im fünften Monat spürst du die ersten Bewegungen, spürst das neue Leben, das sich in dir regt.

Aber nichts geschah, sie kam nicht voran, in ihr regte sich nichts. Der Schmerz heute Morgen war genauso schlimm wie am allerersten Tag. Nein, wie am zweiten.

Ich werde nie darüber hinwegkommen. Nie.

»Darüber hinwegkommen werden Sie natürlich nie, meine Liebe«, kam wenige Stunden später Ediths Neujahrsgruß über die Hecke, und unvermittelt stand für Imogen fest, dass sie es doch würde. Mit einer plötzlichen, blindwütigen Gewissheit wusste sie: Eines Tages würde sie wieder glücklich sein, das Leben wieder genießen. Würde am Morgen fröhlich aufwachen und sich abends beim Einschlafen auf den nächsten Tag freuen.

Das Wissen war zu neu, zu unerwartet, um irgendwem davon zu erzählen. Es musste noch ein Geheimnis bleiben: ein Geheimnis, das nur ihr gehörte, das sie mit niemandem teilte. Es ermöglichte ihr, Ediths guten Wünschen mit der Seelenruhe zu lauschen, mit der man zuhört, wie Einbrecher ein Haus durchsuchen, aus dem sämtliche Wertsachen schon geraubt worden sind.

»Kein *frohes* neues Jahr, Imogen, denn wir beide wissen, dass es das für uns nicht mehr geben kann«, sagte Edith soeben, ihr knittriges, stubenbleiches Gesicht ausgemergelt und hungrig aussehend in der silbrigen Wintersonne. »Kein *frohes*, aber ein *friedvolles* Jahr, das wünsche ich Ihnen, meine Liebe, und dass auch Sie die Erkenntnis erlangen, die mir beschert war: Selbst wenn es mit dem Glück vorbei ist, kann man doch zu einer Art Frieden finden …«

Ich denke gar nicht daran! Wenn ihr mich mit Frieden abspeisen wollt, dann könnt ihr was erleben! Mein Ziel ist das Glück, und ich werde nicht ruhen, bis ich es gefunden habe.

Und wenn mir auf dem Weg dorthin der Frieden in die Quere kommt, dann kriegt er von mir einen Fußtritt.

»Danke, Edith, das wünsche ich Ihnen auch«, sagte sie laut, nur um sich fünf Minuten später fragen zu müssen, ob der Frieden wirklich so verachtenswert war.

Dot und Herbert waren wieder einmal am Streiten. In der Küche diesmal, was hieß, dass sie sehr, sehr spät zu Mittag essen würden. Man konnte sich schließlich nicht einfach neben die beiden stellen, mit Töpfen klappern und Gemüse abwaschen. Ein Ehekrach war etwas Heiliges; ebenso gut hätte man anfangen können, in der Kirche zu kochen.

Nicht, dass man sie nicht trotzdem hörte, ob nun in der Küche oder außerhalb. Zumindest Dot hörte man; Herbert hielt ihr wie meist sehr wenig entgegen, sondern folgte seinem üblichen sicheren Instinkt, der ihn abwechselnd die Antwort schuldig bleiben oder das Falsche sagen ließ.

Es ging einmal wieder um DIESE FRAU. Um DIESE PERSON, die keinen Tag jünger als vierzig sein konnte, die vor nichts haltmachte und die gar nicht wusste, was Liebe war. Außerdem färbte sie sich die Haare, falls Herbert das noch nicht bemerkt hatte; er solle nur mal bei Gelegenheit einen Blick auf ihren Haaransatz werfen.

Ich weiß auch nicht, was Liebe ist, verteidigte sich Herbert, deshalb ist es ja so erholsam mit ihr. An diesem Punkt flog etwas durch die Küche und zerschellte an der Wand. Mit Sicherheit irgendein billiges Teil, das sich leicht ersetzen ließ – Dot war sehr bedacht in dieser Hinsicht. Sie hatte bestimmt auch aufgepasst, dass sie Herbert nicht traf, denn wenn er womöglich noch blutete, würde ihn das für Wochen in die Position des Stärkeren versetzen.

Selbst von einer Teetasse verfehlt zu werden, kommt jedoch einer gewissen moralischen Aufwertung gleich. Imogen hörte neues Selbstvertrauen in Herberts Stimme, als das Porzellanklirren verstummt war. Unseligerweise nutzte er seinen kurzfristigen Vorteil, um, wie das Männer so gern tun, die Fakten zu seinen Gunsten aufzuzählen. Nein, der Brief, den er heute Morgen in seiner Jackentasche hatte verschwinden lassen, sei nicht von IHR, sondern vom Finanzamt – hier, schau her. Nein, er sei an dem Tag nicht heimlich mit IHR essen gewesen, er sei nach Hause gefahren, weil er neue Hemden brauchte. Und nein, das sei nicht SIE gewesen, die gestern um Mitternacht angerufen hatte. Abgesehen davon, dass es gar nicht Mitternacht gewesen sei, sondern erst Viertel vor zwölf.

Imogen konnte ihn nur bedauern. Woran lag es, dass Männer, die sich doch so viel auf ihr rationales, faktenbezogenes Denken einbildeten, nie jenes eine Faktum einbezogen, nämlich, dass sich noch keine eifersüchtige Ehefrau jemals durch Fakten hat beschwichtigen lassen?

Halb eins. In etwa zehn Minuten würde Dot nach Imogens Berechnungen zu weinen anfangen, und die schätzungsweise fünfzehn Minuten danach würde Herbert damit zubringen, sich zu entschuldigen und ihr zu sagen, dass er sie selbstredend liebte und es nicht so gemeint hatte. Und dann würde Dot noch ein bisschen mehr weinen – vielleicht fünf Minuten –, und Herbert würde (jetzt mit einem klitzekleinen Hauch von Langeweile in der Stimme) zugeben: Ja, er war ein Sadist und ein Unmensch und ein herzloses Scheusal …

Leise Schritte in ihrem Rücken ließen Imogen schuldbewusst herumfahren, in flagranti ertappt beim Stehen in ihrer eigenen Diele. Sie war zwar noch keine zwei Wochen Zimmerwirtin (wenn die Bezeichnung denn zutraf), aber es ist verblüffend, wie rasch eine Zimmerwirtin es lernt, sich wie ein Dieb im eigenen Haus zu fühlen, ohne das Recht, irgendwo zu sein.

Aber es war nur Piggy, die wie immer aus dem Nichts auftauchte, barfuß und in einem zipfeligen, bodenlangen Brokatrock mit Quasten. Sie streifte Imogen mit ihrem üblichen ausweichend-abschätzigen Blick, bevor sie ungerührt in die Küche tappte, direkt in die Schusslinie, gepanzert mit einer kugelsicheren Egozentrik, die Imogen nur ungläubig bestaunen konnte. Sie hörte das Klappern von Piggys spezieller Antihaft-Pfanne und das Rascheln von Piggys Naturkostprodukten in ihren sauberen weißen Verpackungen, die alle so aussahen, als enthielten sie Medizin. Sie hörte das Scheppern der Küchenschublade, als Piggy nach ihrem speziellen Holzlöffel suchte, und dann das Klick-Klack von naturbelassenem Holz auf naturbelassener Antihaftbeschichtung, als Piggy ihre entwässerten Weizenkeime umrührte oder was auch immer es heute gab. Imogen beneidete das Mädchen glühend um ihren Mut. Wenn es denn Mut war. Aber selbst wenn nicht, selbst wenn es sich um pure, dickfellige Ichbezogenheit handelte, beneidete sie sie dennoch. Wäre sie selbst mit dieser Gabe gesegnet – welcher Art sie auch sei –, dann wären die Kartoffeln jetzt schon nahezu gar und das Mittagessen so gut wie fertig.

Von ihrem Platz unweit der Tür hatte Imogen Dots entgeisterten kleinen Japser bei Piggys Einmarsch deutlich gehört. »Würdest du bitte meine Küche verlassen«, hatte sie sagen wollen, aber natürlich klang »die Küche meiner Stiefmutter«

weit weniger imposant, darum hatte sie den Drang bezähmt und sich damit begnügt, ihre Stimme zu einem erstickten Murmeln zu dämpfen, während Herbert an die Decke starrte, unzusammenhängend vor sich hin summte und hin und wieder sagte: Ja, schon. Beide, so schien es Imogen, spielten auf Zeit, um nur ja nicht den Faden ihres Zwists zu verlieren, ihn irgendwie in einer Art künstlichem Koma zu erhalten, bis Piggy wieder verschwunden war. Es war ein verzweifeltes Unterfangen, ähnlich den Bemühungen um einen gestrandeten Goldfisch, für den von weither Wasser herbeigeholt wurde. Selbst Imogen, die das Ganze ja nicht sah, sondern nur hörte, wurde von der Spannung erfasst.

Nicht so Piggy. »Drei Minuten« stand auf ihrer Packung mit pulverisiertem, kompostgezogenem Was-auch-immer, und drei Minuten ließ sie der Masse angedeihen, rührte sie langsam und meditativ mit ihrem Holzlöffel, tapp-tapp-tapp, derweil der Streit zwischen Leben und Tod schwebte, mit Herbert und Dot als Chirurg und Anästhesistin, die gemeinsam um sein Überleben kämpften.

Vergebens. Bis Piggy mit ihrem Essenstablett und ihrem Henkelbecher mit der Aufschrift VORSICHT GLAS endlich das Feld räumte, hatte der Patient seinen Atem ausgehaucht. Der Todeskampf war vorbei, und das Rettungskommando, Herbert voran, Dot hinter ihm, verließ mit gesenkten Häuptern den Raum.

Jetzt endlich die Kartoffeln! Imogen eilte an die Spüle und machte sich ans Werk, nachdem sie noch rasch die Pfanne, in der Piggy ihr ominöses Mahl hatte anbrennen lassen, eingeweicht und die weißen, medizinisch aussehenden Packungen ins Regal zurückgestellt hatte. So lästig sie waren, diese Alleingänge von Piggy, dem Mädchen war es ja offenbar lieber so, und vermutlich hätten sich ihre Spezialzubereitungen auch schlecht in das Familienmahl eingefügt.

»Warum kriegen *wir* keinen extra vitaminreichen Hochlandhonig?«, würden Vernon und Timmie schon beim zweiten Mal quengeln, und Dot würde entsetzt erwidern: »Aber doch nicht auf die Pastinaken, Herzchen!« »Aber sie tut ihn auch auf ihre Pastinaken, Mummy …«, und so immer weiter. Besser, man fing gar nicht erst damit an.

Zu Beginn hatten Piggys Zurückgezogenheit, ihre brüske, unnahbare Art Imogen beunruhigt. »Liebeskummer«, hatte Robin sorglos gesagt, aber das glaubte Imogen nicht. Sie hatte schon viele Mädchen erlebt, die an Liebeskummer litten, und nach ihrer Erfahrung benahmen sie sich keineswegs wie Piggy. Im Gegenteil, sie waren die meiste Zeit über äußerst präsent. Mit rot geweinten Augen standen sie im Weg herum und warteten nur darauf, dass jemand fragte, was ihnen denn fehlte; sie belagerten das Telefon, stopften sich mit Schokoladenkuchen voll und bekamen nächtelange Kondolenzbesuche von Freundinnen, deren ernste Stimmen leise und weich hinter den geschlossenen Türen hervordrangen, wo die Leidende selbst in orange oder violett glimmendem Lampenlicht in einem Meer von Kissen lagerte und sich versichern ließ, dass er nur Angst vor der Macht seiner eigenen Gefühle hatte, dass er am Telefon ganz einfach gehemmt war; dass er heute schon zweimal angerufen hatte, einmal, als sie im Bad war, und dann noch einmal, als sie gerade den Brief zur Post brachte. Alles – wirklich alles – besser, als die Möglichkeit einzuräumen, dass sie ihm schlicht nicht so wichtig war.

Gut, aber vielleicht war Piggy ja wirklich anders und litt

auf andere Weise. Anfangs hatte Imogen noch Anstrengungen unternommen, sie in den Familienkreis einzubeziehen – sie eingeladen, doch mit ihnen zu essen oder sich zu ihnen ins Wohnzimmer zu setzen, und versucht, sie ein wenig kennenzulernen. Aber ohne direkt grob zu sein, besaß Piggy doch eine unangenehme Fertigkeit, jede Annäherung als Einmischung erscheinen zu lassen und jede freundliche Frage als eine Aufdringlichkeit. Aus ihren lakonischen Antworten hatten Imogen bisher in Erfahrung gebracht: Ja, sie studierte, aber, nein, nicht im ersten Jahr, mehr so im zweiten. Und, ja, sie hatte auch Ivor gekannt, irgendwie, alle kannten Ivor, aber sie studierte Englisch, nicht Altphilologie. Nein, sie fuhr in den Ferien eigentlich nie heim, und, nein, ihre Eltern hatten damit kein Problem, warum sollten sie?

Diese letzte Äußerung zog einen spitzen kleinen Protestlaut von Cynthia nach sich, der es, wiewohl selbst kinderlos, niemals eingefallen wäre, mit so etwas kein Problem zu haben.

»Was für ein hartes, unfrauliches Geschöpf«, entrüstete sie sich später bei Imogen. »Ich begreife nicht, weshalb du sie bei dir wohnen lässt, Liebste, beim besten Willen nicht. Diese grässlichen unförmigen Röcke, die sie trägt … und dann immer barfuß … und das furchtbare, verstaubte schwarze Ding, das sie auf dem Kopf hat, diese Nonnenhaube oder was das sein soll …«

»Das ist ein Burnus«, erklärte Imogen ihr. »Ein orientalischer Burnus – die waren voriges Jahr der letzte Schrei bei den Studenten, sie haben ein Heidengeld dafür bezahlt, sogar gebraucht noch. Das ist alles Teil dieser Antimaterialismus-, Anti-Establishment-Bewegung, weißt du?«

Aber zwei mehrsilbige Fremdwörter hintereinander waren zu viel für Cynthia. Sie machte ein leidendes Gesicht, krauste ihr Näschen und setzte dann ihre Abhandlung fort, als hätte es keine Unterbrechung gegeben.

»Ich meine, Imogen, ganz abgesehen von allem anderen ist es diese Dreistigkeit, die mich aufregt. Einfach hier anzukommen, einen Tag vor Weihnachten, und dann so rotzfrech zu bleiben und zu bleiben …«

Du musst gerade reden, hätte Imogen entgegnen können, verkniff es sich aber – Cynthia hätte sie sowieso nicht zu Wort kommen lassen.

»Vermutlich *zahlt* dieses Geschöpf dir ja nicht mal was«, fuhr sie fort, geschwellt von dem rechtschaffenen Zorn, auf den sie gleichsam einen Anspruch erworben hatte, indem sie vom ersten Tag an darauf bestanden hatte, sich an den Haushaltsausgaben zu beteiligen. Anfangs war Imogen erfreut gewesen beim Anblick all dieser freiwillig dargebotenen Pfundnoten – denn Cynthia warf so verschwenderisch mit Geld um sich, wie sie es mit Ratschlägen, Tränen, Beschwerden und allem anderen tat –, aber schon bald ging ihr auf, dass sich Cynthia mit diesen selben Pfundnoten stillschweigend das Recht erkauft hatte, nie mehr von hier wegzugehen. Nie.

»Doch, Piggy zahlt«, erklärte sie nun – als ob das Cynthia irgendetwas anginge. »Sie ist praktischer verlangt, als man meinen sollte. Sie hat sofort beim Studentenwerk angerufen, und ehe ich bis drei zählen konnte, waren sie schon da und haben das Bad ausgemessen. Bäder müssen offenbar eine bestimmte Größe haben, damit Studenten sie mitbenutzen dürfen, aber die hat unseres jedenfalls, und sie haben mir gesagt, wie viel Miete ich von ihr verlangen soll, und die verlange ich auch. Und sie bezahlt sie«, schloss Imogen, als wäre das eine Art Trumpf.

»Sie zahlt *Miete*? Dann wirst du sie nie loswerden. Niemals!«, rief Cynthia in altruistischem Horror, und wieder hätte Imogen am liebsten gesagt: Du musst gerade reden.

Aber es stimmte natürlich. Piggy war jetzt ihre Mieterin und damit praktisch nicht mehr aus dem Haus wegzubekommen. So wie Cynthia ja letztlich auch. Wie still und leise die Falle über ihr zugeschnappt war, dachte Imogen und fragte sich, wie so manche Zimmerwirtin vor ihr, wie sie da nur hatte hineingeraten können.

Eine Zimmerwirtin. Nicht nur Witwe, Stiefmutter und Schwiegermutter – nein, auch noch *Zimmerwirtin*. Ihr blieb auch nichts erspart.

10

Am Nachmittag machte sie mit Vernon und Timmie einen Spaziergang am Fluss, fort von der Stadt zu den Wiesen, wo im Mai die Schlüsselblumen blühten. Seit Kurzem spürte sie ein Verlangen, aus dem Haus zu kommen, ihre Bekanntschaft mit der freien Natur zu erneuern wie mit einer lang vernachlässigten Freundin, die kalte Luft auf der Haut zu spüren und ihr Gesicht in die matte Wintersonne zu halten.

Sie hatte sich Sonne verdient, schien ihr, als Entschädigung für all die goldenen Herbsttage nach Ivors Tod, an denen sie sich im Haus verschanzt, sich vor dem Licht versteckt hatte, während vor den Fenstern der schönste Oktober seit Menschengedenken loderte und dann langsam ausbrannte.

Verlorener Sonnenschein. Vergeudete Pracht. Ein Verzug, der nie wieder aufgeholt werden kann. Selbst zu der Zeit, als sie es nicht einmal ertragen hatte, durch ein sonnenhelles Fenster zu schauen, hatte etwas in ihr gewütet gegen diese schändliche Verschwendung, hatte Rache gefordert. Die Sonne! Die Sonne!

Das war ein Grund für den nachmittäglichen Spaziergang. Der andere war, Dot eins auszuwischen. Oder nicht direkt ihr eins auszuwischen, eher Boden gutzumachen bei dem verkappten Tauziehen, in dem sie sich zu befinden schienen. Dot war beim Mittagessen mürrisch und stumm gewesen und hatte die Kartoffeln verweigert. Nicht (wie Imogen nur zu klar war) ihrer Figur zuliebe, sondern um ihrer Stiefmutter zu zeigen, dass es völlig überflüssig gewesen war, überhaupt welche zu kochen. Auf diese Weise wurde das verspätete Mittagessen zu Imogens alleiniger Verantwortung. Geschah ihr ganz recht! An Piggy war sie ja auch schuld, warum hatte sie nicht sofort ein Machtwort gesprochen? Es gab keine Privatsphäre mehr in diesem Haus, nicht einmal auf der Treppe!

Herbert wäre natürlich niemals in der Lage gewesen, all dies in das Nein seiner Frau zu einer Portion Kartoffeln hineinzulesen, aber für ihn war die Botschaft auch nicht bestimmt. Sie war für Imogen. Es war eine Botschaft, die derzeit nicht laut ausgesprochen werden konnte, denn Dot war ja mit Herbert über Kreuz, und keine vernünftige Ehefrau kämpft bei ein und derselben Mahlzeit an zwei Fronten gleichzeitig.

Imogen reagierte auf die wortlose Botschaft in ähnlich abgefeimter Weise, indem sie nämlich anbot, die Jungen am Nachmittag mit nach draußen zu nehmen, und Dot damit vor die Wahl stellte, entweder mit dem Schmollen aufzuhören und eine geziemende Dankbarkeit an den Tag zu legen oder weiterzuschmollen und sich so um einen Nachmittag ohne Kinder zu bringen.

Jeder Mensch ist käuflich, und Mütter stellen da keine Ausnahme dar. Die Aussicht, ihre Kinder während der Schulferien auch nur für ein, zwei Stunden los zu sein, wirkt wie ein Glas Gin, das man einem Alkoholiker hinhält: die Kapitulation ist unausweichlich. Und so lehnte sich um halb drei Dot selig am Kaminfeuer zurück, und Imogen und die Jungen stapften hinaus in die feuchte Wintersonne.

Die besten Stunden des Tages waren schon verstrichen, vom Fluss stieg erster Nebel auf. Die Sonne schien durch ihn hindurch wie ein riesiger, kupferroter Ball, und das Wasser um das Uferschilf war sehr schwarz und sehr still. Das gegenüberliegende Ufer mit seinen Bootshäusern und abfallenden Gärten ließ sich in dem dichter werdenden Dunst nur noch erahnen.

Die Kinder waren ganz aus dem Häuschen, seltsam bei dieser Strecke, die ihnen doch von Ausflügen und Picknicken bestens vertraut sein musste. Wie aufgeputscht rannten sie am Ufer entlang, schrien sich durch den Nebel zu, stocherten mit Stöcken in dem schwarzen Wasser und peitschten damit auf die toten, flüsternden Schilfstängel ein, die unter ihren Hieben raschelten.

»Omi, kannst du mich sehen?«

»Omi, war das eine Schnepfe?«

»Sei nicht so dumm, im Winter gibt es keine Schnepfen, oder, Omi? Er ist dumm, oder, Omi?«

Iii-iih! … Oooo–ooh! Krach. Patsch. Schrilles, kampfbereites Lachen, Gummistiefelfüße, die im Nebel davonplatschten. Seid vorsichtig!, rief Imogen ein- oder zweimal, aber mehr der Form halber, denn natürlich waren sie vorsichtig, wie Kinder es fast immer sind. Abgesehen davon, dass das Wasser hier am Rand höchstens zwanzig Zentimeter tief war, sodass man von einem Ärgernis würde sprechen können, nicht einer Katastrophe. Imogen fühlte in sich eine jähe, belebende Fähigkeit, die Dinge einzuordnen, wie sie sie vorher nie gekannt hatte. Es war, als hätte sie ein neues, ungeahntes Talent in sich entdeckt.

Ihr war selbstverständlich klar gewesen, dass im Januar keine Schlüsselblumen blühen würden, aber dennoch war es ein merkwürdiges Gefühl. Während die Buben stöckeschwingend in das Nebelweiß davonstürmten, dass die rauen, büscheligen

Gräser, die schon wieder froststeif wurden, unter ihren Gummistiefeln knackten, stand Imogen ganz still am Wiesenrand und dachte zurück.

Ein Sommernachmittag – oder vielmehr zahllose Sommernachmittage, die aber jetzt alle zu einem zerflossen, ununterscheidbar – und auch Abende, lange, nicht enden wollende Juniabende –, an denen Ivors Stimme ihnen befahl – ihr und dem jeweiligen illustren Gast –, ganz still zu sein! Hört ihr das?

War es ein Kuckuck? Eine Nachtigall? Irgendeiner dieser nostalgischen Vögel eben, wie man ihn kaum noch hörte in unseren technologischen Zeiten, mit dessen Existenz Ivor sich schmückte, als hätte er ihn eigenhändig dem Aussterben entrissen – nein, ihn im Alleingang erschaffen am Morgen der Welt. Wenn Sie um Mitternacht hierherkämen, sagte er etwa … bei Tagesanbruch … zur Sonnwende … dann würden Sie dies und dies hören … könnte ich euch das und das zeigen. Nirgendwo sonst in England … nur in der letzten Juniwoche … Es war, als führte einen der Herrgott selbst durch den Garten Eden.

Und natürlich: die Schlüsselblumen. Die Gäste, namentlich die amerikanischen, bekamen von dem Brauch erzählt, den man in Ivors Studententagen noch pflegte, damals, vor dreißig, vierzig Jahren: davon, wie sie hier jeden Maifeiertag vor Sonnenaufgang mit den Stechkähnen herkamen und die Mädchen Schlüsselblumen pflückten, die sie zu Bällen zusammenbanden, großen, runden Schlüsselblumenbällen, und wie sie dann langsam wieder flussaufwärts stakten in dem zunehmenden Licht, die Wasserringe um die Stange erst schwarz und silbern, ehe sie rötlich zu leuchten begannen in den ersten Strahlen der Sonne.

Typisch Ivor, zu einer solchen Zeit jung gewesen zu sein und just, als es alles für immer endete, den Sprung ins Erwachsenenalter zu schaffen.

Schlüsselblumen. Kuckucksrufe. Sommermittage. Nichts davon erschien Imogen glaubhaft. Sie schauderte, und als sie von dem dürren gefiederten Wintergras hochsah, bemerkte sie mit einem kleinen Erschrecken, dass der Nebel nun eine dichte Wand bildete, die die bleiche Sonnenscheibe fast vollständig verschluckt hatte. Bald würde es dunkel sein.

»Vernon! Timmie!«, rief sie, und ihre Stimme klang gedämpft und fremd, schallte als schwaches Blöken in den Nebel.

Sie hörten sie trotzdem und kamen in ihr Sichtfeld getrottet, langsamer jetzt und zunehmend streitsüchtig, ihre weinerlichen Stimmchen wie Möwenschreie. Sie waren müde, Imogen war zu lange mit ihnen draußen geblieben. Sie sollten schon längst auf dem Heimweg sein.

»Mir ist kalt, Omi, meine Hände sind kalt«, klagte Vernon und hielt ihr ein durchweichtes Handschuhpaar zur Begutachtung hin.

»Was habe ich euch gesagt? Das kommt davon, wenn ihr die ganze Zeit im Wasser rumplanscht«, fuhr sie ihn an – reichlich ungerecht, denn sie hatte ihnen nichts dergleichen gesagt; im Wasser zu planschen hatte wie ein nettes, unterhaltsames Spiel gewirkt, solange die Sonne schien und keiner müde war.

Alles in allem war es ein mutloses kleines Häufchen, das den Uferweg zurückstapfte, den sie vor zwei Stunden so frohgemut entlanggekommen waren.

»Jetzt trödelt nicht so. Gleich wird es dunkel.«

»Omi, mein Fuß tut weh …«

»Omi, *warte …*«

Die Kinder jammerten, Imogen scheuchte sie, während der Nebel sich immer dicker und nasser um sie schloss, und nach und nach drang durch das dumpfe Quatschen der Gummistiefel und das beharrliche Kindergequengel ein weiteres Geräusch an Imogens Ohr: Schritte hinter ihnen auf dem Uferweg. Noch war ihr Besitzer durch den Nebel verdeckt, aber er (oder möglicherweise sie) holte eindeutig auf.

Imogens erste Reaktion war Erleichterung. Ein Fremder, sprich ein kleines Highlight, hat eine magische Wirkung auf streitende Kinder, von gereizten Erwachsenen gar nicht erst zu reden. »Scheußliches Wetter«, würde der Mensch sagen, wenn er auf ihrer Höhe war, oder »Ganz schön neblig wieder«, und sie würde antworten: »Ja, nicht wahr?«, in einem freundlichen, zuvorkommenden Ton. Und bis er an ihnen vorbei und im Nebel vor ihnen verschwunden war, würden sie sich alle besser fühlen. »Wer war das?«, würden die Jungen fragen und ihr Gezanke für die Frage gezwungenermaßen unterbrechen, und »Warum?« würde zweifellos mindestens einer von ihnen auf ihre notgedrungen vage Antwort hin wissen wollen.

Sie verlangsamte ihre Schritte ein wenig, um die heilsame Begegnung schneller herbeizuführen.

Die Stimme gehörte, wie erwartet, einem Mann; die Worte dagegen überrumpelten Imogen völlig.

»Guten Abend, Mrs Barnicott«, sagte die Stimme, und aus dem Nebel löste sich eine schmächtige, ungepflegte Gestalt. »Sie erinnern sich noch an mich, nicht wahr … doch, bestimmt erinnern Sie sich. Ich bin Teri …«

Dem war so, ohne Zweifel. Das Haar etwas angeklatschter,

das Gesicht blass und ungesund wirkend in dem Halblicht; Myrtles orange-rosige Beleuchtung war gnädiger gewesen. Auch die Stimme erkannte sie wieder, wenngleich nur bedingt, denn alle Schüchternheit und Zaghaftigkeit war daraus verschwunden. Sie klang jetzt auf ruppige Weise selbstbewusst, angereichert mit Verachtung und einer Art heimlichen Triumphs. Imogen spürte, wie Vernons Hand sich in ihre schob.

»Ach, hallo, Terr – *Teri*« – sie versuchte die Schreibweise des leidigen Namens in die Aussprache zu legen, wie er selbst es so ermüdend vormachte. »Und was führt *Sie* hierher?«, fügte sie hinzu, so beiläufig und locker, wie ihr wachsendes Unbehagen es zuließ. Etwas in seinem Ton, dieses verschlagen Auftrumpfende, verlieh der Situation eine leise Bedrohlichkeit.

Inzwischen war die ganze Gruppe zum Stillstand gekommen. Mit ihrer freien Hand griff Imogen nach der von Timmie. So verbunden nahm das Dreiergrüppchen vor dem Fremden Aufstellung, schon in Schlachtordnung, obwohl noch gar kein Krieg erklärt war.

Mehrere Sekunden blieb Teri die Antwort schuldig, doch es war klar, dass die Verzögerung keiner Unsicherheit oder Hemmung seinerseits geschuldet war. Im Gegenteil, er schien seinen verdeckten Triumph in die Länge ziehen, das Vorgefühl bis ins Letzte auskosten zu wollen.

»Ich bin Ihnen gefolgt«, sagte er schließlich mit einem Ton selbstgefälliger Überlegenheit. »Den ganzen Weg am Fluss entlang. Ich habe Sie schon beim Aufbruch gesehen. Sie haben nichts gemerkt, stimmt's?«

Doch, natürlich, hätte Imogen liebend gern gesagt, um ihm wenigstens diesen Zahn zu ziehen; aber es wäre töricht gewesen, den Mann zu provozieren, ehe sie nicht wusste, was für

Waffen er hinter seinen ausdruckslosen, misstrauischen Augen oder unter seinem schmuddeligen Pullover bereithielt. Und erst recht musste sie bedacht vorgehen mit den kleinen Jungen an ihrer Seite, die sich in bedingungslosem Vertrauen an sie klammerten. Sie wussten, dass etwas nicht stimmte – so fest, wie sie Imogens Hand hielten und mucksmäuschenstill standen, ohne zu zappeln –, aber da sie erst sieben und acht waren, wussten sie auch, dass Omi allmächtig war und alles damit enden würde, dass sie zu Hause gemütlich beim Tee am Kamin saßen, mit heißen, gebutterten Crumpets und vielleicht sogar Schokoladenkeksen. Sie warteten, und Imogen wartete, und viele Sekunden lang wartete auch Teri. Man sah ihm an, wie sehr er diesen Moment genoss, dem er so lange entgegengefiebert hatte, sein ganzes Leben womöglich: einen Moment der Macht.

»Ich habe jetzt Beweise, Mrs Barnicott«, sagte er schließlich beinahe widerstrebend – nicht willens vielleicht, diese Augenblicke des Davor für immer zu verlieren, sie einzutauschen gegen die bloße Erfüllung seines Traums. »Ich habe jetzt einen handfesten Beweis, verstehen Sie, als ich Sie angerufen habe, hatte ich ihn noch nicht, obwohl ich wusste, dass ich ihn bestimmt bekommen würde. Und jetzt habe ich ihn. Von dem Hotel, Mrs Barnicott. Dem Hotel Magnifique. Klingelt da etwas bei Ihnen? Na, Mrs Barnicott?«

Hotel Magnifique. Das Hotel, in dem Ivor übernachtet hätte, wenn er nicht stattdessen losgefahren und gestorben wäre, ohne auch nur seine Buchung zu stornieren. Mit seinem Auto losgefahren, mitten in der Nacht, ohne ein Wort zu irgendjemandem. Nach Hause, so vermutete man – das war zumindest die grobe Richtung gewesen, in der der Wagen von der Fahrbahn abgekommen, schräg übers Bankett geschlittert und in einen alten Eichbaum gekracht war. In die sprechende Eiche, die heilige Eiche von Dodona, deren Blätter, so heißt es, den Sommer lang leise vor sich hin flüstern, verständlich für alle, die Ohren haben, zu hören. Hatte Ivor sie gehört, in diesen letzten Sekunden seines Lebens?

Zu ihm gepasst hätte es.

Ich habe sie *gehört* – der erste Mensch in über zweitausend Jahren, der sie gehört hat –, so etwa mochte die großspurige Dinnerparty-Anekdote sich bereits in seinem Hirn geformt haben, ehe die ewige Nacht über ihn hereinbrach.

»Sich dumm stellen hilft auch nicht, Mrs B.«, kam Teris tadelnde Stimme – und ihr wurde bewusst, dass sie eine ganze Weile leer vor sich hin gestarrt haben musste, ohne auf seine Frage zu antworten –, »damit führen Sie mich nicht hinters Licht. Sie kennen das Hotel Magnifique, bestens kennen Sie es! Kein Wunder, Sie waren ja dort. In der Nacht, als Ihr Mann gestorben ist. Sie sind *gesehen* worden. Von dem Mann am Empfang, und von einem der Kellner auch. Sie waren kurz vor Mitternacht am Empfang und haben beim Professor anrufen lassen. Leugnen Sie gar nicht erst, die zwei haben Sie beobachtet. Ich habe mit beiden gesprochen, ich kann es beweisen.«

Das war ein solches Sammelsurium von Unwahrheiten, dass Imogen die Sprache wiederfand. Lügen so bar jeglicher Grundlage, die so kinderleicht zu entkräften waren, konnten ja wohl keine Bedrohung darstellen.

»Seien Sie nicht albern«, sagte sie. »Wie soll jemand mich gesehen haben? Ich war nicht dort. Jeder weiß, dass ich nicht dort war. Ich war zu Hause, zweihundert Meilen entfernt. Ich habe Ihnen gesagt …«

»Sicher haben Sie das. Mir und allen anderen. Ist ja auch nur verständlich, nicht wahr? Nein, glauben Sie nicht, dass ich Sie nicht verstehe, Mrs B. Ich an Ihrer Stelle hätte es nicht anders gemacht. Ich meine, niemand will wegen Mord hinter Gitter, ganz klar. Und keine Angst, dazu wird es auch nicht kommen – nicht, wenn Sie sich vernünftig verhalten, Mrs B., und mir jetzt gut zuhören. Ich habe der Polizei noch nicht gesagt, was ich weiß, und das werde ich auch nicht, wenn Sie mir nur ein paar kleine Gefälligkeiten erweisen. Eine hat mit Geld zu tun, leider« – das Wort »Geld« sprach er leicht angewidert aus, wie ein Aristokrat, in dessen Kreisen man solche Wörter nicht in den Mund nimmt. »Nicht furchtbar *viel* Geld, Mrs B., und außerdem sind Sie jetzt ja eine reiche Frau, nicht wahr, als Witwe des großen Profs et cetera pp. Reich genug jedenfalls …«

»Sie müssen verrückt sein!«, unterbrach Imogen ihn. Sie musste fast lachen, so absurd war das alles. »Warum bitte sollte ich Ihnen Geld geben, wenn nicht das kleinste Körnchen Wahrheit an Ihren Behauptungen dran ist? Bei aller Liebe …« Und nun stieß sie wirklich ein kleines Lachen aus.

Teri verzog das Gesicht.

»Ach, komisch finden Sie das also? Zum Totlachen, was? Na gut, wie Sie wollen. Aber ich glaube, Sie haben noch nicht ganz begriffen, was es geschlagen hat, Mrs B. – worauf ich hinauswill, verstehen Sie? Diese Idee, die ich habe – ich habe sie offen gestanden schon eine ganze Weile –, wie man zu Geld kommen kann, gar nicht so wenig Geld, einfach dadurch, dass man etwas über ein Verbrechen herausfindet, von dem die Polizei nichts weiß, und dann mit dem Verbrecher einen Pakt schließt, ihn nicht zu verraten, vorausgesetzt, er …«

»Erpressung, meinen Sie?« Imogen hob leicht die Augenbrauen. Konnte es sein, dass der junge Mann das Wort nicht kannte? Als »Pilzforscher«, wie ihn Robin vernichtend genannt hatte. Wieder lachte sie.

»Na schön, dann ist es eben komisch. Und so richtig zum Schreien wird es, wenn ich erst zur Polizei gehe. Die werden sich schieflachen, meinen Sie nicht, wenn ich ihnen erzähle, wie die hochrespektable Mrs Barnicott ihren Mann um die Ecke gebracht hat? Die arme, trauernde Witwe des armen, alten Profs, dabei hat sie ihn selbst kaltgemacht. Auf dem Boden werden sie sich wälzen vor Lachen, wenn sie das hören …«

»Sag ihm, er soll weggehen, Omi!«, verlangte plötzlich Vernon – und sie merkte, dass die eiskalten Hände, über die er eben noch gejammert hatte, jetzt heiß und schwitzig waren. »Sag ihm, er soll weggehen! Gehen Sie weg!«, wandte er sich in jähem, ängstlichem Aufbegehren an den Störenfried und hob die leicht zittrige Stimme. »Gehen Sie weg, bitte! Gehen Sie weg und lassen Sie unsere Großmutter in Ruhe!«

»Ja, sie ist unsere Großmutter!«, bestätigte Timmie, als wäre dies das entscheidende Argument. »Komm, Omi, wir gehen nach Hause!«

»Ja, Omi, gehen wir…«

Beide zogen sie jetzt an ihr, und fast zu Tränen gerührt von diesem wackeren Versuch, sie vor dem mysteriösen Aggressor zu beschützen, ließ sie sich willig von ihnen wegführen. Hand in Hand und zügigen Schrittes (nein, Herzchen, nicht rennen, wir dürfen auf keinen Fall rennen) marschierten die drei, so würdig es ging, durch den Nebel. Ein kurzes Stück trottete Teri noch hinter ihnen her, aber die Drohungen, die er ausstieß, hörten sich zunehmend wahllos an.

»Sie werden sich noch wundern!«, rief er dunkel, und: »Wenn Sie denken, ich hätte keinen Beweis, haben Sie sich gewaltig geschnitten!«, »Das wird Ihnen noch leid tun, Sie werden schon sehen!«, »Warten Sie's nur ab!«

»Nicht antworten«, murmelte Imogen ihren Schützlingen zu; sie hatte Angst, die kindischen Provokationen könnten die beiden dazu verleiten, es ihm mit gleicher Münze heimzuzahlen, sodass der Dialog wieder in Gang kam.

»Nicht antworten – einfach weitergehen«, beschwor sie sie. »Wenn er merkt, dass wir nicht reagieren, wird es ihm bald zu dumm.«

Erstaunlicherweise trat genau das ein. Nach ein, zwei Minuten wurden die Schritte hinter ihnen leiser und verstummten dann ganz, als ihr Besitzer abrupt vom Uferweg auf die Grasfläche neben dem Sportplatz abbog und die Abkürzung zurück in die Stadt nahm.

»Und noch jemand hat Sie gesehen!«, warf er ihnen noch hin, bevor der weiße Nebel sich über ihm schloss. »Jemand, den Sie sehr, sehr gut kennen.«

»Pscht!«, flüsterte Imogen den Kindern zu, um auch ja jede Retourkutsche, die den zweien in den Sinn kommen mochte, zu unterbinden. »Sagt nichts – tut so, als hättet ihr nichts gehört.«

Und erst jetzt, da sie sich sicher außer Reichweite ihres Peinigers wussten, erlaubten sie es sich, loszurennen.

11

Es gab wirklich Crumpets zum Tee. Die Kinder hatten es ja gewusst. Alle waren sie heil wieder zurückgekommen, und im Esszimmer loderte ein schönes Feuer, so wie sie es schon geahnt hatten. Der Alltag hatte den Sieg davongetragen, wie er es unter fast allen Umständen tut. Es muss mehr her als ein Teri, damit ein anständiger Mensch seinen Tee versäumt.

Eins war ihm allerdings gelungen – etwas, das ihm zweifellos gefallen hätte, wäre er denn in Hörweite gewesen. Noch bevor die zweite Portion Crumpets getoastet war, war er zu einer Größe von über zwei Metern gewachsen, seine Stimme glich der von Marty dem Monster aus Timmies Lieblings-Comic, und seine Augen waren groß wie Teetassen.

»*Böse* Augen, mit Blicken wie gegabelte Blitze«, führte Timmie routiniert aus, »die uns angefunkelt haben wie … wie …« – hier versagte entweder Timmies Gedächtnis oder sein Fundus abgedroschener Phrasen. »Wie nur was«, schloss er etwas lahm. Doch wie um den vorübergehenden Einbruch wettzumachen, fuhr er umso schriller fort: »Und groß war er, fast wie ein Riese. Und dann ist er auf uns los … Ooh!«

An diesem Punkt stand Onkel Robin mit entnervtem Aufstöhnen von seinem Stuhl auf und verließ mit seiner Teetasse den Raum, aber die Reaktionen der übrigen Tischgesellschaft ließen nichts zu wünschen übrig. Cynthia, die blauen Augen weit aufgerissen, stieß an all den richtigen Stellen entsetzte kleine Quietscher aus, während Dot mit einem Blick, der besorgt und selbstgerecht zugleich war, bei jedem zweiten Satz gewichtig mit dem Kopf nickte, als würde sie Timmies Komplexe mit einer Idealliste irgendwo in ihrem Hinterkopf abgleichen. Selbst Piggy, die sich an diesem Nachmittag dazu herabgelassen hatte, mit dem Rest des Haushalts eine Tasse verachtenswerten Schwarztee zu trinken, wirkte weniger desinteressiert als sonst. Der einzige, den die Darbietung kaltließ, war Vernon.

»Nein, hat er nicht.«, »Nein, das stimmt nicht.«, »Nein, das habe *ich* gesagt«, warf er in regelmäßigen Abständen ein, aber niemand schenkte ihm Beachtung. Damit hatte er auch nicht gerechnet, denn so ging es jedes Mal. Er, Vernon, erinnerte sich an alles viel genauer als Timmie und hätte es viel besser erklären können, präzise und in der richtigen Reihenfolge, nur unglücklicherweise nicht so, dass irgendjemand ihm zuhörte. Wenn *er* das heutige Abenteuer geschildert hätte, dann hätte jedes Detail gestimmt, und sie wären *alle* gestorben vor Langeweile, nicht nur Onkel Robin. Sein Vater hätte weiter sein Kreuzworträtsel gelöst, ohne auch nur aufzublicken; seine Mutter hätte gesagt: »So was, Schätzchen« und ihr Plädoyer für Teebeutel fortgesetzt, die auf lange Sicht einfach billiger seien, und »Tante« Cynthia (deren bauschiges Blondhaar und klimpernden Schmuck Vernon im Stillen glühend bewunderte) hätte geseufzt und auf die Uhr geschaut und Dot gefragt, ob es denn für die Kinder nicht langsam Schlafenszeit sei.

Was es natürlich nicht war. Wie eigentlich fast nie, wenn Cynthia die Frage stellte, aber sie gab die Hoffnung nicht auf. Nicht, dass sie eine besondere Abneigung gegen Kinder gehabt hätte – im Gegenteil, hätte man sie darauf angesprochen, hätte sie sich vermutlich als große Kinderfreundin bezeichnet. Sie wollte sie nur einfach nicht um sich haben. Und noch schlimmer war es, wenn auch noch die Mutter da war und sie, Cynthia, anstupste und zischte und grimassierte und ihre besten Anekdoten verdarb, indem sie mit den Lippen das Wort »unpassend« formte.

Ja, was erwartete sie denn? Wie öde konnte man sein? Eine Unterhaltung, die für einen Achtjährigen passte, war es nicht wert, dass man sie führte, das war Cynthias Credo, und sie fand es ausnehmend lästig, sich in ihrem Erzählstil permanent durch Dots Mutterallüren beschnitten zu sehen. Schon gar zu dieser Abendzeit, wenn zwei Drittel der Hausgemeinschaft gemütlich um den Kamin saßen, das perfekte Ambiente, um genüsslich über das abwesende Drittel herzuziehen. Und danach über die Freunde der Abwesenden, und die Freunde ihrer Freunde … Oh, es war zum Irrewerden! All das aus Rücksicht auf zwei Rotzgören, die ja schließlich niemand zum Zuhören *zwang*.

Auch für Dot war die Situation belastend, und auch sie litt. Ihr Dilemma bestand in der Frage, wie sie modern und unautoritär sein und gleichzeitig verhindern sollte, dass die Jungen Cynthia zuhörten, und sie brachte viele sorgenvolle Stunden damit zu, darüber nachzugrübeln und Zeitschriftenartikel zu dem Thema zu lesen. Die Artikel lieferten durchaus Antworten: souveräne, fachkundige Antworten, allesamt auf den neuesten Forschungserkenntnissen beruhend, aber mit auffällig wenig Relevanz für das tatsächliche Problem, mit dem Dot zu kämpfen hatte. So waren sich die Fachleute beispielsweise einig, dass mit Kindern im Alter von Timmie und Vernon offen und aufrichtig über das Thema Fortpflanzung gesprochen werden sollte: aber beinhaltete das auch die Prostata-Probleme von Cynthias Ex-Freund? Oder eher doch nicht? Über diese

Frage, wie über so viele andere, schwieg sich das Heer der Experten in aufreizender Weise aus, weshalb sich die arme Dot letzten Endes auf sich gestellt sah, geleitet nur von ihrem Instinkt und ihren leidenschaftlich verfochtenen liberalen Prinzipien, deren oberstes es war, dass Kinder unter allen Umständen die Freiheit haben sollten, sich aus eigenem Antrieb für das zu entscheiden, was sie, Dot, als das Beste für sie erachtete.

Doch selbst mit einem so unerschütterlichen Glauben als Leitstern konnte es schwierig werden. Der Sex auf den Bermudainseln, so schien es, war eine ebenso zeitraubende und unbefriedigende Angelegenheit wie der in Twickenham; und das erfüllte Dot oft mit Ratlosigkeit, um nicht zu sagen, mit einem zunehmenden Groll. Nachdem sie ihren Kindern pflichtschuldig beigebracht hatte, dass Sex etwas Wunderbares sei (auch wenn ihr Elternhaus beispiellos arm an Beweisen für diese These war), legte sie verständlicherweise wenig Wert darauf, all ihre mühselige Überzeugungsarbeit an einem einzigen Abend durch Tante Cynthias unüberlegte Anekdoten torpediert zu sehen.

Heute freilich lief es aus Dots Sicht eine Spur besser als sonst. Weder konnte Timmies ausufernde Erzählung, so realitätsfern sie auch sein mochte, unpassend für seine eigenen Ohren sein, noch (hoffte sie) würden seine blumigen Details Cynthia an einen ihrer ereignisstrotzenden Tage auf den Bermudas erinnern, die sonst jeder Unterhaltung eine so unglückliche Wendung verliehen. Es gab doch wahrscheinlich gar keinen Nebel auf den Bermudas, oder? Schon gar keinen Nebel, der so dicht war, dass »wir nicht mal die Hand vor den Augen sehen konnten, stimmt's, Omi?«

»Konnten wir doch«, kam es verbissen von Vernon, »die

Sichtweite betrug mindestens ein Meter zwanzig … nein, eher ein Meter dreißig.«

Oder doch weniger. Oder vielleicht mehr. Niemand würde es je wissen, denn mittlerweile hatte Timmie die Köpfe all seiner Zuhörer mit einem Nebel gefüllt, der so dicht war wie Watte, undurchdringlich, faktenresistent und losgelöst von jeglicher Zeitrechnung. Timmie war wieder einmal *kreativ*, resümierte Vernon verschnupft, deshalb saßen all die Erwachsenen da wie gelähmte Versuchskaninchen, und keiner wagte, als erster gelangweilt zu sein. Diese Wirkung hatte Timmies Kreativität immer, das wusste er inzwischen; man kam nicht gegen sie an, man musste da ganz einfach durch.

Irgendwann, dachte er düster, geht eine von seinen Geschichten *ewig* weiter, und was machen sie dann?

Verhungern werden sie, so sieht es aus. Sie werden dasitzen und verhungern!

Ganz so schlimm kam es nicht.

»Nein, Cynthia, Liebste, sie müssen noch nicht ins Bett, es ist gerade mal sechs Uhr«, sagte Dot autoritär, und: »Viertel nach, Liebste, wir wollen doch bei der Wahrheit bleiben«, stellte Cynthia mit zuckersüßer Stimme klar, während der eigentliche Kampf wortlos zwischen ihnen tobte, ein Kampf mit schwankendem Kriegsglück, dessen Ausgang noch völlig ungewiss war: Konnte Dot Cynthia dazu bringen, die Spekulationen für sich zu behalten, die so aufrührerisch hinter ihrer Stirn sprudelten – nach jedem Maßstab höchst »unpassende« Spekulationen über Teri und seine *wahren* Motive dafür, sich im Nebel an zwei kleine Jungen heranzumachen …

»Ich will ja niemanden beunruhigen«, setzte Cynthia frohlockend an – und wechselte dann plötzlich den Kurs. Sie wollte sie sehr wohl beunruhigen, das war der ganze Zweck der Übung, aber als eine reife und vernünftige Frau sah sie ein, dass man nicht immer haben konnte, was man wollte. Man musste sich nach der Decke strecken. Für den Augenblick würde sie sich mit den vergleichsweise harmlosen Aspekten des Vorfalls begnügen – Mord, Erpressung und falsche Anschuldigung.

»Du solltest ihn anzeigen, Imogen«, drängte sie mit dem rechtschaffenen Eifer derjenigen, die sich selbst die Hände nicht schmutzig machen muss. »Du darfst ihm das nicht durchgehen lassen. Schick ihm die Polizei auf den Hals. So was ist üble Nachrede. Oder ist es Verleumdung? Für eins kriegt man viel mehr Geld als für das andere, ich weiß bloß nicht, für welches. Ich kannte mal eine Frau aus Hamilton, der wurden 18 000 Dollar zugesprochen, nur weil jemand behauptet hatte, ihr Haar wäre gefärbt. Dabei *war* es gef…«

Sie verstummte jäh. Die Esszimmertür flog auf und prallte gegen die Kante des antiken Büfetts, mit einer Wucht, die Ivor entsetzt hätte, wäre er nicht tot gewesen, und zur Folge gehabt hätte, dass er das ganze Abendessen hindurch die Geschichte erzählte, wie er an dieses Büfett gekommen war: in Penzance nämlich, wo er es für einen Schleuderpreis einem Burschen abgekauft hatte, der sich für Napoleon hielt und den Schaden wiedergutmachen wollte, den er über die Welt gebracht hatte. Inwieweit der Erwerb eines Eichenbüfetts aus dem 18. Jahrhundert zu einem Zehntel des Marktwerts die Welt in irgendeiner Weise für die Verheerungen durch die Napoleonischen Kriege entschädigt haben sollte, war nie klar geworden, aber das musste es auch nicht. Denn die Geschichte handelte natürlich gar nicht von Napoleon oder dem armen Irren und auch nicht von dem Büfett selbst. Sie handelte von Ivor, davon, wie er, wohin er auch kam, bizarre und aufregende Abenteuer anzog. Das war die Moral von der Geschichte, mehr an Moral brauchte sie nicht.

Der dumpfe Knall von Holz auf antiker Eiche verklang, und in der Tür stand Robin. Mit diesem Lächeln, das er nur dann aufsetzte, wenn etwas ernsthaft aus dem Ruder lief. War Imogen die einzige unter den Anwesenden, die die Anzeichen erkannte? Sie saß ganz still da, ihre Finger um die Stuhlkante gekrampft.

Ja, hier kam sie: die witzige, beiläufig-ironische Bemerkung. Robin zur Abwechslung einmal voll bei der Sache: Robin so zornig, wie er es nur ein- oder zweimal in seinem bisherigen Leben gewesen war.

»Piggy, Süße«, sagte er leichthin, »was ganz Neues: dein Typ wird verlangt. Unglaublich, aber wahr. Nur am Telefon leider, aber irgendwo müssen wir ja alle anfangen.«

Und als Piggy, geräuschvoll und mit offenem Mund, von ihrem Stuhl aufstand, endlich in Interaktion mit ihrer Umwelt (dem Beispiel von Plattwürmern, Protozoen und Meeresschnecken folgend), stand Robin still da und beobachtete sie.

»Ein vergrätzter Verehrer, so wie es klingt«, bemerkte er seidig, während er ihr mit übertriebener Galanterie die Tür aufhielt. »Gratuliere« – worauf er auf dem Absatz kehrtmachte und ihr rasch aus dem Zimmer folgte; die Tür zog er hinter sich zu.

Komisch, dachte Imogen. Ich habe das Telefon gar nicht klingeln hören. Waren wir zu laut – zu sehr ins Gespräch vertieft, um es mitzubekommen? Die Neugier, gepaart mit einem wachsenden Gefühl der Unruhe, trieb sie hinaus in die Küche … den Kessel aufsetzen … frischen Tee kochen … Die Teekanne in der Hand, schlüpfte sie aus dem Zimmer und ging so langsam, wie sie es nur wagte, durch den Flur.

»Nein«, hörte sie Piggy leise ins Telefon sagen. »Nein, wann hätte ich das denn machen sollen?« Und dann, in einer kleinen rebellischen Anwandlung: »Herrgott noch mal, du bist doch der, der … Nein. Nein, natürlich hab ich das nicht, wie denn? Ich sag dir doch, es … Sei nicht so albern! Du hast leicht reden, *du* musst das hier schließlich nicht mitmachen …«

Das, was als Reaktion aus dem Hörer drang, klang wie das Kläffen eines frustrierten Terriers vor einem Kaninchenbau. Aber noch länger konnte Imogen ihr Verweilen im Flur vor sich nicht rechtfertigen, also ging sie weiter in die Küche, kochte Wasser, goss neuen Tee auf, und als sie danach den Rückweg antrat, war das Gespräch beendet. Erst viel später am Abend fand man Piggy dann in Tränen aufgelöst, bitterlich und unkontrolliert schluchzend.

Auf der Treppe natürlich, sodass niemand ins Bett gehen konnte, ohne sich nicht nur als herz-, sondern obendrein als takt- und instinktlos zu entlarven.

»Nein, alles gut.«, »Danke, mir fehlt nichts«, das waren die Antworten, mit denen sie sämtliche Tröstungsversuche abschmetterte, und als es Mitternacht schlug, hatte sogar Cynthia aufgegeben, die sich gemeinhin zur Vertrauten aller Mühseligen und Beladenen berufen sah. In der Tat qualifizierte einiges sie für den Part: Zum einen fand sie jegliches Leiden großartig, solange es nur das anderer Leute war; und zum anderen war ihr Erfahrungshorizont auf seine Weise wirklich enorm. Egal welche Unsäglichkeit, jemand aus ihrer Bekanntschaft hatte sie erlitten. In Fragen männlicher Schurkerei konnte sie als führende Expertin weltweit gelten und brauchte hinter keiner Frau dieser Erde zurückzustehen.

Aber in Piggys Fall fiel der Lohn für ihre Mühen spärlich aus. Entweder wendete sie die falschen Methoden an, oder Piggy hatte einfach nicht die richtigen Probleme.

»Bitte lassen Sie mich«, sagte das Mädchen immer nur, um dann plötzlich aufzubrausen: »Herrgott noch mal, könnt ihr nicht einfach alle aufhören, mich zu bespitzeln? Ständig dieses Rumschleichen und Zum-Fenster-Reinglotzen … ich hab die Nase dermaßen voll davon! Was glaubt ihr denn, was es bei mir zu entdecken gibt?«

Danach beruhigte sie sich ein wenig und gab immerhin zu, wenn auch widerwillig, dass sie nicht Cynthia selbst gemeint hatte. »Ich rede von gewissen *anderen* Leuten hier im Haus«, erklärte sie dunkel, aber mehr war ihr partout nicht zu entlocken.

»Ach, *bitte* gehen Sie doch«, wiederholte sie, und so ging Cynthia schließlich, einigermaßen pikiert und mit einem Ziehen im Rücken, das von dem langen, kumpelhaften Sitzen auf der dritten Treppenstufe kam, um zu schauen, an wen sie ihre mageren Erkenntnisse weitergeben konnte. Wie sich zeigte, waren nur Dot und Imogen noch auf – Herbert war vorsichtshalber schlafen gegangen, bevor ihn die nächste Schuld treffen konnte, und Robin hatte sich in seinem Zimmer eingeschlossen, sein NICHT STÖREN-Schild herausgehängt und den Plattenspieler laut aufgedreht.

So geschah es, dass nur Dot und Imogen von der Begegnung erfuhren, und auch sie erfuhren herzlich wenig. Aufgrund der dürftigen Faktenlage und ihrer eigenen Müdigkeit machte Cynthia es kurz. Piggys Freund hatte eine andere, saß im Gefängnis, war impotent geworden, hatte Piggys Geburtstag vergessen, von ihr verlangt, dass sie ihr Essen selbst bezahlte, so Cynthias Theorie, und nachdem das Rätsel damit befriedigend aufgeklärt war, konnten sich endlich alle entspannen und zu Bett gehen.

Fast jedenfalls. Eine kleine Herausforderung galt es noch zu meistern.

»O Gott, wie soll ich jetzt Herbert um sieben Uhr wachbekommen?«, klagte Dot unter herzzerreißendem Gähnen und blieb auf dem Treppenabsatz stehen, um auf das mitfühlende Murmeln zu warten, das nun von Rechts wegen ertönen müsste.

Es kam nicht. Nicht, weil Cynthia oder Imogen ihr das Mitgefühl böswillig versagten, die Sache war nur so verwickelt. Dots und Herberts Morgenritual (soweit Imogen es durchschaute) ging in etwa so: Der Wecker klingelte um Viertel vor sieben, worauf Dot damit begann, Herbert so wach zu machen, dass er wiederum sie wach genug machen konnte, um nörgelnd nach ihrer Tasse Tee zu verlangen, ohne die sie nicht wach genug wurde, um ihn rechtzeitig für sein Frühstück und seinen Zug aus dem Bett zu scheuchen.

Es war alles zu viel, zu viel und zu spät, weshalb beide nur ein simples »Gute Nacht« zustande brachten und Dot mit einem vertrauten Gefühl unklarer Enttäuschung, unklaren Im-Stich-Gelassen-Seins zu Bett ging. So unklar und so vertraut war das Gefühl, dass sie es kaum wahrnahm. Wenn überhaupt, hatte es etwas Behagliches, wie ein alter, abgetragener Morgenrock, in den man sich einmummeln konnte.

12

Es musste zwischen zwei und drei Uhr morgens sein, als Imogen aus dem Schlaf schreckte, in der jähen Gewissheit, dass das, was sie geweckt hatte, etwas aus der Vergangenheit war. Etwas Bekanntes.

Eine Stimme? Eine Berührung? Zu schläfrig, um sich zu beunruhigen, lag sie still da und wartete darauf, dass es wiederkam.

»Mummy! Mummy!«

Die Stimme drang durch den Fußboden der Mansarde zu ihr empor und vertrieb den letzten Rest Schlaf aus ihrem Hirn, das sich in der alten Zwickmühle wiederfand: eingreifen oder nicht eingreifen? »Mummy«, hatte das Kind gerufen, nicht »Daddy« oder »Omi«, und das band ihnen allen die Hände. Denn wie der Zufall es wollte, vereinte Mummy ein sehr feines Bewusstsein für die Heiligkeit der Mutterrolle mit einer erstaunlichen Fähigkeit, noch bei dem größten Krach zu schlafen wie ein Stein. Sowohl mit Aufstehen als auch mit Liegenbleiben machte man sich gleich angreifbar.

»Mummy!«

Imogen setzte sich auf und lauschte, ob aus dem Flur im ersten Stock nicht doch das irritierende Schlurfen von Dots Pantoffeln herauftönte. Mummy, mir ist schlecht. Mummy, meine Bettdecke ist verschwunden. Mummy, er hat gesagt, ich bin … Hab ich überhaupt nicht … Doch, hat er wohl …

Aber nichts geschah. Kein nölender Singsang von Klage und Ermahnung drang durch die Holzdielen. Einen Moment gab es, als sie in dem wartenden Schweigen überzeugt war, Dots Schritte zu hören, aber das konnte nicht sein, denn einen bloßen Sekundenbruchteil später hallte die Dunkelheit von neuerlichem, markerschütterndem Schreien: »Mummy! Daddy! Omi!«

Eine so gleichmacherische Flut der Verzweiflung durfte nicht länger ignoriert werden. Mit einem Satz sprang Imogen aus dem Bett, eilte die enge Wendeltreppe vom Dachboden hinunter und den Flur entlang, dessen dicker Teppichboden das Geräusch ihrer nackten, rennenden Füße fast vollständig schluckte.

»Timmie? Vernon?«

Sie trat leise ins Zimmer, stolperte über die elektrische Eisenbahn, fing sich wieder und spähte besorgt zu dem Schattengerüst der Stockwerkbetten an der hinteren Wand. Licht machte sie keins an, um nicht den zweiten der Buben auch noch zu wecken, wobei solche Vorsicht unnötig war: wie die meisten Kinder schlummerten auch Timmie und Vernon friedlich durch das Geschrei und Wehgeheul des jeweils anderen.

»Was ist denn?«, flüsterte sie, während sie sich ihren Weg über den schimmernden, mit Spielzeug übersäten Boden bahnte. »Was ist los?«

Keine Antwort. Durch die vorhanglosen Fenster schien der Mond hell ins Zimmer, und sie sah deutlich die Buckel, die die kleinen Körper unter den Decken bildeten – beide für den Moment regungslos. Ohnehin ließ sich nicht sagen, welcher welcher war, weil sie sich jede Nacht in dem oberen Bett abwechselten – in der Regel unter viel Gezanke und Geplärr.

Vernon in seiner systematischen Art verfasste Tage im Voraus Pläne, wer wann wo schlafen durfte, aber sie gingen nie auf. »Sonntag zählt nicht, da war mir so schlecht«, argumentierte der findige Timmie, oder: »Du hast deinen Mittwoch doch gegen meinen Zweifarbenkuli getauscht, weißt du nicht mehr?«, und schon ging es los: Vernon, Plan in der Hand, zeterte im Namen der Gerechtigkeit, der Vernunft und des geschriebenen Worts, während Timmie unbeschwert kichernd schon einmal das begehrte Bett erklomm und sich auf den Angriff einstellte.

Darum wusste Imogen, als sich die dunkle Gestalt im unteren Bett mit einem Ruck aufsetzte und losschluchzte, immer noch nicht sicher, wen sie denn nun vor sich hatte.

Aber es war natürlich Vernon. Diese Dinge passierten immer immer Vernon. Schon als ganz Kleiner war er es gewesen, nicht Timmie, der schlecht träumte, dem der Bauch wehtat, der im Sturm die Wölfe heulen hörte. Auch wenn das letzte Mal schon lange zurücklag – mindestens zwei Jahre – und alle gedacht hatten, er wäre aus dieser Phase herausgewachsen.

Kein Wolf diesmal, sondern ein Gesicht. Er hatte von einem Gesicht geträumt, das sich über ihn beugte, während er schlief, und auf ihn herabstarrte. Wie so oft bei Albträumen war ansonsten nicht viel passiert; die Erscheinung hatte weder grimmig geschaut noch Drohungen ausgestoßen; aber die Aura des Schreckens, die sie umgab, war so immens gewesen, dass Vernon keine Worte dafür fand.

»So furchtbar, Omi … so furchtbar«, wiederholte er nur immer wieder und stammelte etwas von Lippen, die im Mondlicht feucht geglänzt hätten, von einem stachligen, nässeglänzenden Kinn und wild herabhängenden Haaren. Immer näher war die Fratze gekommen, während er wie gelähmt dalag in den Fängen des Albtraums; er hatte ihren Atem gerochen, als sie zu sprechen begann, ihm etwas mitzuteilen versuchte, aber die Silben ergaben keinen Sinn, und er konnte sie nicht verstehen. Aber ihre Spucke hatte er gespürt, die Sprühtröpfchen bei den Konsonanten, er spürte sie immer noch, ganz deutlich spürte er sie! Panisch rubbelte er an seinen Backen herum, erst mit den Fäusten, dann mit der Bettdecke …

»Da, Omi, da!«, schluchzte er. »Fass mein Gesicht an, es ist ganz nass. Oder, Omi? Es ist nass, oder?«

Sanft und begütigend streichelte sie die erhitzten Wangen. Sie waren allerdings nass, aber das kam von den Tränen, vom Angstschweiß.

»Ist ja gut, Schätzchen, du hast bloß geträumt. Alles gut … Omi ist hier …«

Er hatte sich in ein Kleinkind zurückverwandelt; mit einer Kraft, die einem Gorillababy Ehre gemacht hätte, zogen seine Arme sie hinab zu sich, drückten ihr Gesicht in das Kissen.

»… das war bloß geträumt, Omi, oder? Es war bloß geträumt«, wiederholte er flehend, schaudernd unter seiner Decke, und »Natürlich«, versicherte sie wieder und wieder, »natürlich ist das nur ein Traum.«

Nur ein Traum. Nur ein Traum. Endlich spürte sie, wie das Zittern nachließ, seine Arme ihren Griff um ihren Hals lockerten, und im nächsten Moment war er kein Baby mehr, sondern ein achtjähriger Junge, der sich höflich von ihr losmachte.

»Ja, natürlich, Omi. Ja, ich weiß«, sagte er, die Stirn im Mondlicht in konzentrierte Falten gelegt. »Es kann nur ein Traum gewesen sein, weil, so ein Gesicht hat ja niemand. Das nur schaut und nicht richtig redet, und mit Augen so groß wie Teetassen …«

Das war es also. Dieser verflixte Timmie mit seiner ständigen Melodramatik, kein Wunder, dass sein Bruder Albträume bekam. Als wäre die Begegnung am Fluss nicht schon gruselig genug gewesen – umso mehr, als hinterher keine vernünftige Erwachsenen-Erklärung dafür geliefert worden war. Imogen machte sich Vorwürfe, dass sie den Kindern keine einfache, beruhigende Begründung gegeben hatte – aber wie hätte sie das tun sollen, wo es doch keine gab? Die Allwissenheit der Großen hatte einen Knacks abbekommen, und das ist etwas, was Kindern weit mehr Angst einjagt als noch die bedrohlichste Situation.

Aber jetzt schien es ja überstanden zu sein.

»Das war kindisch von mir, oder, Omi?«, fragte Vernon selbstgefällig und zog sich die Bettdecke bis zum Kinn hoch, und als sie ihm anbot, bei ihm sitzen zu bleiben, bis er eingeschlafen war, schüttelte er den Kopf.

»Nein danke, Omi, jetzt geht es wieder.« Er sah klein und verletzlich aus auf seinem von Mondlicht übergossenen Kissen, und sie zögerte.

»Jetzt geht's wieder«, wiederholte er. »Ich habe nur geträumt. Ich hatte einfach nur einen dummen Traum.«

Dann gute Nacht, Herzchen.

Gute Nacht, Omi.

Schlaf jetzt schön.

Gute Nacht. Gute Nacht.

Und dann – keine Minute später, Imogen war noch auf der Treppe – Schrei um Schrei, so außer sich, wie sie es in ihrem ganzen Leben noch nicht gehört hatte.

»Omi! *Omi!* OMI!«

13

Diesmal wurde das ganze Haus wach. Von überall her kamen sie angestürzt, eine bleiche, angeschlagene Truppe im Mondschein, sich die Schlafanzughosen höherziehend, ihre Bademäntel um sich raffend, und drängten sich in der Zimmertür der Jungen.

Was hat er? Was ist passiert? Warum? Wie meinst du das? – während Vernon, halb hysterisch vor Angst, den Kopf in sein Kissen bohrte, keuchend und schluchzend.

»Nein … Nein …!«, stieß er einmal hervor, als Dot, die sich besorgt über das Bett beugte, wissen wollte, wo es denn wehtat. So erpicht sie generell auf psychologische Erklärungen war, um diese Nachtzeit sollte es dann doch besser etwas sein, das sich mit einem Aspirin behandeln ließ. Herbert, der schwächlich an ihrem Ärmel zupfte und nuschelte: »Soll *ich* vielleicht mal …«, bekam die ganze Wucht ihrer Ratlosigkeit ab.

Pfefferminz! Diese Tüte Pfefferminzbonbons, die Herbert gestern Abend hatte herumgehen lassen – *die* war an allem schuld! Pfefferminz auf einen leeren Magen – na gut, dann eben einen vollen, jetzt sei doch nicht so haarspalterisch – Pfefferminz löste ja bekanntermaßen …

Pfefferminz löste …

Pfefferminz löste das aus, was Vernon jetzt hatte, jawohl. *Das* löste Pfefferminz bekanntermaßen aus, und wenn Herbert auch nur das geringste Einfühlungsvermögen hätte, was sein eigenes Kind betraf ...

Derweil hatte sich Cynthia, ein flatterndes Traumbild mit mondbeglänzten Ringellöckchen und fließendem Negligé, erboten, den Arzt zu holen, stand aber nach wenigen Sekunden schon wieder in der Tür, um nach seiner Nummer zu fragen, sie könne sie im örtlichen Telefonbuch nicht finden, und ob er sich nun Grieves schreibe oder Greives?

Um die Zeit kommt der eh nicht, prophezeite Herbert, und: Medikamente, Medikamente, als könnten Medikamente alles heilen, konterte Dot, als würde sie ihn damit widerlegen. Inzwischen war auch Piggy im Türrahmen aufgetaucht, blinzelnd und missbilligend, und wollte wissen, ob etwas passiert sei. Als man ihr sagte, ja, zuckte sie verächtlich die Achseln und verschwand wieder, offenkundig zufriedengestellt.

Mittlerweile trugen Dot und Herbert, vereint in der Sorge um ihren größeren Sohn, *sotto voce* einen erbitterten Streit darüber aus, wer von ihnen letzten Samstag kein Aspirin gekauft hatte, während Cynthia unten am Telefon ihre Aufgabe für die Nacht gefunden zu haben schien. »Aber GREAVES heißt er nicht, oder?«, rief sie einmal nach oben und kehrte, als keine eindeutige Antwort kam, fröhlich zu ihrem Wählen und Wiederauflegen zurück. »Wer?«, hörte man sie ab und zu bestürzt quieken, oder: »Aber ich dachte ... Oh, das tut mir wirklich schrecklich leid ...«, um dann unverdrossen die nächste Nummer zu wählen. Von allen in der Nachbarschaft, dachte Imogen bei sich, dürfte nur der Arzt eine ungestörte Nachtruhe genießen. Robin hatte selbstredend keinerlei Schwierigkeiten gemacht. Er hatte kurz hereingeschaut, »Ach du Scheiße« gemurmelt und sich wieder verzogen.

Und inmitten all dieses Tumults kauerte der Verursacher der ganzen Aufregung blass und nahezu unbemerkt in seinem Bett und wartete darauf, dass irgendwer alles ungeschehen machte.

Mit vereinten Kräften schafften sie es schließlich – Dot, Herbert und Imogen –, die Geschichte aus ihm herauszuholen, und kein Wunder, dass er so verstört war. Es war kein Spaß, zweimal hintereinander denselben Albtraum zu haben, von ihm wieder heimgesucht zu werden, kaum dass man die Augen schloss, so als wäre er die ganze Zeit über dagewesen und hätte gelauert.

»Dabei dachte ich doch, ich hätte noch gar nicht geschlafen«, schluchzte Vernon. »Ich dachte, du wärst grade erst rausgegangen, Omi. Ich hab die Augen nur zugemacht und wieder auf, und da war es schon. Genauso wie vorher … und hat irgendwie so auf mich runtergeschaut … und irgendwie so geredet … und, Omi, Mummy, es hatte *Zähne* …«

Die musste es beim ersten Mal natürlich auch schon gehabt haben, sonst hätte Vernon es unter Garantie als zahnlos beschrieben. Aber Imogen konnte sich denken, was er meinte: *gebleckte* Zähne, wie sie beim Lachen sichtbar wurden – oder beim Fauchen. Gelbe Zähne im Mondlicht, lang und scharf, so mussten sie Vernon vorgekommen sein, denn er sprach von »Reißzähnen« zwischen nassen, schlaffen Lippen, von denen der Sabber in Fäden herunterhing, Fäden, die schwangen, als das Gesicht näher kam. Er hatte versucht zu schreien, nach ihm zu schlagen … und dann auf einmal schrie er wirklich, schlug wirklich danach … und das grässliche Gesicht verschwand.

Zwei Aspirin, entschied Dot, und ein Becher heiße Milch. Während sie diese Heilmittel herbeischaffen ging, Herbert vor sich hertreibend wie eine entlaufene Henne, blieb Imogen bei Vernon am Bettrand sitzen und versicherte ihm ein ums andere Mal, ja, er hatte es nur geträumt, und nein, er würde es ganz sicher nicht noch einmal träumen, niemand träumt je denselben Traum mehr als zweimal.

»Echt nicht, Omi? Nie?«

Vernons Interesse schien von diesem tendenziösen Rechenexempel geweckt worden zu sein, und so musste nun Imogen in aller Eile weitere Belege von nah und fern anführen, beginnend mit der Bibel. Um ihn zum Lachen zu bringen, erzählte sie ihm schon bald diverse verrückte Träume, die sie selbst im Lauf ihres Lebens gehabt hatte – sorgsam ausgewählte Träume natürlich, von Kätzchen, Urlaub am Strand und Schulleiterinnen, die Laternenpfähle hochradelten.

Vernon hörte ihr dankbar zu, lächelte sogar vereinzelt, keine Sekunde hinters Licht geführt durch diese durchsichtigen Manöver seiner Stiefgroßmutter, aber nur zu bereit, mitzuspielen. Sich austricksen, weglocken zu lassen von der Dunkelheit und dem Schrecken, um dafür das gewöhnliche Tageslicht untergejubelt zu bekommen.

Nichts als ein Traum. Nichts als ein Traum. Bis Dot mit der heißen Milch und dem Aspirin zurückkam, wirkte Vernon wieder recht gefasst, wenn auch wenig kooperativ, was die Milch anging.

»Nein, das ist keine Haut, das ist Sahne, die tut dir gut!«, ermahnte ihn Dot, und zu Imogen gewandt: »Warum legst du dich nicht wieder hin, Imogen, und versuchst zu schlafen? Du kannst hier jetzt nichts mehr tun, er hat sich ja beruhigt, und morgen früh hat er sicher alles vergessen. So, Herzchen, nun mach schon, trink aus.«

Milch. Die Milch des Vergessens. Dot goss sie in ihn hinein, wie man Benzin in ein Auto gießt, in fester Erwartung greifbarer Resultate.

Aber würde er tatsächlich vergessen? Imogen wünschte es ihm aus tiefstem Herzen. Wünschte ihm, dass er den Albtraum selbst vergessen möge und all den Trubel und die Aufregung um den Albtraum herum. Und, mehr als alles andere, jenen einen Moment, als ihre Blicke sich trafen und sie plötzlich wusste – und er wusste, dass sie wusste –, dass es mitnichten ein Traum gewesen war. Es war wirklich passiert.

14

Real oder nicht? Bei Dingen, die sich bei Nacht zutragen, lässt sich das manchmal schwer sagen. Der Tagesanbruch macht etwas mit ihnen, wie Licht, das in eine Kamera eindringt. Imogen lag da, betrachtete das gelbliche Dämmerungsviereck gegenüber dem Bett und konnte nicht glauben, wie wenig verstört sie war. Nach all der Aufregung hatte sie nicht damit gerechnet, auch nur ein Auge zuzutun – ja, sie hatte es gar nicht gewollt, so verwirrt war sie, so voller Angst vor dem, was als Nächstes geschehen mochte. Seltsame, beängstigende Möglichkeiten waren ihr durch den Kopf gewirbelt, hatten sich lärmend formiert wie eine Horde aggressiver Fußballfans – und ehe sie sich versah, war es Morgen, und die ganze Sache kam ihr reichlich albern vor.

Irgendeine grausame Art von Streich? Masken? Eine Verkleidung? In diesen Bahnen hatten sich ihre letzten bewussten Gedanken bewegt, doch nun, bei Tageslicht, kam es ihr alles absurd vor. Wer wäre zu solch einer sinnlosen Grausamkeit gegen einen kleinen Jungen fähig, und wozu?

Robin? Nun, Robin war (wie er so gern prahlte) zu allem fähig, aber nur, wenn es keine Mühe machte. »Selbstlose Grausamkeit ist nicht mein Ding«, hätte er betont und ihr erklärt, dass Schlechtigkeit, wie alles andere auf der Welt, sich auszahlen muss.

Piggy vielleicht? Aber ihre Qualifikation für die Tat bestand schlicht darin, dass niemand irgendetwas von ihr wusste. Ein solcher Umstand hätte ihr niemals eine Stelle als, sagen wir, Computerprogrammiererin verschaffen können, wie sollte er sie also zu einer so komplexen, hoch spezialisierten Untat wie der gestern Nacht verübten befähigen?

Alle anderen im Haus konnte man wohl getrost ausschließen. Außer vielleicht … Timmie? Ein kindischer, hochdramatischer Streich? Imogen versuchte zurückzudenken. Außer einem kurzen Gefühl der Dankbarkeit, dass das Geheul seines Bruders ihn anscheinend nicht zu wecken vermochte, hatte Imogen letzte Nacht überhaupt nicht an Timmie gedacht und auch keinen Blick in das obere Bett geworfen, um sich zu versichern, dass er noch da war. Zuzutrauen war es ihm wohl … aber doch niemals ohne jede Menge nachfolgendes Kichern und Prusten und generelle Angeberei? Er hätte es niemals fertiggebracht, im Hintergrund zu bleiben, die Ehre für all den Aufruhr nicht für sich zu fordern. Nicht *Timmie*.

Das Lichtviereck gewann an Helle, je näher der Morgen kam, und Imogen merkte, wie ihr das ganze Problem entglitt wie ein Rest Seife, den man mit einem Häkchen aus einem glitschigen Ausguss hochzuholen versucht. Und jetzt, so tröstlich wie Vogelrufe, wurden aus dem Zimmer unter ihr streitende Stimmen laut.

»Nein, jetzt bin ich dran, du hast schon grade!«

»Bist du nicht, das ist nicht fair, *ich* hab ihn gefunden.«

Iiiiii! Oooooo! Krach. Bumm. Krrrgh.

Dann war also alles im Lot. Imogen seufzte erleichtert auf. Was immer Vernon letzte Nacht durchlitten hatte, jetzt, am Morgen, war er sichtlich wieder hergestellt.

Von Herberts Regenschirm ließ sich das nicht behaupten. Nachdem er vor dem Frühstück fast eine Stunde als Fallschirm für Sprünge vom oberen Bett hatte herhalten müssen, war er schlicht nicht mehr der Schirm, der er einmal gewesen war, und so trottete der arme Herbert nach einem kurzen und fruchtlosen Kampf mit den rätselhaft durcheinanderspießenden Speichen schirmlos zum Bahnhof, sein einziger Schutz vor dem winterlichen Platzregen die noch ungelesene *Times*. Der Gedanke an das durchweichte Kreuzworträtsel, das mit jeder Sekunde unleserlicher wurde, betrübte ihn, aber er hatte es nicht gewagt, die Jungen zu schimpfen, wie andere Väter das wohl taten, weil das Thema Pfefferminz noch nicht vom Tisch war und man ja nie wusste. Schließlich waren die Auswirkungen von Pfefferminzbonbons auf Schirmspeichen noch sehr wenig erforscht, und Herbert ging lieber auf Nummer sicher.

Herbert war also auf dem Weg zur Arbeit wie all die anderen pendelnden Ehemänner, Dot telefonierte wegen einer Daunendecke, die aufgearbeitet werden musste, die Jungen kabbelten sich über den Dinosaurier auf der Cornflakes-Packung. Familienleben, wie es normaler nicht sein konnte, dachte Imogen argwöhnisch – sie witterte Probleme, wie ein Reh die Gefahr wittert.

Diese ganze Normalität wurde langsam ein bisschen viel. Sie begann sich zu beständig anzufühlen, zu permanent. Wie lange wollten sie denn noch bleiben? Sie waren zu Weihnachten gekommen, und nun hatten sie schon den – was war es? –, den 11. Januar, und noch immer kein Wort von Abreise. Zugegeben, der Besuch war um Imogens willen unternommen worden, eine gute Tat, geboren aus der Güte von Dots Herzen, und bei der Vorstellung, dass Güte und Barmherzigkeit ihr ein Leben lang folgen könnten (und es nach dem Willen von Edith und Dot tatsächlich auch tun würden), schauderte es Imogen unwillkürlich. Gleich nachher würde sie mit Dot sprechen, nahm sie sich vor, und sie auf ein konkretes Abreisedatum festlegen.

Aber Dot legte man nicht so einfach fest. Nicht etwa, weil sie den Fragen auswich, die man ihr stellte, sie beantwortete sie vielmehr derart ausführlich, dass man am Ende völlig den Faden verloren hatte.

Nein, sie hatten es nicht sonderlich eilig, zurück nach Twickenham zu kommen, eigentlich gar nicht. Daheim war alles unter Kontrolle, und nein, Herbert versäumte auch keine Neujahrseinladungen oder dergleichen, so war Twickenham nicht. Nein, Herbert empfand die Pendelei nicht als zu belastend, überhaupt nicht. Fünfundsechzig Minuten ohne Umsteigen waren nicht anstrengender, als zur Hauptverkehrszeit mit der U-Bahn ans andere Ende von London zu gondeln, eher weniger anstrengend sogar, aber lieb, dass du dir solche Gedanken machst.

Die Schule der Kinder? Na ja, die hatte ja noch nicht wieder angefangen. Und ein paar Schultage zu verpassen hatte noch keinem Kind geschadet, nicht in diesem Alter. Außerdem war ja die Schule an der Fawley Road nicht die einzige Schule der Welt, nicht wahr? Wenn Imogen ihre ganz ehrliche Meinung hören wollte, so hatte sie Dot noch nie so recht überzeugt: ständig dieses fromme Jesus-Getue, und die Turnschuhe wurden in dem Fach unter der Schulbank verwahrt, nicht gerade hygienisch, wenn man Dot fragte. Auch der Kunstunterricht war nicht das Gelbe vom Ei, man sollte doch meinen, die Kinder würden zumindest Ton kneten …

Imogen musste Dot in jedem Punkt beipflichten und war am Ende um keinen Deut weiter als zuvor. Das war das Problem mit allem, was man mit Dot besprach: Mit jeder beantworteten Frage wurde der nächste Schritt nebulöser. Noch unergiebiger als Diskussionen mit Dot waren nur Diskussionen mit Herbert, bei denen man sich vorkam, als versuchte man ein Kaninchen in die Ecke zu treiben, ein grausamer, aber unfähiger Schlächter.

Und es war ja nicht so, als wollte Imogen Dot und ihre Familie *nicht* im Haus haben. In gewisser Weise war es auch nett und stellte eine Art improvisiertes Bollwerk gegen die ZUKUNFT dar, diese Erzfeindin aller frisch gebackenen Witwen. Mit einem Mal wurde ihr klar: Das war es, worum es bei dem ganzen chaotischen und heterogenen Besucheraufmarsch ging. Alle diese vorübergehenden, bunt zusammengewürfelten Gäste – Cynthia, Piggy und die anderen – waren als Imogens Verstärkung in einer Schlacht um Leben und Tod angereist, von der sie gar nicht gewusst hatte, dass sie sie schlug. Sie bildeten einen provisorischen kleinen Verteidigungsring um sie, der sie davor beschützte, jemals in irgendeiner Sache irgendeine Entscheidung treffen zu müssen.

Wenn sie nur dauerhaft vorübergehend sein könnten. Das war das Paradox, das auch ohne Dots zweifelhafte Logik schon schwierig genug aufzulösen war. Denn alles Vorübergehende trägt den Samen seiner eigenen Zerstörung in sich. Wenn es bleibt, wird es dadurch dauerhaft, verwandelt sich hinterrücks in eben den Feind, gegen den es eigentlich Schutz bieten sollte. All diese Nicht-Entscheidungen, durch die die Zukunft in

Schach gehalten werden soll, stellen sich plötzlich als Entscheidungen heraus, und zwar negative. Und dies – ihr Götter –
dies IST schon die Zukunft. Das, was ich jetzt habe, das ist
sie!

Imogen wurde von gelinder Panik befallen. Dot und Herbert … Robin … Cynthia und Piggy … würden sie etwa *für
immer* bleiben? Ich werde Leute ins Haus nehmen, hatte sie
gesagt – und schon waren sie da! Mochte sich so der liebe Gott
gefühlt haben, als er, sich seiner eigenen Macht nicht bewusst,
gesprochen hatte: Es werde Licht?

Und es waren ja nicht nur die Leute selbst, mit ihnen kamen ihre Sachen. Ihre Lampenschirme, ihre Föne und ihre
speziellen Kaffeemaschinen. Ihre Zahnbürsten und Fläschchen
mit diesem oder jenem im Badezimmer … Imogens Zuhause
wurde von fremdem Besitz unterwandert; er vermehrte sich
wie Sand, der durch die Türritzen hereinweht. Cynthias UV-
Lampe. Herberts Galoschen. Piggys *Eat & Love*-Kochbuch.
Und Dot hatte sowieso fast ihren gesamten Hausstand dabei:
ihre Nähmaschine, ihren Teppichkehrer, ihr raffiniertes Klapp-
Bügelbrett. Derweil rotteten sich draußen im Flur die fremden
Mäntel zusammen wie ein Heer von Barbaren vor den Toren
der Stadt. Mit jedem Tag wurden es mehr, die da auf den Haken hingen – Wildledermäntel, Pelzmäntel, ramponierte alte
Regenmäntel; Mäntel, die sie in ihrem Leben noch nie gesehen
hatte, benahmen sich, als wohnten sie hier. Ihre Eigentümer
begannen sogar Revierkämpfe auszufechten. »Was macht mein
Burnus hier, ich habe ihn tagelang gesucht«, hatte sich Piggy
erst gestern beschwert, als hätte ihr verdammter Burnus ein
Anrecht auf einen Platz im Haus … Bei dem Gedanken daran
fühlte Imogen ein Zittern in sich aufsteigen, das von ihrem

ganzen Körper Besitz ergriff. Ein weit verbreitetes Leiden, das jedoch in der Schulpsychologie noch kaum anerkannt ist, hatte sich ihrer bemächtigt: Zimmerwirtinnen-Beklemmung. Die Vorstellung, dass all diese Menschen ernsthaft hier *lebten*, unter ihrem Dach, versetzte sie in Angst und Schrecken. Die verschiedenen Gesichter – besorgt, gütig, egozentrisch, desinteressiert – verklumpten in ihrem Geist zu einer einzigen, monströsen Wesenheit, einer unaufhaltsamen Macht, die in ihr Haus eindrang und blind und hirnlos alles verschlang, was ihr in den Weg kam … War dies das Gesicht, das Vernon in der Nacht gesehen hatte?, schoss es ihr durch den Kopf. Die groteske kollektive Fratze von Invasion und Zerstörung?

Das Staubsaugen beruhigte sie. Staubsaugen ist eine beschwichtigende Tätigkeit und zudem laut genug, um die eigenen Gedanken zu übertönen.

Wohnzimmer … Esszimmer … Bauklötzchen-aufheben-Kinder-doch-*jetzt*-habe-ich-gesagt. Diele, Flur … als sie Ivors Arbeitszimmer erreichte, war der Ablauf so automatisch geworden, dass sie bereits ein Dutzend oder mehr auf dem Teppich verstreute Blätter aufgehoben hatte, bevor sie einen Blick darauf warf und merkte, wie überaus sonderbar es war, dass sie hier lagen.

Schon allein deshalb, weil sie sie zum ersten Mal sah. Sie hatte geglaubt, mit sämtlichen von Ivors Manuskripten vertraut zu sein, alten wie neuen. War nicht sie es gewesen, die sie abgetippt, Korrektur gelesen und für den Versand an den Verleger fertig gemacht hatte? Die diplomatischen Begleitbriefe geschrieben hatte, die erklärten, warum sie zu spät kamen, zu lang waren, zu respektlos gegenüber Professor Soundso?

Selbst seine frühesten Versuche – Jugendgedichte und dergleichen – waren auf die eine oder andere Weise durch ihre Hände gegangen: indem sie sie fotokopiert, in Alben eingeklebt, ihren Abdruck in der Ehemaligenzeitung angeregt hatte. Und ein Manuskript wie dies hier – Teil eines längeren Buchs allem Anschein nach, denn auf einer der Seiten stand »V. Kapitel« – nun, das hätte sie mehr oder weniger auswendig kennen müssen. Als mindestes hätte sie es abgetippt, hätte Telefonate deswegen geführt, beim Fahnenlesen geholfen.

Zumal es kein maschinengeschriebenes Duplikat war, sondern das Originalmanuskript in Ivors schwungvoller, schlaufenreicher Schrift. Ivor waren seine handschriftlichen Entwürfe immer heilig gewesen; sie waren Teil seiner Person, Bausteine in dem Tempel, den er für die Nachwelt errichtete. Eigentlich gab er sie nie aus der Hand, aber andererseits waren da all diese amerikanischen Bibliotheken, die ganz wild auf eben solche handschriftlichen Originale waren, je verschmierter und unentzifferbarer, desto besser, und Ivor genoss fast nichts so sehr, wie über den Atlantik hinweg den Spröden zu spielen.

Ein Manuskript wie dieses hätte Verhandlungen im großen Stil in Gang gesetzt. Imogen hatte sich nur schwer an die Idee gewöhnen können, dass Wirrwarr eine vermarktbare Ware darstellen sollte, aber nachdem sie sich einmal damit abgefunden hatte, war sie zu einer großen Kennerin geworden und sah auf einen Blick, dass all diese durchgestrichenen Wörter, diese ballonförmigen Einfügungen und Pfeile, die wild hierhin und dorthin wiesen, exakt das waren, wonach sie alle gierten. Undenkbar, dass sie das transatlantische Hin und Her verpasst haben sollte.

Aber sie hatte es verpasst. War es möglich, dass sich das

Ganze vor ihrer Zeit abgespielt hatte? So weit vor ihrer Zeit, dass sie nicht einmal die Überarbeitungen, die Neuauflagen und das Hickhack um die neue Ausstattung mitbekommen hatte? Aber selbst dann hätte sie doch wenigstens von dem Buch gehört haben, es im Regal sehen müssen? Mindestens ein Dutzend Belegexemplare, das war Ivors eiserne Regel bei seinen Werken. Zusammen mit den Übersetzungen, den Taschenbuchausgaben und dem Rest nahmen sie eine ganze Wand ein, vom Boden bis zur Decke.

Kreta. Das minoische Kreta. Auch das war sonderbar. Die minoische Kultur war überhaupt nicht Ivors Fall, er hatte zeitlebens einen Bogen darum gemacht. Imogen blickte nachdenklich auf die Grüppchen seltsam kantiger Schriftzeichen, die sich hier und da in dem Text fanden, und wunderte sich immer mehr. Konnte das Linear B sein? Ihres Wissens hatte sich Ivor nie für die Kontroverse um die Linearschrift B oder ihre historischen Auswirkungen interessiert, und doch war hier, in seiner eigenen, unverwechselbaren Handschrift, ein ganzes Buch oder zumindest ein nicht kleiner Teil eines Buchs, das sich genau damit befasste. Und zwar kein Schulbuch oder irgendeine Brotarbeit. Das hier war mit Herzblut geschrieben, es trug flammend eine neue Entdeckung vor:

»… einer der aufregendsten Aspekte der Minos-Legende, und noch dazu ein Aspekt, der der Forschung bis dato völlig entgangen zu sein scheint …«

»Bis dato.« War das möglicherweise ein Hinweis? Imogen blätterte durch den unordentlichen kleinen Packen von Seiten, die sie zusammengesammelt hatte, und stieß auf eine, die die letzte Seite eines Kapitels oder Textabschnitts sein musste, denn sie war mit dem Datum der Fertigstellung versehen: Mai 1936.

1936? Da hatte er noch nicht einmal den Bachelor gehabt! Imogen hatte die jähe, ans Herz gehende Vision eines jungen, noch unbedeutenden Ivor, der für die Abschlussprüfungen büffelte und dabei dennoch die Zeit fand, unter den Bäumen im Park oder in seiner nächtlichen Stube wie ein Besessener an diesem seinem ersten, tot geborenen Buch zu schreiben.

Denn das Buch war ja offenkundig ein Flop gewesen. Wie hätte es etwas anders sein können: ein Autor von kaum zwanzig Jahren, der es mit den gestandenen Gelehrten der ganzen Welt aufnimmt? Vielleicht hatte er dafür nicht einmal einen Verlag gefunden.

Ivors erster und einziger Fehlschlag. Kein Wunder, dass er ihn nie erwähnt hatte. Und kein Wunder, dass er sich das minoische Kreta ein für alle Mal aus dem Herzen gerissen und sich stattdessen auf die Aristophanes-Übersetzungen fokussiert hatte, die seinerzeit seinen Ruhm begründet hatten. Das einzig Erstaunliche war, dass er ein solches Dokument des Scheiterns überhaupt aufbewahrt hatte.

Vielleicht hatte er es einfach vergessen. Es musste tief unter all dem gesammelten Ausstoß seiner erfolgreicheren Jahre verschüttet gewesen sein.

Wer hatte es nun wieder ausgegraben, und weshalb? Es musste sich bei all den Stapeln befunden haben, die man erst in Dots Zimmer und dann hinauf auf den Dachboden verfrachtet hatte. Wäre es durchgehend hier im Arbeitszimmer gewesen, hätte sie längst einmal darauf stoßen müssen.

Wer also hatte es hierhergebracht? Wer in aller Welt hatte sich, irgendwann spät gestern Nacht, mutterseelenallein durch

diesen uralten, vergilbten, ganz und gar irrelevanten Papier-
stapel gewühlt? Und was um Himmels willen hatte dieser Unbekannte mit den Seiten veranstaltet, dass sie heute Morgen
über den Boden verteilt lagen, als wäre ein Wirbelwind durchs
Zimmer gefegt?

15

Natürlich wusste niemand irgendetwas.

»Linear-*was*?«, fragte Cynthia und griff nach der Salatmayonnaise, und Dot, den Blick vorwurfsvoll auf ihre Stiefmutter gerichtet, betonte, wenn nur nicht alle immerzu überall mitmischen müssten, dann würde so etwas auch nicht passieren.

»Aber das habe ich ja gar nicht. Das ist es doch gerade. Ich sehe es zum allerersten Mal«, wehrte sich Imogen, und Robin legte seufzend die Gabel weg und murmelte, dass die Spannung ihn schier umbringe.

»Ein *Manuskript*? In Dads *Arbeitszimmer*? Als Nächstes findest du im Garten noch *Erde*«, bemerkte er.

»Apropos Garten«, warf Cynthia fröhlich ein, »gestern fiel mir auf, dass dieser arme Goldregen, den Ivor so geliebt hat …«

Wenn er nicht gerade damit drohte, ihn umzusägen, weil er zu dicht am Haus stand: eine Liebe, die vielleicht nicht jeden Gärtner überzeugt hätte. Aber bevor Imogen sich darüber schlüssig wurde, ob Cynthias sentimentale und leicht erratische Reminiszenzen überhaupt eine Berichtigung lohnten, wurde sie von Vernon unterbrochen, der über seiner zweiten Portion Hackbraten unvermittelt, wenn auch vergleichsweise dezent in Tränen ausbrach.

»Minos!«, schluchzte er. »Wo ist Minos? Warum haben wir ihn nicht mitgebracht?«

Nicht Minos der Kreter (auch wenn es sicher die Gespräche über das Manuskript waren, die Vernons Gedächtnis den entscheidenden Stoß versetzt hatten), sondern Minos der Twickenhamer. Minos, der rote Kater, der schon vor Vernons Geburt zum Haushalt gehört hatte – ja, der quasi fester Bestandteil der Einrichtung gewesen war, als Dot und Herbert kurz nach ihrer Hochzeit vor über zehn Jahren in das Haus eingezogen waren.

Wobei es keine Partnerschaft ohne Höhen und Tiefen war.

»Dieses Vieh gehört kastriert«, hatte Dot im ersten Jahrzehnt ihres Zusammenlebens mindestens einmal die Woche erklärt, eine Anklage, die sich, als Minos in die Jahre kam, fast nahtlos zu »Dieses Vieh gehört eingeschläfert« wandelte. Nicht selten erhob sich Minos auf diesen Satz hin und forderte majestätisch sein Futter ein, wie um seinen Daseinsanspruch noch zu untermauern. Er war ein listenreiches Tier; er hatte sein Leben unter Dots missbilligenden Blicken ohne (soweit sich das anhand seiner ausgefransten Ohren und sonstigen Kampfesnarben beurteilen ließ) größere Qualitätseinbußen gelebt, und jetzt, mit fast sechzehn, hatte er die Lage bis hin zum letzten Ächzen der Kühlschranktür bestens gepeilt. Vernon und Timmie behandelte er nach wie vor als die Emporkömmlinge, die sie waren. Er duldete keinerlei Vertraulichkeiten, wenngleich er sich in vereinzelten kalten Winternächten dazu herabließ, einem ihrer Betten zu schlafen, schwer wie ein Klumpen Teig.

Das war die etwas ambivalente Beziehung, um die Vernon nun so verzweifelt weinte, und nicht lange, dann stimmte Timmie, der Hackbraten sowieso nicht mochte, mit ein.

»Wir wollen Minos«, heulten sie in herzzerreißendem Gleichklang. »Wo ist Minos? Warum können wir nicht *jetzt* fahren und ihn holen?«

Die Dringlichkeit hatte etwas Beängstigendes, umso mehr, als ihr drei Wochen absoluter Gleichgültigkeit vorausgegangen waren, in denen keinem von ihnen die Existenz der Katze auch nur eine Silbe wert gewesen wäre. Vergebens übertönte Dot das Geheul mit Ausführungen darüber, wie gut es Minos gehe, wo doch die liebe Mrs Timmins ihn zweimal am Tag fütterte; und ebenso vergebens versuchte Imogen die Situation zu ihrem Vorteil zu wenden, indem sie laut sagte: »Ihr fahrt doch in ein paar Tagen sowieso nach Hause« – und dabei ihre Stieftochter mit bohrendem Blick ansah. Aber Dot machte ihr »Ich habe nichts gehört«-Gesicht, und die Kartoffeln wurden schon kalt, und über dem gedämpften Biskuitpudding, den es zum Nachtisch gab, und dem Auftritt Piggys, die den Kopf zur Tür hereinstreckte und fragte, ob das Absicht sei, dass so viel Wasser auf die Türstufen tropfte – über alldem geriet das kleine Drama vorübergehend in Vergessenheit.

Es lebte jedoch zur Schlafenszeit wieder auf, wie derlei Dramen das so oft tun. Den flehenden, eifrigen Gesichtern, rosig nach ihrem heißen Bad, war schwer zu widerstehen; die erbarmungslos bettelnden kleinen Stimmen taten ein Übriges. Herbert war es, der schließlich einknickte. Er kam schuldbewusst angeschlichen, nachdem er ihnen gute Nacht gesagt hatte, und gestand verschämt, dass er versprochen habe, Minos morgen zu holen. Er würde den Abstecher auf dem Heimweg machen und darum mit dem Auto zur Arbeit fahren.

Morgen? War er jetzt völlig verrückt geworden? Wie oft musste Dot ihn denn noch daran erinnern, dass Dienstag ihr Bridge-Nachmittag war, da brauchte *sie* das Auto! Wollte er denn wirklich, dass sie hier *keinerlei* Sozialleben hatte? War das seine Absicht – sie ihres einzigen Vergnügens in der ganzen Woche zu berauben, und das alles für dieses elende, stinkende alte Vieh, das schon vor Jahren aus dem Weg geräumt gehört hätte?

»Apropos aus dem Weg geräumt«, begann Cynthia im Plauderton, aber ein kurzes, scharfes Aufkeuchen seitens Dot ließ sie innehalten. Auch Herbert war erbleicht, aber das mochte an der Bridgepartie und all den Vorwürfen und Bezichtigungen liegen, die ihm daraus noch erwachsen würden.

Cynthia sah von einem zum anderen, verwirrt und leicht gekränkt.

»Ich wollte doch nur sagen, falls irgendwem bei Ivors Sachen mein altes Scheckheft von 1958 unterkommt … ich meine, irgendwo muss es damals ja hingeräumt worden sein … ich weiß gar nicht, warum ihr da alle so schockiert schauen müsst!«

Und mit einem Schmollmund wollte sie schon aus dem Zimmer rauschen, aber inzwischen hatte Dot sich wieder gefangen und beeilte sich, herzlicher, als es sonst ihre Art war, die Wogen zu glätten. Selbstverständlich müsse das Scheckheft irgendwo sein, es sei ganz bestimmt nicht weggeworfen worden, sie werde bei nächster Gelegenheit danach suchen …

In diesem ungewohnt liebenswürdigen Ton endete das Gespräch. Cynthia griff nach ihrem Stickrahmen, Dot nach ihrer Illustrierten, und Imogen sah ihnen zu und fragte sich, was denn jetzt in sie alle gefahren war. Normalerweise hätten die Diskussionen über den Kater und die Bridgepartie kein Ende gefunden, schon weil nach Herberts sofortigem Einlenken Dot (die sich mit einem Ja grundsätzlich nicht abspeisen ließ) mit erhobener Stimme Punkt für Punkt all die Argumente hätte widerlegen müssen, die er zur Verteidigung seiner Haltung hätte anführen können, hätte er denn noch eine Haltung gehabt.

Während also der Abend voranschritt, harmonisch und ungetrübt, ohne ein böses Wort von irgendeiner Seite, wurde Imogen immer unruhiger. Ehelicher Frieden schön und gut, aber wo blieb die Katze? Herbert hatte den Kindern versprochen, sie zu holen, und nun stand er nicht zu seinem Wort. Nein, natürlich stand er nicht dazu, eher hätte man von einem Schmetterling erwarten können, dass er den Insektenforscher mit einem wohlplatzierten Schlag seines hauchzarten Flügels niederstreckte.

Es war eine Schande, wo doch Vernon gerade erst über seinen nächtlichen Schrecken hinweggekommen war – wenn man denn von einem Hinwegkommen sprechen konnte. Vielleicht war diese plötzliche Sehnsucht nach Minos seine instinktive Reaktion auf den Schock; vielleicht brauchte er das vertraute, widerborstige alte Tier ja tatsächlich.

Kurz entschlossen nahm sich Imogen vor, morgen selbst hinzufahren und die Katze zu holen. Damit würden sie sich alle ein endloses Palaver ersparen, die Kinder wären glücklich, und Herbert träfe ausnahmsweise einmal keine Schuld. Und was sie selbst anging, so war ein heimlicher Besuch in Twickenham eine Idee, mit der sie schon seit einigen Tagen liebäugelte. Ein Schwatz mit Mrs Timmins und vielleicht auch mit den Leuten im Nachbarhaus würde doch hoffentlich ein paar Aufschlüsse über Dots Absichten liefern? Man kann anderen Menschen schließlich nicht wochenlang seine Katze aufbürden, ohne zumindest ein Wort über die Dauer der Abwesenheit zu verlieren.

Es war ein seltsames Gefühl, am Bahnhof von Twickenham auszusteigen und zu Fuß durch die Straßen zu gehen, fast so, als wäre sie gar nicht Ivors Frau. Zu Ivors Zeiten waren sie immer mit dem Auto gekommen – waren an den spießigen Vorgärten vorbeigebraust und mit misslaunigem Reifenquietschen um die ruhigen Sonntagmorgenkurven geschlittert, damit auch ja alle Welt mitbekam, wie wenig Ivor von dieser Konvention der Familienbesuche hielt.

»Ich hasse dieses Haus«, pflegte er zu verkünden, als stellte das eine achtbare und unwiderlegliche Rechtfertigung für sein überhöhtes Tempo und die menschenverachtenden Vollbremsungen dar, die er an den Zebrastreifen hinlegte. »Ich habe es schon immer gehasst, und das *weißt* du« – als wäre sie es, die das Haus und seine Bewohner zu verantworten hatte, nicht er. Am Sonntag auch noch, und dazu dieser ganze leidige Großeltern-Zirkus – warum *unternahm* sie nicht etwas dagegen, statt hier nur zu sitzen mit ihrer braven Frisur?

Wenn er dann vor Dots Gartentor ausstieg, warf er die Tür mit vernichtender Heftigkeit zu und blickte grollend zu den Stuckleisten und Spitzengardinen empor.

»Szenen einer Scheidung …«, knurrte er, und mit dieser Mut machenden Feststellung marschierte er den Kiesweg entlang, dem sonntäglichen Familienessen entgegen wie ein Gefangener seiner Hinrichtung.

Niederziehende Erinnerungen, darauf berief er sich, aber in Wahrheit langweilte er sich einfach nicht gern. Sich von Vernon und Timmie über ihre Fortschritte in der Schule berichten zu lassen – konnte es etwas Reizloseres geben? Sorgenvolles Gezischel zwischen Dot und Herbert, die Angst hatten, dass der Sherry nicht reichen könnte; dazu Apple Pie mit zu vielen Nelken darin, ertränkt in heißer gelber Vanillesoße – die Sache war Ivor schlicht zu öde.

»Ich habe eine dröge Tochter«, hatte er einmal erstaunt zu Imogen gesagt, als sei das eine Facette seiner Persönlichkeit, mit der er sich nicht abfinden konnte, und Imogen hatte nicht recht gewusst, was sie am besten darauf antworten sollte. Sie hatte sich schon öfter gefragt, warum er diese Ausflüge überhaupt mitmachte – und warum Dot ihn immer wieder einlud. Es musste, so schloss sie, ein Idealbild der Familie sein, dem sie jeweils anhingen: sie, die treu sorgende Tochter, er, der verehrte Patriarch. Verehrung ist nie umsonst zu haben, und wenn in Ivors Fall der Preis darin bestand, grimmig vor dem Fernseher sitzen und darauf warten zu müssen, dass es Zeit für den Tee war – nun, in einem anderen Zeitalter wäre der Preis ein anderer gewesen, und auch den hätte Ivor zweifelsohne bezahlt.

Die Wintersonne traf Imogen mitten ins Gesicht, als sie von der High Street scharf nach links in Dots Straße einbog. So tief an dem eisblauen Himmel stand sie, dass sie ihr fast waagerecht in die Augen schien; Imogen konnte kaum die Hausnummern an den Gartentoren erkennen, und die blattlosen Fliederbüsche, die sich reglos über identische Kiespfade neigten, sahen erst recht alle gleich aus.

Darum dachte sie beim Anblick des ZU-VERKAUFEN-Schilds auch im ersten Moment, dass sie sich im Haus geirrt haben musste. Bestimmt war es die Nummer 32, vor der sie stand, oder die 36.

Aber nein, es war die Nummer 34. Einen Augenblick starrte sie mit offenem Mund auf das Schild.

Das kann doch nicht wahr sein, war ihr erster Gedanke, und dann: Herbert wird doch seine Blattläuse nicht im Stich lassen!

Seine Rosen, hieß das natürlich; aber da es fast immer nur um die Blattläuse ging, vergaß man die Rosen leicht. Wieder starrte sie auf das Schild.

Warum? *Warum?* Wo zogen sie hin, und zu welchem Zweck? Warum hatten sie niemandem davon erzählt? Nicht ein Wort … nicht eine Andeutung … Wie im Schock ging Imogen den Kiesweg entlang, zog den Schlüssel heraus, der all die Jahre in Ivors Besitz gewesen war, und schloss die Haustür auf.

Über die Hälfte der Möbel waren schon weg. Die noch übrigen waren mit Laken abgedeckt. Selbst die Teppiche waren aufgerollt, steif wie Mumien lehnten sie an den Wänden, und die Dielenbretter ächzten in der Stille schauerlich unter Imogens Füßen.

Wie *konnte* Dot nur so etwas tun! So klammheimlich noch dazu, ohne ein Wort zu irgendwem, nicht einmal zu ihren eigenen Kindern! Herbert zumindest musste sie eingeweiht haben – ihm seine Zustimmung zu ihren Plänen abgerungen haben –, auch wenn das sicher nur eine Formalität gewesen war. Liebling, wir wandern am 18. nach Neuseeland aus. Diese Stelle in Wolverhampton, Liebster, ich habe gerade deine Bewerbung aufgesetzt. Also wirklich, Darling, wir müssen an Vernons Katarrh denken, ich habe dir hundertmal gesagt, dass er Seeluft braucht, und jetzt meint der Arzt … Oder – nein, natürlich! – Hör zu, Herbert, Liebster, warum verkaufen wir unser Haus nicht und ziehen bei der armen Imogen ein? Sie hat so viel Platz … wir müssten keine Hypothek mehr abzahlen … und wir hätten immer eine Babysitterin …

Die Dreistigkeit! Zorn schoss in Imogen auf und vertrieb die anfängliche Schreckstarre. Wutentbrannt knarzte sie die geisterhaft nackten Stufen wieder hinunter, durch die Diele, die unter ihren stampfenden Schritten hallte wie eine unterirdische Höhle, und weiter in die Küche.

Hier endlich fanden sich erste Anzeichen, dass dieses Totenhaus doch noch bewohnt war. Schmutziges Geschirr in der Spüle. Auf dem Herd stand eine Bratpfanne mit einem Stück Fisch darin und daneben ein Wasserkessel, der noch nicht ganz kalt war … und im selben Augenblick spürte sie lebendige Luft an ihrem Schienbein, spürte den Druck eines warmen, vibrierenden Gewichts … Da war er, Minos, Zuneigung heuchelnd, schmeichlerisch schnurrend.

Zum Beweis ihres guten Willens öffnete sie ihm eine seiner Katzenfutterdosen und leerte sie in sein Schälchen, obwohl man deutlich sah, dass er keinen Hunger gelitten hatte. Mrs Timmins meinte es ganz offenkundig gut mit ihm. Sein Fell, das Imogen als struppig und stumpf in Erinnerung hatte, glänzte nun wieder prächtig, und überhaupt wirkte er viel jünger als seine sagenhaften sechzehn Jahre. Freundlicher auch, und viel weniger launisch und krittelig. Ja, nachdem er sein Mahl beendet und Imogen sich einen Tee gekocht hatte (zu ihrer Überraschung war frische Milch im Kühlschrank, Mrs Timmins ließ es dem Tier wirklich an nichts fehlen) – nach alledem duldete der Kater es, dass sie ihn hochnahm, und saß mehrere Minuten schnurrend auf ihrem Schoß: eine so seltene Ehre, dass Imogen ihren Tee kalt werden ließ, um ihn nur ja nicht zu stören.

Offenbar war er ja doch einsam, dachte sie, wenn er sich so untypisch zugänglich zeigte, und sie stellte erstmals ernsthafte

Überlegungen an, wie sie ihn am besten zu sich nach Hause brachte. Er war ein großes, willensstarkes Tier und würde ihr wahrscheinlich im hohen Bogen vom Arm springen, wenn sie ihn einfach zu tragen versuchte. Ein Pappkarton? Oder ein Korb? Sie beschloss, über die Straße zu gehen und das Problem mit Mrs Timmins zu besprechen – die ohnehin erfahren musste, dass Imogen ihren Schützling zu entführen gedachte. Und sie konnte sie gleich nach dieser seltsamen Sache mit dem Hausverkauf fragen. Sie würde ja wohl etwas darüber wissen, selbst wenn Dot es vor ihrer eigenen Familie hatte geheim halten wollen.

Tut mir leid, Mrs Timmins ist nicht da. Nein, tut mir leid, da habe ich keine Ahnung. Nein, sie hat nichts von einer Katze gesagt, jedenfalls nicht zu mir. Vielleicht fragen Sie mal drüben in der Nummer 36 …?

Aber in der Nummer 36 wussten sie auch von nichts. Na ja, solange dem Kater nichts fehlt … das ist ja die Hauptsache, oder? Legen Sie halt einen Zettel hin. Wenn dann wer kommt, liest er ihn eben.

In dem weiß verhängten Haus nach Schreibzeug zu suchen, erwies sich als ein frustrierendes Unterfangen. Wo früher der Schreibtisch gestanden hatte, lag jetzt ein Haufen zusammengefalteter Vorhänge, und die Schublade unter dem Fenster enthielt nur noch eine Reißzwecke und ein paar Fusseln.

Zu allem Überfluss war es auch nicht mehr ganz hell. Sie musste sich länger hier aufgehalten haben als angenommen, und mittlerweile war die Sonne untergegangen, und die Dämmerung kroch ins Haus. Imogen hatte bereits versucht, im Wohnzimmer Licht zu machen, aber ohne Erfolg; entweder waren die Glühbirnen herausgedreht oder der Strom war generell abgeschaltet. Und während sie so dastand und dies alles abwog, meinte sie mit einem Mal zu sehen, wie das Tuch, das die Couch an der Rückwand des Zimmers abdeckte, sich bewegte. Nur ganz schwach – ein paar Sekunden lang glaubte sie, das schwindende Licht spiele ihr einen Streich, dann dachte sie, vielleicht Minos …

Aber Minos konnte es nicht sein, er war in der Küche. Keine Katze, leibhaftig oder erdacht, hätte dieses jähe weiße Emporwallen auszulösen vermocht, diesen Aufruhr rutschender Laken, dieses Aufbäumen vor der verschatteten Wand …

16

Wann hatte in dieser ehrbaren Straße zum letzten Mal jemand so geschrien? Entsprechend enthusiastisch fiel die Resonanz aus, besonders in Nummer 32 und 36, wo man dem Puls des Geschehens am nächsten war. Alle schwärmten sie herbei wie Bettler zu einer Suppenküche, um die Aufregung möglichst hautnah mitzubekommen. Einer der Ehemänner, voll Sehnsucht nach den guten alten Zeiten der Bürgerwehr, erschien mit einem Schürhaken bewaffnet und versuchte Ordnung in das Gewusel zu bringen, damit nicht alle durcheinanderriefen, wahllos treppauf und treppab liefen und über Gegenstände fielen.

Eine unmögliche Aufgabe. Während ein Teil der Truppe nach Kerzen und Streichhölzern fahndete, gelang es dem anderen Teil, die noch intakten Sicherungen zum Durchbrennen zu bringen, und in dem darauffolgenden Chaos und Lärm hätte eine ganze Horde von Eindringlingen unbemerkt entkommen können. Nicht lange jedoch, und ein gewisses Maß an Ruhe trat ein. Jemand holte Sicherungsdraht und reparierte das Licht, und schon bald war das gesamte Haus vom Keller bis zum Speicher durchsucht. Bis jeder mindestens zweimal in jedem Zimmer gewesen war, dort unter die Staubplanen gespitzt und sich zu Dots Auswahl an Bett- und Sesselbezügen geäußert hatte, war von der ersten Euphorie nicht mehr viel übrig.

Keine Leichen. Keine Einbrecher. Imogen spürte deutlich, wie sehr sie im Ansehen sank. Obwohl alle unverändert mitfühlend und nett zu ihr waren, wusste sie, dass sie zu einem Ärgernis und einer Enttäuschung geworden war.

Außerdem wollte das Essen gekocht sein, Kinder mussten zu den Pfadfindern gebracht oder von dort abgeholt werden, eins kam zu anderen, und so war man um sechs Uhr nur zu froh, Imogen einen Katzenkorb zu leihen und sie aus dem Haus zu schaffen; vor lauter Eifer wurde sogar jemandes Neffe eingespannt, damit er sie und Minos zum Bahnhof fuhr, zwanzig Minuten zu früh für den nächsten Zug.

Sie reisten gegen den Strom der Pendler, darum war der Bahnsteig nahezu menschenleer. Frau und Kater saßen auf einer einsamen Bank am hinteren Ende, in dem feuchten Januarwind, der aus der Dunkelheit um sie peitschte und durch das dünne Korbgeflecht blies, hinter dem Minos kauerte, stoisch wie stets, wenn auch fühlbar ungehalten.

»Soso! Wen haben wir denn da!«

Die Stimme, der Tonfall gekünstelter Überraschung, war unverwechselbar. Imogen fuhr herum und zog den Katzenkorb dichter zu sich heran, ob zu Minos' Schutz oder als Schild zwischen ihr selbst und dem Herantretenden, ließ sich nur schwer sagen.

»Teri! Was machen *Sie* denn hier?«

»Auf den 18:48-Zug warten, Mrs B., genau wie Sie«, antwortete er glattzüngig. »Darf ich …?«, und ohne eine Erlaubnis abzuwarten, nahm er neben ihr Platz.

»Schon komisch, dass wir uns hier treffen«, begann er, immer noch in dem bekannten spöttischen Ton. »Oder vielleicht doch nicht so komisch? Ich hatte schon so ein Gefühl, dass

Sie es nicht schaffen würden, sich viel länger von dem Haus fernzuhalten. Aber war das nicht ein bisschen riskant, bei Tageslicht herzukommen?«

»Ich habe keine Ahnung, wovon Sie sprechen«, gab Imogen zurück, während sie unwillkürlich ein Stück von ihm wegrutschte, aus Angst, aber auch, weil seine Magerkeit, seine Pickel, sein tief in den Poren sitzender Zigarettengeruch sie abstießen.

»Ich wüsste zwar nicht, was Sie das angeht«, sagte sie, »aber ich habe den Kater meiner Stieftochter abgeholt …«

»Ein *Kater*?« Er stieß ein kiecksendes kleines Lachen aus. »So nennen Sie das also – einen *Kater*?« Er stupste mit dem Zeigefinger leicht gegen den Korb.

»Miezmiezmiez! Killekille, Miez«, säuselte er in verachtungswürdigem Falsett. »Na, Mieze …« – ein Schwall von Erniedrigungen, die dem Kater verständlicherweise keine Reaktion wert waren.

»Miez, Miez … Was hat er denn bloß, Mrs B.? Er rührt sich ja gar nicht. Ist er tot, oder wie?«

»Er fürchtet sich … Sie machen ihm Angst …«, setzte Imogen an, doch Teri unterbrach sie mit einer nächsten Lachsalve.

»Ich bitte Sie, Mrs B., wem wollen Sie hier was vormachen? *Ich* weiß, was Sie da drin haben. Deshalb sind Sie ja hergekommen, nicht wahr? Sehr vernünftig, das muss ich Ihnen lassen. Wäre ja nicht so gut, oder, Mrs B., wenn herauskäme, dass der Professor doch nicht allein im Auto war, als der Unfall passiert ist? Dass eine Frau bei ihm war … eine Frau, die aus dem Wagen gesprungen ist, unmittelbar bevor er ins Schleudern kam?

Wie haben Sie es gemacht, Mrs B.? Ihm den Ellbogen in die

Seite gerammt? Ihm Liebesgeflüster ins Ohr geraunt, als er am wenigsten damit gerechnet hat? Oder« – mit einem frohlockenden Kichern – »hatten Sie am Ende einen *Kater* dabei, Mrs B.? Haben Sie vielleicht immer einen Kater in der Hinterhand, wenn Sie auf Reisen gehen, für den Fall der Fälle? Eine sehr löbliche Vorsichtsmaßnahme, wie jammerschade, dass nicht mehr Leute so vorausschauend sind. Aber … ein *Kater*…!«

Der Witz, worin immer er bestand, musste großartig sein, denn er lachte weiter, bis die Bank unter ihm vibrierte, stumm und mit bebenden Schultern, noch lange nachdem Imogen ihre Handschuhe, ihren Kater und ihre Tasche an sich gerafft hatte und mit, wie sie hoffte, eisiger Würde ans andere Ende des Bahnsteigs schlenderte. Sie hatte erwartet, dass er ihr folgen würde, aber als sie sich nach einer Weile umsah, saß er immer noch da, eine zusammengekauerte Silhouette in der Dunkelheit, erstaunlich klein. Dann kam der Zug, und sie verlor ihn aus den Augen.

Das überheizte Abteil, die schläfrigen Gesichter der Mitreisenden und das monotone Stampfen der Räder waren klarer Überlegung nicht förderlich. Es waren immer dieselben Gedanken, die sich in immer dem gleichen nutzlosen Kreis drehten.

War Teri ihr nach Twickenham gefolgt? Oder hatte er sie rein zufällig getroffen und diesen Zufall nur weidlich ausgekostet? Aber wenn dem so war, was machte *er* in Twickenham? Wobei Twickenham groß war, alle möglichen Leute konnten alle möglichen Dinge dort machen …

Und wenn er ihr gefolgt war – wozu? Um sie bei etwas zu ertappen, das ihm weitere »Beweise« liefern und die Glaubwürdigkeit dieser Erpressungs-Nummer erhöhen würde?

Konnte es ihm tatsächlich ernst damit sein? Glaubte er selbst diese irrwitzigen Vorwürfe, die er gegen sie erhob, einschließlich seiner jüngsten Behauptung, sie habe in der Nacht des Unfalls mit Ivor im Auto gesessen?

Aber wenn er sie *nicht* glaubte, worum ging es ihm dann? Erfand er diesen Schwachsinn nur aus Spaß? Aus Freude daran, sie aus der Fassung zu bringen?

Nun, es *brachte* sie nicht aus der Fassung. Wie denn auch, wenn das alles so ein haltloser Unsinn war und so mühelos zu entkräften? Trotzdem hatte die Vorstellung, jemandem könnte so sehr daran gelegen sein, sie aus der Fassung zu bringen, schon an sich etwas Beunruhigendes – und dass er dafür auch noch solch langweilige und zeitaufwendige Strapazen auf sich nahm und mit dem Zug den ganzen Weg bis nach Twickenham fuhr …

Es schien alles so unmotiviert und so dumm. Es zu ignorieren hatte nichts genützt – sollte sie also versuchen, es ernst zu nehmen? Zur Polizei gehen? Etwas in der Art?

»Was hätte mein lieber Mann gemacht?« – das war laut Edith die Maxime, die eine Witwe ihren sämtlichen Entscheidungen zugrunde legen sollte, und jetzt, wo ihre Gedanken so dumpf dahinratterten wie die Räder des Zugs, probierte Imogen es aus.

Konfrontiert mit Teris Drohungen und Gehässigkeiten, was hätte Ivor gemacht?

Es zehnmal schlimmer gemacht, das hätte er. Das Unerhörte daran hätte ihm gefallen, er hätte es, anfangs zumindest, ermutigt, so wie er zeitlebens die Jugend zu Unerhörtheiten jeder Art ermutigt hatte, um dadurch seine eigene Aufgeschlossenheit und geistige Beweglichkeit zu demonstrieren. Und dann, wenn ihm die Geschichte zu langweilig oder zu beschwerlich geworden wäre, hätte er verlangt, dass jemand – im Zweifel Imogen – es alles wieder ungeschehen machte.

Das war das Problem bei elegischen Betrachtungen in Sachen Ivor: Früher oder später nahmen sie alle dieselbe Wendung. Gegen ihren Willen erfasste sie ein jäher Neid auf Edith und ihre endlose, unkomplizierte Trauer. Die postumen Ratschläge des lieben, guten Desmond waren allesamt so vernünftig, so im Einklang mit dem, was Edith ohnehin vorhatte – warum konnte Ivor nicht auch so sein, nun, da er tot war?

Imogen wusste natürlich nicht, was für einen Ehemann der liebe, gute Desmond zu Lebzeiten abgegeben hatte, aber als Toter war er auf jeden Fall unschlagbar.

Vielleicht steckt ja doch eine Art Telepathie dahinter, wenn jemand, an den man vor Kurzem gedacht hat, plötzlich vor einem steht. Oder (überlegte Imogen) der liebe, gute Desmond trieb sich im Äther herum, spionierte die innersten Gedanken der Menschen aus und tratschte sie weiter, wie das die Äußerungen seiner Frau nicht selten nahelegten. So oder so war das Erste, was sie sah, als sie sich mit ihrer Last die dunkle Straße entlangmühte, Edith, die in ihrer Einfahrt stand – nein, Imogens Einfahrt –, scharf abgehoben gegen den Lichtschein, der aus der offenen Haustür fiel.

»Imogen! Gott sei Dank sind Sie da!«, rief sie, kaum dass Imogen, den Katzenkorb mit beiden Armen an sich gedrückt, unter der Straßenlaterne in Sicht kam. »O Imogen, meine Liebe, was habe ich mich gesorgt! Ich wollte schon fast den Arzt rufen, aber dann dachte ich …«

Ehe sie den Satz zu Ende bringen konnte, erschien in der

gelb leuchtenden Öffnung eine zweite Gestalt, ihr Kranz aus flaumigen Löckchen aschgrau im Gegenlicht.

»Imogen … o Imogen …«! Cynthia taumelte auf sie zu. »Er ist zurückgekehrt! Ivor ist zurückgekehrt! Er ist wieder unter uns!«

17

Nicht viele Witwen dürfen eine ganze, ungestörte, endlos gedehnte Sekunde durchleben, die vorwegnimmt, was sie empfänden, wenn ihnen ein Wunder ihren toten Mann wiederbrächte.

Das Entsetzen, wie ein schwarzer, unbrennbarer Kerzenstumpf im Herzen der tanzenden Freudenflamme. Das lähmende Gefühl des Ungenügens, der Unfähigkeit, einem solchen Wunder gerecht zu werden. Die nackte, schuldbewusste Panik des Ertapptseins.

Nicht direkt *bei* etwas ertappt. Untadelige Trauer um den Verstorbenen mag alles sein, womit sie ihre Zeit verbracht hat, und doch wird ihr in diesem Moment der Wahrheit aufgehen, dass sie ihn im Stich gelassen hat, dass sie seit dem Augenblick seines Todes der Beziehung, die einst zwischen ihnen bestand, einen unumkehrbaren, nicht wiedergutzumachenden Schaden zugefügt hat. Schon jetzt hat sie sich in unmerklichen Schritten als Ehefrau disqualifiziert, hat sich vier Monate, sechs Monate, auf einem Weg entfernt, auf dem er ihr nicht folgen kann. Der Heilungsprozess als solcher ist immer auch ein Prozess der Zerstörung …

An diesem Punkt setzte gnädigerweise der Unglaube ein, und Imogen machte sich klar, dass das, was Cynthia da sagte, Unsinn war. Ivor war ohne jeden Zweifel tot; weder seine Identität noch die Tatsache seines Todes hatten auch nur eine

Sekunde infrage gestanden. Cynthia sah Gespenster, weiter nichts.

So gelassen es ihr möglich war, führte Imogen die Schluchzende zurück ins Haus, setzte sie auf einen Küchenstuhl und versuchte zu ergründen, was denn nun vorgefallen war. Edith kam auch mit, weinte ein bisschen und behauptete, genau zu wissen, wie Cynthia sich fühlte – kühn von ihr, da sie genauso im Dunkeln tappte wie Imogen, aber erwartbar angesichts ihrer Überzeugung, dass sie jedes Gefühl auf dieser Welt mindestens so gut zu fühlen verstand wie sein Besitzer – im Zweifel sogar besser.

Doch in der Tat hatte ihre Anwesenheit in dieser Situation eine besänftigende Wirkung, und sei es nur, weil sie jemand war, der man einen Tee kochen konnte. Das Teekochen, nicht das Teetrinken ist es, was die Nerven beruhigt und dem Getränk seinen Ruf verliehen hat, einfach durch seine Umständlichkeit: das Wasser, das exakt bis zum Siedepunkt gebracht werden muss … das zeremonielle Vorwärmen der Kanne … dann die leise, eintönige kleine Debatte: die Milch als Erstes, als Letztes oder gar nicht … das Anbieten und Ablehnen des Zuckers … und bald schon hatte das absonderliche, stereotype Ritual Cynthia so weit geerdet, dass sie sich imstande sah, die Ereignisse des Abends halbwegs zusammenhängend wiederzugeben.

Begonnen hatte es ganz harmlos damit, dass Dot und Herbert beschlossen hatten, auszugehen, und Cynthia gebeten hatten, auf die Kinder aufzupassen. Herbert, so schien es, leistete Abbitte für die gesammelten Untaten mehrerer Wochen, indem er seine Frau zum Essen ausführte, und so waren sie losgezo-

gen, schick und fein, sie mit ihrer perlenbesetzten Abendta-
sche und den langen Jadeohrringen, er adrett und unbehag-
lich in seinem Abendanzug, aber hochbeglückt darüber, *einmal*
etwas richtig gemacht zu haben.

Deshalb war Cynthia von halb sieben Uhr an auf sich gestellt
gewesen. Piggy war unterwegs – um ihrem aktuellen Liebeskummer zu frönen vermutlich, oder den Boden für zukünfti-
gen zu bereiten –, und was Robin betraf, so war der den ganzen
Tag aushäusig gewesen, zumindest soweit Cynthia wusste.

Es war doch arg still gewesen – die Jungen schlafend in ihren
Betten, und nur sie und ihre Stickerei –, und so war sie nach
einer Weile, gegen neun oder vielleicht ein bisschen später, von
einer Rastlosigkeit befallen worden, die sie dazu trieb, durchs
Haus zu gehen und nachzusehen, ob alles in Ordnung war.

Ach so? Was hätte nicht in Ordnung sein sollen? – eine
Frage, auf die Cynthia ein wenig bockig reagierte; schließlich
sei sie es, der die Verantwortung übertragen worden war, und
nein, nein, Angst habe sie keine gehabt, nur so ein Gefühl der
Rastlosigkeit, um Himmels willen, könnten sie das denn gar
nicht verstehen? Edith zumindest konnte das natürlich vor-
züglich, wie sie sogleich beteuerte, unter vielem Kopfnicken
und einem vorsorglichen kleinen Schniefen für den Fall, dass
ein Bezug zu dem familiären Trauerfall auftauchen sollte.

Besänftigt durch diese kleinen Tribute an die Sensibilität im
Allgemeinen und ihre eigene im Besonderen, fuhr Cynthia mit
ihrer Erzählung fort.

Von besagter Rastlosigkeit getrieben, hatte sie sich nach
einer Weile naturgemäß im Arbeitszimmer des armen Ivor wie-
dergefunden, wo sie müßig die Schubladen an seinem Schreibtisch aufzog, eine nach der anderen.

Ob sie etwas Bestimmtes gesucht habe? Nein, woher denn! In seinen Papieren vielleicht? Was für ein Gedanke! Nein, sie hatte einfach ein bisschen *geblättert*, Herrgott, aus *Rastlosigkeit*, begriffen sie das denn nicht? – was Edith, wie ein Soldat, der strammsteht, augenblicks tat.

Imogen brauchte ein bisschen länger, und ihr unzartes Nachbohren hatte zur Folge, dass Cynthia völlig blockiert war und kein Wort mehr herausbrachte.

Ob sie einen Brief gefunden habe? Oder sonst irgendein problematisches Dokument? Wenn man so müßig in anderer Leute Privatunterlagen blätterte, wusste man ja nie, nicht wahr?

Aber nein … nein … Auf all diese Hilfestellungen schüttelte sie nur den Kopf und brach dann verstörenderweise erneut in Tränen aus – in ein hilfloses, wässriges Schluchzen, während das Lampenlicht auf ihren nassen Wangen und dem blassen Lockenkranz schimmerte. Es bringe gar nichts, ihr so zuzusetzen, schluchzte sie, sie könne einfach nicht … nein, sie könne nicht darüber reden. Es sei so ein *Schock* für sie gewesen, und für Imogen würde es ein noch schlimmerer Schock sein, sie wünschte, sie hätte nie ein Wort darüber gesagt, sondern es einfach für sich behalten.

»Dabei glaube ich doch gar nicht an Geister«, stieß sie in zittriger Empörung hervor. »Ich war auch noch nie bei so einer Sitzung, wo sie …«

»Natürlich nicht. Das würde Ihnen doch niemals einfallen …« Edith wusste sich gar nicht zu lassen vor Mitgefühl, drückte ihre Hand, tätschelnd und streichelnd auf eine Art, die Imogen (schnöde, unzureichende Trauernde, die sie war) nie zugelassen hatte. »Natürlich waren Sie das nicht, meine Liebe, und natürlich glauben Sie nicht an Geister, ich ja auch nicht, das wäre Blasphemie, Spiritismus wäre das … Aber wir wissen ja, nicht wahr, dass unsere Lieben uns nicht wirklich verlassen haben. Sie sind immer noch hier und wachen Tag und Nacht über uns, mein lieber, guter Desmond, und der liebe Ivor auch … jetzt, während wir hier sitzen, sind sie ganz nah bei …«

Cynthias Schreie hallten markerschütternd in dem stillen Zimmer. Durch das ganze, große Haus gellten sie, von einer Wand zur anderen, vom Keller bis zum Dach – ein Wunder, dachte Imogen später, dass die Jungen nicht aufgewacht waren –, Schreie über Schreie, denen nichts Einhalt gebieten konnte; wahre Krämpfe des Schreckens schienen sie zu beuteln.

»Sie ist hysterisch«, diagnostizierte Imogen mit dünner Stimme. »Wasser, Edith, wir brauchen kaltes Wasser …«, und Edith gönnte sich nur rasch noch ein minimal auftrumpfendes »Sehen Sie? *Hätte* ich doch den Arzt geholt!« (als hätte jemand sie davon abgehalten), bevor sie zum Spülbecken eilte.

Mit nassen Waschlappen, begütigenden Worten und Brandy gelang es ihnen nach und nach, die Panik zum Abebben zu bringen; die Schreie wurden leiser und wichen schließlich einem brüchigen, erschöpften Schluchzen.

»Es – es tut mir so leid«, stieß Cynthia schwach hervor; »wie dumm von mir … ich wollte nicht …«

Immer noch zitternd, umklammerte sie haltsuchend Ediths Hände, und Edith, nun ganz in ihrem Element, übernahm das Kommando und führte die Aufgelöste sanft und unter gemurmelten Trostworten die Treppe hinauf in ihr Zimmer. Ausnahmsweise war Imogen ihrer Nachbarin von Herzen dankbar. Edith verstand es tatsächlich, Leid zu lindern, realisierte Imogen, wenn man nur die Gabe hatte, auf die richtige Weise zu leiden.

Sie selbst führte derweil, wie es ihrer untergeordneten Stellung in der Leidenshierarchie entsprach, die niederen Dienste aus – brachte Wärmflaschen, noch mehr Decken, stöberte Cynthias blassgrüne Beruhigungspillen unter den Tischsets in der Anrichte auf, ging den Arzt anrufen …

Oder vielleicht doch besser nicht? War Cynthia krank oder konnte sie in Ivors Schreibtisch wirklich etwas Grauenvolles entdeckt haben? In letzterem Fall wäre ein Arzt nur eine zusätzliche Komplikation.

Sie drehte die Flamme unter dem Kessel herunter und huschte auf Zehenspitzen über den Flur – auf Zehenspitzen deshalb, weil sie ja zu einem Werk der Barmherzigkeit abkommandiert worden war, nicht zum Detektivspielen, und Edith in diesen Dingen ein sehr feines Ohr hatte.

Die Tür zum Arbeitszimmer stand sperrangelweit offen, so wie Cynthia sie bei ihrer Flucht zurückgelassen haben musste, und das Licht brannte. Die Schreibtischschubladen dagegen waren alle säuberlich geschlossen, nirgends spitzte auch nur ein Fitzel Papier hervor. Offenbar hatte Cynthia die fragliche Schublade eilends wieder zugeknallt, bevor, was immer es war, sie anfallen konnte …

Einkommenssteuerformulare. Handreichungen für das neue Besteuerungssystem. Noch mehr Steuerunterlagen … Imogen zog die nächste Schublade auf, dann die übernächste.

Quittungen. Rechnungen. Universitätsunterlagen. Erst als sie zur alleruntersten Schublade kam, merkte sie, wie ihre Hände zitterten – wie sich alles in ihr gegen das Weitersuchen sperrte. Im Nachhinein fragte sie sich, ob das eine Vorahnung gewesen sein konnte, was aber natürlich Unfug war. Nur *musste*, was immer Cynthia so erschreckt hatte, in dieser Schublade sein, denn noch mehr Schubladen gab es nicht. Das hier war die letzte.

Imogen zupfte halbherzig an den Griffen, aber die Schublade rührte sich nicht. Sie zog fester … noch fester … so schwer zu öffnen hatte sie sie gar nicht in Erinnerung … In jähem, trotzigem Entschluss nahm sie ihre ganze Kraft zusammen und riss sie mit einem polternden Ruck auf.

Es sprang sie an, wie es auch Cynthia angesprungen haben musste, als sie, ohnehin schon nervös und ein wenig schuldbewusst ob ihres Schnüffelns, verstohlen in diese letzte Schublade gelinst hatte.

HÄNDE WEG VON MEINEN SACHEN! stand da in Ivors kühner, unverwechselbarer Schrift.

Dass einer dieser Zettel noch existierte, war an sich nicht so außergewöhnlich – auch wenn unklar war, wie er in die Schublade gelangt sein sollte, zuoberst auf dem Stapel Papiere. Und man konnte sich vorstellen, wie er auf Cynthia gewirkt haben musste, die so unversehens darauf gestoßen war und die (womöglich) nicht so vertraut mit Ivors Angewohnheit war, Warnungen dieser Art abzufassen, wann immer ihm seine Arbeit die Laune verdarb. Vielleicht hatte er das zu Cynthias Zeiten noch nicht so gemacht; Imogen jedenfalls hatte ihre ganze Ehe mit diesen Zetteln verbracht, die er auf seinen Manuskripten platzierte, quasi als Botschaft an sie, dass es mit dem jeweiligen Werk nicht voranging. Sie hatte zu verstehen gelernt, dass

solche gebieterischen und überflüssigen Direktiven an den
Rest der Welt (denn wer hätte je gewagt, Ivors Papiere anzu-
rühren?) ihm ein kompensatorisches Gefühl der Macht gaben,
verbunden mit der tröstlichen Illusion, an seiner Schreibmi-
sere könnten andere schuld sein.

All dieses schwer erarbeitete Verständnis war jetzt nutzlos
geworden. Obsolet. Uninteressant. Es würde nie wieder gebraucht werden. Imogen starrte hinab auf die vertraute gran-
tige Botschaft, und eine unsagbare Sehnsucht nach diesen
Anfällen giftiger Unleidlichkeit packte sie, diesen Kanonaden
von ungerechtfertigten Vorwürfen, die nur sie zu beschwichtigen wusste. Gegen ihre Tränen anblinzelnd griff sie nach dem
Zettel und hielt ihn unters Licht.

Sie blinzelte erneut. Starrte auf das Blatt Papier und spürte
ihre Verwirrung ins Monströse anwachsen. Ihr Gehirn mochte
sich schwertun mit der Einordnung dessen, was sie da sah, aber
der Magen war ihrem Denken voraus. Er zog sich zusammen,
und die Härchen in ihrem Nacken stellten sich auf.

Das Blatt in ihrer Hand war frisch, nicht vier Monate alt. Die
Schrift darauf war frisch – von heute oder gestern, nicht vom
letzten Sommer. Die Tinte war neu und glänzend, sie konnte
unmöglich vier Monate oder älter sein.

Das besagt noch gar nichts, sagte sie sich. Du hast keinen Beweis.

Nicht? Was ist dann das hier? Da, vor ihr auf dem Tisch,
lag der Schreibblock, den sie selbst erst gestern gekauft hatte.
Er war aufgeschlagen und das oberste Blatt abgerissen, so hastig, dass an der Oberkante ein schmales, ausgefranstes Papier-

dreieck zurückgeblieben war. Dieser schiefe, gezackte Rand musste exakt mit dem schiefen, gezackten Rand des »Hände weg«-Zettels zusammenpassen, den sie nach wie vor zwischen den Fingern hielt.

Oder vielleicht doch nicht?

Nur ein Weg, es nicht wissen zu müssen: indem sie es einfach nicht ausprobierte. Die beiden Risskanten *nicht* aneinanderlegte wie Teile eines Puzzles, um *nicht* zu sehen, ob sie zusammengehörten. Denn momentan *sahen* sie ja nur so *aus*, als täten sie es.

Es würde leicht sein. Kinderleicht. Alles, was sie dafür tun musste, war, dieses Stück Papier wegzuwerfen, so, wie sie auch die Whiskyflasche weggeworfen, das Glas ausgespült und das Lexikon zurück ins Regal gestellt hatte.

Die Kohlen im Esszimmerkamin würden noch glimmen, wenn sie das Ding jetzt sofort hinübertrug und es tief, tief in die sterbende Glut schob. Dann konnte sie dabeistehen und zusehen, wie die kleine Flamme aufzuckte, wie sie ihr kurzes Leben verloderte und gleich darauf harmlos erlosch.

Dann würde es vorbei sein. Die ganze Sache wäre nie passiert.

Das war so oft ihre Aufgabe gewesen als Ivors Frau: Dinge ungeschehen zu machen. Sie musste es einfach ein weiteres Mal tun – ein letztes Mal.

Die beiden Ränder griffen perfekt ineinander. Einen Augenblick stand sie stumpf da und bestaunte die Passgenauigkeit, als wäre sie das Werk eines sagenumwobenen Meisters.

Dann schrie sie fast noch lauter als Cynthia.

18

Bis Dot und Herbert nach Hause kamen, weit nach Mitternacht, schlugen die Wogen nicht mehr gar so hoch. Cynthia, ruhiggestellt durch zwei von Ediths blauen Schlaftabletten, denen eine Handvoll ihrer eigenen blassgrünen Tranquilizer und einiges an Brandy vorausgegangen war, schlief wie eine Tote. Desmonds mutmaßliche Sicht der Dinge (so ganz in seinem Element konnte der Gute hier allerdings nicht sein) war erschöpfend abgehandelt und den jenseitigen Weisheiten, mit denen er aufwartete (was sein muss, muss sein; diese Dinge werden uns auferlegt, um uns zu prüfen), gebührend Rechnung getragen worden. Imogens Gedanken kreisten nun um praktischere Fragen, nämlich, wer Ivors Handschrift gefälscht haben konnte, und weshalb.

Denn was sollte es anderes sein als eine Fälschung?

Inzwischen schämte sie sich für ihr Geschrei. Zum einen, weil sie damit zu einem klaren Fall für Ediths Fürsorge geworden war, und zum anderen, weil sie dieses Gefühl hasste, den Kopf verloren und sich zum Narren gemacht zu haben.

Nachdem sie der ersten haltlosen Panik Herr geworden war, war sie ins Arbeitszimmer zurückgekehrt, um nach Anhaltspunkten zu suchen. Als Erstes war ihr aufgefallen, dass das minoische Manuskript, dessen verstreute Seiten sie gestern zu einem losen Stapel gebündelt und auf dem Schreibtisch abgelegt hatte, nun sauber zu Kapiteln geordnet war, jeweils von einer Büroklammer zusammengehalten, das Ganze mit einem Gummiband umwunden. Es war länger, als ihr im ersten Moment klar gewesen war, ein recht stattlicher kleiner Stoß Papiere lag da in der Schublade, aber es hatte bei Weitem keine Buchlänge, das sah ihr geschulter Blick sofort.

Fünf Kapitel, mehr nicht. Vielleicht ein Drittel des ursprünglich angedachten Umfangs. An welchem Punkt der junge Ivor von damals wohl aufgegeben hatte? Sie blätterte durch die letzten Seiten – und erlitt sogleich den nächsten Schock, der dem ersten beim Auffinden des »Hände weg«-Zettels in nichts nachstand.

Seit gestern Vormittag waren Änderungen vorgenommen worden. Mit einem modernen blauen Kugelschreiber waren Wörter durchgestrichen und Korrekturen eingefügt worden – sinnvolle Korrekturen, soweit Imogen das beurteilen konnte.

»Um 1700 v. Chr.« war durchgestrichen – »zwischen 1550 und 1400 v. Chr.« stand jetzt darüber, ein neuer, frischer Schriftzug, der sich wie dunkle Seide von dem vergilbten Papier abhob. Mit hämmerndem Herzen schlug sie die nächste Seite auf, dann die übernächste, bis sie zur allerletzten kam.

Ihr Blick wurde starr. Sie traute ihren Augen nicht.

Jemand schrieb weiter an dem Buch. Seit gestern früh waren zwei neue Absätze dazugekommen. Ungläubig betrachtete sie die vertrauten, energischen Schriftzüge.

Es handelte sich offenbar um die Fortführung einer früheren Diskussion über die kretischen Schriften und ihre Entzifferung, und sie begann, so zumindest schien es Imogen, in einem völlig zusammenhängenden, wissenschaftlichen Stil. Nach ein paar Beispielzeilen in der seltsamen, eckigen Schrift (die Imogen langsam fast schon vertraut vorkam), ging der Text so weiter:

»Der Schlüssel liegt natürlich in dem flektierenden
Charakter der Sprache. Stellen Sie sich einen Augenblick
lang vor, Sie lebten in einem neuen Dunklen Zeitalter,
in dem das Lateinische gänzlich in Vergessenheit geraten
ist. Sie versuchen eines dieser unbekannten Meisterwerke
zu entziffern – und als Erstes fällt Ihnen auf, dass zwar
die Wörter so vielfältig sind wie erwartet, ihre Endungen
dagegen nicht. Die Zeichen ›i‹, ›is‹, ›orum‹ und so fort
tauchen an sämtlichen Wortenden auf. Und so schließen
Sie: Verdammt, verdammt, das ist ja alles vollkommen
sinnlos, ich bin zu spät dran, das steht alles schon bei Ven-
tris, welchen Zweck hat es noch, weiterzumachen? Wozu
bin ich in die Welt der Lebenden zurückgekehrt? Alles
bewegt sich zu schnell, ich kann nicht mehr mithalten, ich
bin jetzt die andere Welt gewöhnt, wo alles so langsam
geht wie im Traum.
Aber wenn sie mich schon ins Land der Lebenden zurück-
schicken mussten, warum dann nicht wenigstens früher?
Ich war zu lange tot, mein Hirn ist am Verwesen, ich kann
nicht mehr denken.«

Imogens Finger zitterten inzwischen so heftig, dass sie das
Blatt kaum festhalten konnte.

Ein Scherz, sagte sie sich wieder und wieder. Ein grausamer,
hirnloser Scherz. Hör auf, nach einem Sinn darin zu suchen,
hör auf, es immer wieder zu lesen, du findest keinen Sinn, weil
es keinen gibt. Es ist nichts als ein dummer, abscheulicher
Scherz.

Aber von wem inszeniert?

Robin? Teri? Das waren die Namen, die ihr bei einer solchen

Geschmacklosigkeit als Erstes in den Sinn kamen, aber in dem Fall brachte sie das nicht weiter. Wer immer sich in diese Tiefen der Niveaulosigkeit und Gehässigkeit hinabbegeben hatte, hatte unendliche Mühe darauf verwandt – hinter einer so brillanten, so meisterhaft ausgeführten Fälschung mussten Wochen und Monate aufreibenden Übens stecken, und das traute sie keinem der beiden zu – weder Robin, dem alles nach fünf Minuten zu dumm wurde, noch Teri, der nicht einmal das Wort Erpressung kannte.

Um mit solcher Perfektion Ivors Schrift – und auch seinen Stil – zu fälschen, bedurfte es eines ganz anderen Kalibers.

Die Leichtigkeit war es, die sie am meisten frappierte. Imogen war keine Graphologin, aber der gesunde Menschenverstand sagte ihr, dass einer mit Vorsatz gefälschten Schrift, und sei sie noch so gelungen, doch sicherlich Spuren von Künstlichkeit anhaften mussten, von Gezwungenheit, pedantischer Übererfüllung.

Sie beugte sich tiefer über die Seite und hielt sie erneut unter die Lampe.

Kein Hauch, nicht der leiseste Anflug jener Art von Unbeholfenheit, nach der sie suchte. Die Schrift bedeckte die Seite mit einer Kühnheit, einer Mühelosigkeit – zuweilen sogar einer Nachlässigkeit –, als hätte der unbekannte Verfasser seine Nachahmung vor so langer Zeit eingeübt und perfektioniert, dass sie ihm zur zweiten Natur geworden war.

Welch andere Möglichkeiten gab es? Bildete sie sich in ihrer Überreiztheit womöglich eine größere Übereinstimmung ein, als sie tatsächlich vorlag?

Sie setzte sich an den Tisch, breitete die Seiten vor sich aus und machte sich ganz systematisch daran, die Imitation auf

Mängel zu untersuchen: legte die neuen Absätze neben verschiedene alte und verglich sie Buchstabe für Buchstabe und, wo das möglich war, Wort für Wort.

Die beiden Schriften waren identisch.

Was um alles in der Welt ging hier vor? Legte jemand es, aus Beweggründen jenseits jeder Vorstellungskraft, darauf an, sie entgegen sämtlichen bekannten und unwiderleglichen Fakten glauben zu machen, dass ihr Mann noch am Leben war? Oder hatte sie es mit einem dieser Spiritisten zu tun, der sie davon überzeugen wollte, dass Ivors Geist noch die alten Stätten heimsuchte, seine übersinnliche Nase in Imogens Angelegenheiten steckte, völlig vernünftige irdische Regelungen über den Haufen warf und seine Lieben ganz allgemein auf Trab hielt?

So wie der liebe, gute Desmond. Und unmittelbar auf diesen Gedanken folgte, unerwartet und ungebeten, ein zweiter: Ivor hätte sich nichts Schöneres denken können. Er hätte es großartig gefunden, ein Geist zu sein, seine Umwelt zu erschrecken und zu verblüffen, wie nur Geister es können; aufzutauchen und wieder zu verschwinden, wie seine überirdische Laune es ihm gerade eingab; sich, wiewohl tot, einen Fuß in jeder Tür, ein Mitspracherecht bei jeder Familiendiskussion zu bewahren und dabei stets durch sein vierdimensionales Hintertürchen entweichen zu können, wenn er keine Lust mehr hatte.

»Mit einem Bein im Grab und mit dem anderen in der Tretmühle«, so hätte er es wahrscheinlich beschrieben, und er hätte es nach Kräften genossen, hätte in den Vorteilen beider Welten geschwelgt, um sich, wann immer es eng für ihn wurde, mit einem schadenfrohen Kettenrasseln in Luft aufzulösen.

Schon bald würde er berühmt sein. »Toter Professor geht

um« würde die Schlagzeile lauten, und die Gesellschaft für Parapsychologie würde Sitzungen abhalten, um seine Authentizität zu erörtern.

Als der Barnicott-Geist würde er in aller Munde sein, in sämtlichen Reiseführern der Gegend Erwähnung finden, zur Touristenattraktion avancieren. Früher oder später würde dann eine minderjährige Blondine auf der Bildfläche auftauchen, und ihr Foto würde in sämtlichen Sonntagsblättern neben dem seinen veröffentlicht werden. Vielleicht würde ja sogar jemand ein Buch über ihn schreiben …

Und dann natürlich das Fernsehen. Konnten Geister auch im Fernsehen auftreten? Ivors Geist ganz bestimmt. Sie hatte schon seine weiche, körperlose Stimme im Ohr, die den Moderator auf eine Unstimmigkeit in seinem übernatürlichen Faktenwissen hinwies.

Einen Augenblick lang meinte sie sie wirklich zu hören: »Herrgott, Imogen, warum kannst du nicht …?«, aber das war natürlich nur Einbildung.

Von jetzt an musste sie mit solchen Erlebnissen rechnen, denn das Ganze würde unzweifelhaft eskalieren. Ob Betrug oder Botschaft aus dem Jenseits, es war hiermit sicherlich nicht getan.

Bei Lichte betrachtet war die Eskalation bereits in vollem Gange, und das schon seit einer guten Weile. »Du musst einen Poltergeist haben«, hatte Cynthia erklärt, und alles seither passte bestens zu ihrer These: mutwillige kleine Beschädigungen, Gegenstände, die an rätselhaften Orten auftauchten, und irgendwann kam meist eins der Kinder ins Spiel. Die Tradition der Poltergeist-Phänomene verlangte, dass ein Kind involviert war, hatte Imogen gelesen, und zweifellos hatte sich auch der Täter zu dem Thema schlaugemacht.

Eine erste Erscheinung hatte es bereits gegeben – das körperlose Gesicht über Vernons Bett. Bald würden ihr andere folgen.

Gott sei's gedankt, dass es nur ein Trick war.

Eine Spur schuldig fühlte sie sich, dass sie Ivor so kurzerhand seines jenseitigen Lebens mit all seinen Freuden beraubte, nachdem er es sich gerade erst mühselig verdient hatte.

Oder hatte er das etwa nicht? Wie mochte es seinem verwirrten, sturköpfigen Geist ergangen sein in diesen letzten vier Monaten? Schwach und flattrig musste er sich gefühlt haben nach dem großen Schock des Todes und sich hilflos nach ihr, Imogen, umgeschaut haben, die doch sonst immer alles richtete.

Und sie hatte nichts getan. Gut, was hätte sie schon tun können?

»Und ich streute weißes Mehl über die kraftlosen Toten … und brachte das Opfer dar … und viele Geister drängten herbei, um zu trinken von dem schwarzen Blut und neue Kraft zu schöpfen daraus …«

***

»Guter Gott! Schläfst du etwa?«

Dots Stimme, frisch und forsch nach ihrem Abend außer Haus, brach in Imogens Bewusstsein ein und verscheuchte die Zitatfetzen (irgendeine Homerstelle, oder?) restlos. Sie blinzelte Dot dümmlich an und setzte sich gerade hin; sie musste am Tisch vornüber gesunken und weggedämmert sein, ihre Ellbogen auf den Papieren.

»Was *machst* du da überhaupt?«, wollte Dot wissen und stürzte sich dann, ohne eine Antwort abzuwarten, in einen Bericht über ihre eigenen Abenteuer.

Es war ein aufregender Abend gewesen, nach ihren und Herberts Maßstäben. Sie hatten nicht nur diniert, sondern auch das Tanzbein geschwungen; sie hatte einen Drogensüchtigen gesehen, der an einem Geländer lehnte, und sie hatten (oder vielmehr Herbert hatte, von Dot angetrieben) dem Taxifahrer Paroli geboten, der ihnen den doppelten Preis abzuknöpfen versuchte, weil es nach Mitternacht war.

Den hatte er auch bekommen, allerdings nicht, ohne von Dot (ihrer eigenen Darstellung zufolge) einige höchst schlagfertige Antworten zu kassieren, und so waren letztlich alle siegreich aus der Sache hervorgegangen. Ach, und auf der Promenade war ihnen ein Mann mit einem bunt bemalten Kaminschirm entgegengekommen. So spät abends! Wer um alles in der Welt trug so spät noch einen Kaminschirm durch die Ge…

Es schien ein Jammer, solch glückseliges Reminiszieren zu unterbrechen, aber es musste sein. Vielleicht war ja Dot imstande, ein Licht auf die geheimnisvollen Vorfälle des Abends zu werfen, und in jedem Fall würde sie sich für die Heimlichkeit rechtfertigen müssen, mit der sie das Haus in Twickenham auf den Markt gebracht hatte. Während Imogen sich noch schlüssig zu werden versuchte, welches der beiden heiklen Themen sie zuerst ansprechen sollte, brach Dot mitten im Satz ab und erstarrte wie ein Vorstehhund.

»*Wie kommt dieses Vieh hierher?*«, fragte sie scharf, und zum ersten Mal, seit sie das Haus betreten hatte, erinnerte sich Imogen wieder an Minos. Wie (oder mit wessen Hilfe) er aus seinem Korb gelangt war, würde sie nie erfahren – Katzen sind so –, aber hier lag er auf jeden Fall, auf Ivors großem Ledersessel zusammengerollt, und schlief.

»Ich …«, setzte sie entschuldigend an, um dann zu denken: Was zum Teufel …?, und zum Gegenangriff überzugehen. Sicherlich war doch der Verkauf eines Hauses erklärungsbedürftiger als das Holen einer Katze!

Dot reagierte fast schon aggressiv abwiegelnd. Es sei eine gute Zeit zum Verkaufen, erklärte sie Imogen, der Makler habe das auch gesagt. Offenbar hatte er sie, Dot, sogar beglückwünscht zu dieser ausgezeichneten Wahl des Zeitpunkts, wie auch zu der weitsichtigen Entscheidung, eine Zentralheizung einbauen zu lassen, obwohl doch Herbert solche Freude daran hatte, am Samstagnachmittag Scheite zurechtzusägen. Die körperliche Betätigung tue ihm wohl, hatte er bittend vorgebracht. »Und woher kommt dann dein Weichteilrheuma?«, hatte sie blitzschnell gekontert. Und nun, Simsalabim, gaben ihr die 750 Pfund Aufschlag auf den Verkaufspreis mehr als recht, und wenn das Herberts Weichteilrheuma nicht kurierte, konnte nichts ihm helfen.

Und ja, es tue ihr leid, dass sie Imogen nichts von ihren Plänen gesagt hatte, aber sie habe sie nicht damit belasten wollen (die Leute wollten einen nie mit Themen belasten, bei denen man anderer Meinung sein konnte als sie, dachte Imogen), und außerdem sei das Haus ja noch gar nicht verkauft, also gebe es eigentlich auch nichts zu berichten. Wo sie denn hinzuziehen gedachten? Nun, Dot hatte noch nie viel davon gehalten, eine Brücke überqueren zu wollen, ehe man sie überhaupt erreichte, und so sehr Imogen sie auch davon zu überzeugen versuchte, dass die Brücke unmittelbar vor ihr lag, hier, im Haus ihrer Stiefmutter, erntete sie damit nur den ausdruckslosen, abwesenden Ausdruck, mit dem Dot grundsätzlich alle Auseinandersetzungen abblockte, die sie nicht selbst anstieß.

Imogen hatte sich vorgenommen gehabt, Dot heute nichts mehr von dem mysteriösen Aufwallen des Abdecktuchs zu erzählen, damit sie nicht verunsichert ins Bett gehen musste, aber nun änderte sie ihre Meinung und entschied, dass Dot gar nicht genug verunsichert werden konnte. Sie würde ihrer Stieftochter diesen leeren, ungerührten Blick schon vom Gesicht wischen, und wenn es das Letzte war, was sie tat! Also zog Imogen alle Register, um ihre Geschichte so dramatisch und gruselig zu machen, wie es nur ging. Mit solchem Erfolg, dass Herbert mit einem verschreckten kleinen »Oh!« aus dem Zimmer floh, während Edith – die auch noch da war und auf weitere Brosamen der Katastrophe hoffte – aufkeuchte und sich mit ihrem Taschentuch die Augen tupfte. (In welcher Weise Imogens Erzählung sie an den lieben, guten Desmond gemahnt haben konnte, war freilich schwer nachzuvollziehen.)

Nur Dot schien unerschüttert.

Hausbesetzer, erklärte sie. Die hatte man heutzutage (wie sie es sagte, klang es wie eine neumodische Frisur), wenn man sein Haus leer stehen ließ. Abgesehen davon sei es das Problem des Maklers, nicht ihres. Imogen könne ihn anrufen, wenn sie wolle, seine Nummer laute – wie ging sie gleich wieder? Sie habe sie irgendwo oben. Und apropos oben, sie, Dot, würde jetzt gerne schlafen gehen, wenn es Imogen nichts ausmache, sie habe einen langen Tag hinter sich.

Selbst für Dot in ihrem Abblock-Modus war das etwas zu

viel der Gelassenheit. Verdutzt sah Imogen zu, wie ihre Stieftochter ihren Abgang machte, mit übertriebenem Gähnen, als wollte sie sagen: Versuch du nur, mich aus der Fassung zu bringen!

Aber als Imogen etwas später auf dem Weg ins Bett an Dots und Herberts Zimmertür vorbeiging, hörte sie Laute, die sie halbwegs beruhigten: die beiden stritten. Dot war also doch noch die alte. Imogen vernahm es mit Erleichterung.

Von Lauschen konnte man nicht wirklich sprechen, dafür redeten sie viel zu laut. Und war es nicht Imogens Recht – wenn nicht sogar ihre Pflicht – zu wissen, was in ihrem Haus vor sich ging? Vielleicht sprachen sie ja über die rätselhaften Schriftzüge auf Ivors Schreibtisch – dass sie von Herbert stammten, beispielsweise?

Es war nicht so, als legte sie das Ohr an die Tür. Sie saß einfach nur auf ihrer Treppe. Und außerdem würde sie eh keiner sehen, sie waren ja alle schon längst im Bett.

Nachdem sie ihr Gewissen mittels dieser Logik vollends beruhigt hatte, beugte sich Imogen vor, lehnte die Stirn ans Geländer und versuchte sich auf das Auf und Ab der Stimmen hinter der Tür einzustellen. Zu ihrer Überraschung war es Herbert, den sie deutlicher hörte.

»Ich *habe* ihr keinen Schlüssel gegeben«, protestierte er mit für ihn ungewöhnlicher Vehemenz. »Ich wusste nicht mal, dass sie wieder da ist. Und außerdem habe ich ja gar keinen Schlüssel …«

Der arme Herbert. Immer schwächte er seine Position, indem er der ersten Begründung noch eine zweite hinterherschob, als würde er nach einem Goldfisch einen Hecht in den

Teich werfen. Ich habe ja gar keinen Schlüssel … Dot würde ihm diese Behauptung um die Ohren hauen.

Und da kam es auch schon: Und was war mit Mrs Timmins' Schlüssel? Und mit dem Schlüssel in der Nummer 36? Und dem, den sie dem Makler gegeben hatten? Und dem, der immer unter dem losen Ziegelstein neben der Hintertür lag?

Welch eine klirrende Überfülle an Schlüsseln. Herbert musste ihr Gerassel furchterregend in den Ohren klingen, aber er hielt wacker die Stellung: »Ich hab's aber nicht. Ich sage es dir doch …«

Wenn er es damit nur hätte gut sein lassen – aber nein, er argumentierte unbeirrt weiter, lief auf die Felskante zu wie ein Lemming: »… aber selbst wenn, am Dienstag ja nun ganz bestimmt nicht, weil …«

Spiel, Satz und Sieg, Dot! Ärgerlich nur, dass Dot nach jedem Punktsieg die Stimme senkte, aber Imogen konnte trotzdem noch einiges verstehen – dass nämlich manche Ehemänner wenigstens ab und zu Rücksicht auf die Gefühle ihrer Frau nähmen, und wenn ihm diese unselige Person schon so leid tat, warum hatte er dann nicht murmel murmel murmel, und Schluss, aus?

Es war frustrierend, die entscheidenden Worte verpassen zu müssen, aber über die wesentlichen Punkte fühlte sich Imogen recht gut im Bilde.

Diese Frau. Offenbar hatte sich Herbert doch wieder mit ihr getroffen. Oder versprochen, sie nie wiederzusehen, und dann eine Ansichtskarte mit dem Rathaus von Cheltenham liegen lassen, die mit den Worten »Bis Freitag – pass auf dich auf« oder einer ähnlich aufpeitschenden Botschaft endete.

Freitag? Freitag? Nein, der *Dienstag* war es, über den sie

stritten. *Dieser* Dienstag. Mit anderen Worten, heute, oder noch richtiger, gestern, denn Mitternacht war ja längst vorbei.

»Ich sag dir doch, ich weiß es nicht, ich war nicht *dort*«, wiederholte Herbert verzweifelt. »Und wenn ich dort gewesen wäre, hätte ich bestimmt nicht murmel murmel murmel. Jetzt sei doch nicht so, Dot, was kann ich dafür, wenn sie sich in den Kopf setzt …«

Nicht sehr galant, aber welcher Liebhaber ist das schon, wenn seine Ehefrau ihn in die Enge treibt? Imogen unterdrückte mühsam ihr Kichern bei der Vorstellung, wie Herbert und seine Holde unter die Staubplane gehechtet sein mussten, als sie Imogens Schlüssel im Schloss hörten, und wie sie dann dagelegen hatten, immer unbequemer und steifer, während Imogen sich in aller Ruhe im Haus umsah, einen Tee kochte, mit der Katze redete … Wie typisch für Herbert, für ihre Flucht just den Moment zu wählen, in dem Imogen ins Zimmer zurückkam, und sich in seiner Panik heillos im Laken zu verwickeln.

Oder war seine Liebste die Schuldige? Vielleicht war es ja ihre gemeinsame Tapsigkeit, die die beiden zueinander geführt hatte. Zwei täppische Herzen im gleichen Takt … rührend eigentlich, und in diesem speziellen Fall hatten sie das Glück auf ihrer Seite gehabt. Während Imogen schreiend zu den Nachbarn gerannt war, um ihnen etwas von Mord und sonstigen Schrecknissen vorzustammeln, hatten Herbert und *diese Frau* beste Chancen gehabt, auf die Straße hinauszuschlüpfen und unbemerkt zu entkommen. Sie hätten sogar die Haustür zuknallen, über den Fußabtreter stolpern und ein paar holde Worte darüber austauschen können, auf wessen

Mist der geniale Plan denn nun gewachsen war, und sie wären dennoch entkommen.

Zu denken, dass sich nach den Schrecken des Nachmittags nun alles als Farce erwies!

Vielleicht würden sich die anderen Rätsel ja ebenfalls als Farce herausstellen, und schon morgen würden sie sich alle kranklachen. Ha-ha-ha! Ho-ho-ho! Hättest du je für möglich gehalten, dass …?

Erst als sie bereits im Bett lag, an der Schwelle zum Schlaf, ging Imogen auf, dass Herbert auf keinen Fall gestern Nachmittag zwischen halb fünf und fünf in dem Haus in Twickenham gewesen sein konnte. Cynthia zufolge (die es ja wissen musste, weil sie auf die Kinder aufgepasst hatte) waren er und Dot, festlich herausgeputzt, noch vor halb sieben aufgebrochen. Das hieß, er musste spätestens um sechs heimgekommen sein.

Von Twickenham aus ein Ding der Unmöglichkeit.

So schläfrig, wie sie mittlerweile war, machte sie sich in dem Moment nicht klar, dass Dot das natürlich am allerbesten gewusst haben musste.

19

»Oder was ist mit Robin?«, fragte Dot. »Der ist schließlich sein Sohn. Handschrift kann doch auch erblich sein, oder?«

Was für ein nutzloser Vorschlag. Sie alle kannten Robins Schrift, krakelig, verkrampft und denkbar unähnlich der seines Vaters. Robin hasste es zu schreiben, insbesondere Briefe, und das sah man.

»Dann eben Cynthia«, fuhr Dot fort, nutzlos bis dorthinaus, »sie könnte doch … oder halt, nein. Diese ganzen Luftpostbriefe … so dünn und spitzig … Nein.«

Dot, so Imogens Eindruck, zeigte sich beispiellos unbrauchbar in dieser Krise – ja, ihr schien jeder Sinn dafür abzugehen, dass es eine Krise *war*, wie sie hier in der Tür stand, die Arme ergeben vor der Brust verschränkt, als müsste sie Imogen bei einem Kreuzworträtsel auf die Sprünge helfen. Als Imogen sie direkt nach dem Frühstück gebeten hatte, mit ins Arbeitszimmer zu kommen, weil sie ihren Rat brauche, war sie ihr nur widerstrebend gefolgt, um dann mit hölzernem Unverständnis auf die Seiten zu blicken, die Imogen ihr hinhielt.

»Nein«, sagte sie schließlich, »nein …« Ob es allerdings die Sache an sich war, der sie sich verweigerte, oder Imogens unstreitige Absicht, sie damit zu behelligen, blieb offen. Auf Imogens Drängen hin meinte sie widerwillig, die Schrift sehe »ziemlich« wie die ihres Vaters aus, setzte jedoch einschränkend hinzu: »Millionen Leute haben dieselbe Handschrift.«

»So wie sie auch denselben Vornamen haben« – sie präsentierte ihre falsche Analogie mit großer Geste, als zauberte sie ein Kaninchen aus einem Hut. Und als Imogen milde einwandte, in puncto Handschrift sei »Millionen« vielleicht etwas hochgegriffen, zuckte sie nur die Schultern und meinte, nun ja, irgendwer müsse es ja gewesen sein.

Eine Schlussfolgerung, der sich schwer widersprechen ließ, und nachdem sie so die intellektuelle Scharte aufs Schönste wieder ausgewetzt hatte, bequemte sie sich dazu, Imogen einige weitere Minuten mit sinnlosen Mutmaßungen zu traktieren. Sie kam richtig in Fahrt; die Namen Robin und Cynthia erwiesen sich nur als die ersten in einer Liste von stetig zunehmender Unwahrscheinlichkeit und Beliebigkeit.

In Imogen wuchs der Verdacht, ihre Stieftochter betrachte das Ganze als eine Art Spiel – und zwar nicht aus der Rubrik Geschicklichkeitsspiele –, darum versuchte sie das Feld taktvoll etwas einzuengen. Der Fälscher musste beispielsweise jemand sein, der Ivor zumindest gekannt hatte und der, wenigstens derzeit, Tag und Nacht Zutritt zum Haus hatte.

»Ach so, du glaubst, *ich* war das«, sagte Dot beleidigt, doch sie schmollte nicht lang, denn im nächsten Augenblick hatte sie eine Inspiration, eine so plötzliche wie fesselnde, wie es schien.

»Myrtle!«, rief sie aus. »Was ist mit Myrtle? Du weißt schon, diese Freundin von dir mit den Ohrringen. Die, die …«

Die damals, im Sommer '69, Ivors Geliebte gewesen war. Imogen wunderte sich nicht, warum Dot verlegen abbrach, auch wenn sie selbst zu keiner Zeit einen gesteigerten Groll wegen der Affäre empfunden hatte. Ivor hatten seine Geliebten ausnahmslos weniger bedeutet als seine Rezensionen und

Fernsehauftritte, eine Wahrheit, die Imogen immer verstanden hatte; die Geliebten waren es, die nicht damit umgehen konnten. Nicht, dass ihm Liebe nicht wichtig gewesen wäre, ganz im Gegenteil, aber Lob war ihm eben noch wichtiger und verlangte zudem deutlich weniger im Gegenzug. Das war von Anfang an Myrtles Problem gewesen; sie hatte nicht begriffen, womit sie konkurrierte, und so war sie schließlich abserviert worden wie all die anderen auch.

Aber das lag jetzt lange zurück, und es war keine Bitterkeit geblieben. Myrtle und Imogen hatten es geschafft, ihre freundschaftliche Beziehung aufrechtzuerhalten – und war es nicht Myrtle gewesen, die sich nach Ivors Tod als Erste all ihrer Bekannten ein Herz gefasst und sie auf ihre Party eingeladen hatte? Auf der sie ihr den fürchterlichen Teri vorgestellt hatte, aber das konnte man schwerlich ihr zum Vorwurf machen.

»Myrtle? Unsinn, doch nicht *Myrtle*«, sagte sie laut. Sie wollte Dots Verlegenheit nicht noch steigern, indem sie es unnötig auswalzte, aber Tatsache war, dass Imogen Myrtles Schrift in jenem Sommer bestens kennengelernt hatte, denn mit jeder Post waren Briefe an Ivor gekommen, Briefe voller Sehnsucht und Leidenschaft. Ihm war das sehr recht gewesen, erinnerte sich Imogen, nur mit dem Antworten hatte er es nicht so.

»Was ist dann mit …?«, setzte Dot erneut an, so unermüdlich wie ein Panzer, doch in dem Moment kam Robin ins Zimmer geschlendert.

Robin bereits um Viertel vor zehn aus den Federn zu sehen, war ungewohnt, aber Imogen unterdrückte ihr instinktives Misstrauen und begann ihm im Detail von dem rätselhaften Fund zu erzählen, den sie gestern Nacht auf Ivors Schreibtisch gemacht hatte.

Robin lauschte mit allen Anzeichen der Aufmerksamkeit, bis sie geendet hatte. Dann nahm er eine Seite des Manuskripts zur Hand und hielt sie neben den »Hände weg«-Zettel. Letzteren studierte er besonders sorgfältig.

»Warum antworten wir nicht einfach?«, fragte er dann und ließ ihn wieder auf den Tisch fallen. »Liebes Gespenst, mit Bezug auf Ihr Schreiben vom 16. dieses Monats möchten wir Sie davon in Kenntnis setzen, dass Ihr Anliegen zum frühestmöglichen Zeitpunkt bearbeitet werden wird. Bis dahin lassen Sie uns gefälligst in Frieden. Gezeichnet Imogen, Robin, Dot und …«

»Lass mich da raus! Ich unterschreib so was nicht …!«

Dot schlug sich die Hand vor den Mund, als ihr die Absurdität ihres Ausrufs aufging. Robin lächelte spöttisch.

»Bisschen schwer von Begriff heute früh?«, erkundigte er sich mitfühlend.

Aber weder Dots Retourkutsche noch die darauffolgende geschwisterliche Kabbelei drangen zu Imogen durch. Sie waren nutzlos, alle beide, so nutzlos, als würden sie es bezahlt bekommen, aber das war nun nicht mehr wichtig, denn mit einem Mal wusste sie, was sie zu tun hatte. Und zwar ganz allein, ohne Beteiligung oder Mithilfe eines der beiden.

Im Grunde hätte sie es schon vor mehreren Nächten tun sollen, aber besser spät als nie.

Es war kalt hinter den bodenlangen Vorhängen, kälter, als sie es sich vorgestellt hatte, denn das Feuer im Kamin glomm noch rot; in der nächtlichen Stille hörte sie vereinzelt das weiche Plumpsen der Kohlen. Doch bis in ihr Versteck hinein reichte die Wärme nicht. Die schweren Vorhänge, eigens dafür angeschafft, die Zugluft von Ivor fernzuhalten, wenn er bis spät in die Nacht und zuweilen bis in den Morgen arbeitete, bildeten nun eine undurchdringliche Wand zwischen ihr und dem warmen Zimmer, während durch die hohen schwarzen Scheiben in ihrem Rücken die Kälte des winterlichen Gartens hereinhauchte.

Seit über einer Stunde stand sie schon hier, dicht an das Glas gepresst. Sie hatte die Uhr im Flur eins schlagen hören, dann zwei, und noch immer kam niemand.

Sie hatte es dem Unbekannten so einfach wie möglich gemacht – verführerisch einfach. Das Manuskript war an der richtigen Stelle aufgeschlagen, Kugelschreiber, Bleistifte, frisches Papier, alles lag bereit. Die Haustür war entriegelt und nicht ganz im Schloss, die Tür zum Arbeitszimmer einen einladenden Spaltbreit geöffnet, sodass der schwache Schein des verlöschenden Feuers in den Flur fiel. Wohl nie war einem Plünderer ein liebevollerer Empfang bereitet worden.

Wer würde es sein? Bekannter? Freund? Familienmitglied?

Welcher Bereich ihres Lebens würde nach den anstehenden Enthüllungen nie mehr derselbe sein wie zuvor?

Ihre Gedanken begannen im Kreis zu wirbeln, rotierten schneller und immer schneller in einen traumähnlichen Zustand. Als Erstes meinte sie, Teri zu sehen, wie er ins Zimmer geschlichen kam, dünn und schwarz wie ein Winterzweig im Schimmer der ersterbenden Glut. Dann Dot, riesenhaft, überlebensgroß in einem wallenden Umhang, und sie lachte, wie Dot im echten Leben noch nie gelacht hatte … und dann, schlagartig, war Imogen wieder hellwach, alle ihre Sinne alarmbereit.

Denn jetzt kam wirklich jemand. Schritte, so weich wie zu

Boden fallendes Plastilin, näherten sich über den Flur … hielten inne … verstummten, als sie die offene Tür erreichten.

Ein aufgeladenes, unheilvolles Schweigen. Als würden sich in ihren Ohren Gewitterwolken zusammenballen.

Vielleicht war es ein Fehler gewesen, die Tür so auffordernd offen stehen zu lassen. Vielleicht machte das den Besucher misstrauisch: Was haben sie vor? Warum ist die Tür nicht zu wie sonst auch? Wie soll ich mich sicher fühlen, wenn ich nicht als Erstes sachte, ganz sachte den Türknauf drehe, auf diese Art, die ich inzwischen so perfekt beherrsche …?

In aller Intensität, aller Schärfe war sich Imogen des unsichtbaren Auges bewusst, das in dieser Sekunde durch den Türspalt hereinspähen musste, so wie ihr eigenes Auge durch den Spalt in den Vorhängen spähte: zwei Blicke, die sich niemals begegnen durften und die doch verbunden waren in tiefer, unaussprechlicher Intimität, während sie beide dieselbe trügerisch-trauliche Szene mit ihrem Feuerschein, ihren alten, viel geliebten Büchern abwanderten.

Nein, nicht ganz dieselbe. Ivors großer Ledersessel muss für den Eindringling noch verborgen sein, wie auch die Papierbögen, die, lockend wie ein Fliegenfänger, auf dem glänzenden alten Mahagoni der Tischplatte ausliegen. Und noch ahnt das Auge im Türspalt nichts von seinem Widerpart hinterm Vorhang. Ahnt nicht, dass es bespitzelt wird. Es will nicht mehr, als sich vergewissern, dass der Raum vor ihm leer ist. Verglichen mit dem anderen Auge, dem hinter dem Vorhang, ist es unschuldig.

Dunkel wie ein Baum schob sich die Gestalt durch die Tür.

Aber Bäume kommen nicht durch Türen. Das riesige, kopflose Wesen war bis zur Zimmermitte vorgerückt, ehe Imogen wahrnahm, dass unten am Stamm menschliche Füße hervorlugten, nackte, im Feuerschein rosa schimmernde Füße. Und kopflos war es auch nicht … nicht einmal riesig … eigentlich ganz normal groß, denn was Imogen für Brustkorb und Schultern gehalten hatte, wurde nun abgestreift – eine Kapuze nur, locker und dunkel – und enthüllte, wie im Märchen, ein wunderschönes Mädchen. Das goldene Haar reichte ihr bis zur Taille hinab, und der schattige Bogen der weich geschwungenen Wange schien von fast überirdischer Lieblichkeit, als sie in den Lichtkreis des sterbenden Feuers trat.

Nein, die Umstände machten es wirklich nicht leicht, Piggy zu erkennen. Das offene Haar … dieser Ausdruck verzückten Staunens in ihrem Gesicht anstelle der üblichen mürrischen Feindseligkeit … während der Burnus, dieses alberne, prätentiöse Ding, sie im Halbdunkel umwallte wie ein Zaubermantel … Imogen sah ungläubig, wie das Mädchen mit langsamer, unvergleichlicher Anmut durchs Zimmer schritt, auf den großen Ledersessel zu, der Ivor gehört hatte.

Imogen brauchte nicht noch länger zwischen den Vorhängen hindurchzuspähen. Sie hatte kein Bedürfnis, mitanzusehen, wie das Mädchen auf die Knie sank, das Gesicht in das alte, abgewetzte Sitzpolster drückte und den Geruch des Leders in sich hineinsog, als wäre er Sauerstoff und sie kurz vor dem Ersticken. Und sie hatte erst recht kein Bedürfnis, mitanzuhören – ja, sie hielt sich die Ohren zu, um *nicht* hören zu müssen –, was dann kam, die Zärtlichkeiten, die leidenschaftlich in die leere Nacht geflüsterten Beschwörungen: »Komm zurück, mein Geliebter! Ach, komm zurück! Ich bin hier, ich warte …!«

20

»Jetzt wird mir alles klar!«, erklärte Cynthia. »In Ivor verliebt, ist das zu fassen! Kein Wunder, dass wir nichts Brauchbares aus ihr herausholen konnten. Aber ich sage dir, Imogen, ich hatte schon länger so einen Verdacht.«

»Aber sicher«, sagte Imogen trocken – und bereute ihren Sarkasmus fast augenblicklich. Cynthia hatte so eine Art, bei allem und jedem hinterher klüger zu sein als irgendein anderer Mensch auf der Welt; aber jetzt war nicht die Zeit, sie deshalb zur Rede zu stellen. Schließlich hatte Cynthia gestern Abend einen halben Nervenzusammenbruch erlitten, weswegen sie heute Morgen – wie das so häufig das Privileg derer ist, die den Aufruhr losgetreten haben – im Bett frühstückte. Mit ihrem rosafarbenen Bettjäckchen und den verdrückten flaumigen Löckchen sah sie aus wie ein krankes Kind. Die blauen Augen, noch vernebelt von all den Schlaf- und anderen Tabletten, schauten fragend zu Imogen auf.

»Noch einen Toast?«, lockte diese schlechten Gewissens – nicht, dass dafür eine Notwendigkeit bestand. Cynthia war für Sarkasmus so gut wie unzugänglich (war das vielleicht eine der Eigenschaften, die die Scheidung von ihr so erschwert hatten?) und hatte Imogens spöttische Bemerkung als Kompliment aufgefasst.

»Ja, ich weiß, ich hatte schon immer diesen ganz besonderen Draht zur Jugend«, stimmte sie bescheiden zu. »Wie Teddy immer zu sagen pflegte – oh, danke … Ja, sehr gerne … Lieb von dir.«

Um nicht erfahren zu müssen, wer Teddy war und was er immer zu sagen pflegte, hatte Imogen hastig begonnen, ihrer Gefährtin Butter aufzutun, Marmelade, noch mehr Kaffee einzuschenken, und gottlob, es funktionierte. Cynthias Bewusstseinsstrom plätscherte gehorsam wieder zum eigentlichen Thema zurück, nämlich Piggy und Imogens seltsamer nächtlicher Begegnung mit ihr. Die zweite Hälfte der Geschichte war fast noch dramatischer als die erste, und schon bald lauschte Cynthia mit offenem Mund, streute hier und da sachdienliche Fragen ein und korrigierte Imogen bei den Einzelheiten.

Nicht, dass sie tatsächlich dabei gewesen wäre oder irgendetwas über die Abfolge der Geschehnisse wusste, aber sie hatte doch sehr präzise Vorstellungen davon, was hätte geschehen *sollen*.

»Aber da hat sie noch geweint, Imogen, sie muss doch …«, »Oh, aber Imogen, so etwas hätte sie niemals gesagt, nicht in so einem Moment …«, »Oh, aber das konnte sie nicht, Imogen, jedenfalls nicht, wenn kein Licht an war …«.

Und so weiter und so fort. Imogen wünschte allmählich, sie hätte gar keine Geschichte zu erzählen, und am allerwenigsten Cynthia. Ohnehin wäre es ihr lieber gewesen, um Piggys wie auch um ihrer selbst willen, die ganze Sache für sich zu behalten und nie wieder daran zu rühren, aber so, wie es geendet hatte, war das leider keine Option.

Sie war völlig steif geworden in ihrem Versteck hinter dem Vorhang. Steif und kalt, und alle Glieder taten ihr weh. Ein- oder zweimal hatte sie sich eingebildet, Piggy weghuschen zu hören, aber jedes Mal, wenn sie zwischen den Vorhängen hindurchschielte, lag das Mädchen da wie zuvor, über den Sessel hingestreckt in einer Haltung stummen, hingebungsvollen Trauerns. Sie weinte nicht mehr, aber eingeschlafen war sie auch nicht. Ihre Augen waren hell und weit offen und schienen geradewegs in Imogens Auge zu starren, was aber natürlich nicht sein konnte. In dem schwachen Glutschimmer vom Kamin ließ sich ihr Ausdruck nicht deuten, Imogen sah nur zwei silberne Perlen; der Rest von Piggys Gesicht war im Schatten verborgen.

Mehr als einmal, wenn der Schmerz in ihrem Rücken zu arg wurde, war Imogen nah dran, kurzen Prozess zu machen – hinterm Vorhang hervorzutreten und alles zu gestehen. Ja, tut mir leid, ich *habe* hinterm Vorhang gelauert, aber nicht auf *Sie* … Ich wollte nie … Wie hätte ich denn damit rechnen sollen, dass … Ich habe etwas völlig anderes erwartet …

Mit Piggys Zorn hätte sie umgehen können. Die Scham des Mädchens war es, vor der ihr graute. Wie furchtbar für das arme Kind, plötzlich zu merken, dass ihre innersten Gefühle belauscht worden waren, die verstiegensten Geheimnisse ihres Herzens bloßgelegt. Für jemanden so Junges, so Emotionales konnte dergleichen traumatisch sein.

Nein, Rückenschmerzen hin oder her, Imogen musste es durchstehen.

Kaum war dieser heroische Entschluss in ihr herangereift, da merkte sie, dass es seiner nicht mehr bedurfte. Ihre Wache würde ein Ende finden, endlich. Die Gestalt im Sessel bewegte sich.

Imogen wagte nicht, länger durch den Spalt zu schauen. An das Glas gepresst, kaum atmend mehr vor Erleichterung, war-

tete sie auf das weiche Tappen nackter Füße in Richtung Tür …
auf das Rascheln, mit dem der Burnus den Kaminsims ent-
langstreifte … und die wunderbare, schwelgerische Stille, die
den Raum zurückerobern würde, wenn das Mädchen erst einmal verschwunden wäre.

Dass nichts davon eintreten würde, war nicht sofort klar.
Durch die dämpfenden Stofffalten ließen sich Richtung und
Art der Geräusche nicht recht bestimmen, und Imogen begriff
kaum, wie ihr geschah, als der lange, schwere Vorhang weich
gegen sie schlug und Piggy ins Mondlicht trat.

Selbst da hätte Imogen noch unbemerkt bleiben können.
Der Vorhang verbarg sie halb, und Piggy, umwallt von ihrem
langen Haar, sah weder nach rechts noch nach links, sondern
stand da wie gebannt, die Augen zum Mond erhoben, der über-
groß und fast voll über den kahlen, reglosen Ulmen hing. Die
schwarzen Schatten ihrer Stämme fielen in einem so bizarren
Winkel über den gefrorenen Rasen, wie man ihn zu einer normalen Nachtzeit nie sah. Wenn je Zauberkräfte wirkten, je die
Magie ihr Werk tun konnte, dann in einer Nacht wie dieser.

Ganz langsam, den Blick unverwandt auf die riesige Mond-
scheibe gerichtet, hob das Mädchen beide Arme, reckte sie –
langsam, langsam – dem Himmel entgegen, aufwärts und aus-
wärts wie eine primitive Götzenanbeterin aus den Anfängen
der Geschichte …

»Scheiße, was ist *das* denn?«

Der Ausruf kam von Piggy, deren gespreizte Finger mit Imogens klammem Fleisch kollidierten … und in dem anschließen-
den Chaos von Wut, Entrüstung und sinnlosen Entschuldigun-
gen war es ein Wunder, dass nicht das ganze Haus aufwachte.

Aber niemand erschien. Vielleicht kommen nächtliche Geräusche dem Verursacher lauter als anderen vor. Jedenfalls kam niemand die Treppe heruntergelaufen, niemand schritt ein und verlangte eine Erklärung, sagte: Ganz ruhig, alles nur halb so wild, oder ergriff Partei in dem hitzigen Gefecht.

Hitzig, ja, aber nicht eigentlich ein Gefecht, da sie beide von Anfang an auf derselben Seite kämpften. Imogen konnte Piggys Zorn voll und ganz nachfühlen und war sich der unverzeihlichen Kränkung, die sie ihr unwillentlich zugefügt hatte, nur zu bewusst; verzehrt von Gewissensbissen, versuchte sie zu erklären, zu begütigen, abzubitten, alles zugleich, in einem einzigen wirren, unverständlichen Schwall: »Ich wollte doch nicht …«, »Ich würde doch niemals …«, »… und dann konnte ich ja nicht mehr aus meinem Versteck …«, »Ach Piggy, Piggy, *versuchen* Sie doch wenigstens zu verstehen …«.

Piggys Gesicht war bleich wie Pudding im Mondschein; die Schönheit von eben schien fern wie ein Bild aus einem Traum. Auf ihrer talgweißen Stirn glitzerten Schweißtropfen, und aus dem verzerrten Mund sprangen Kröten – Kröten, die die Form wüster Beschimpfungen annahmen.

Dass Piggy sie nicht mochte, hatte Imogen immer gespürt, aber weder war ihr die Vehemenz dieser Abneigung klar gewesen, noch, was dahintersteckte.

Ein Grund war natürlich, dass sie, Imogen, Ivors Frau war, und in dem guten Jahr unerwiderter Liebe hatte Piggy reichlich Zeit gehabt, von ihrer Campus-Warte aus all die Arten zu beobachten, auf die die Frau ihres Helden seiner nicht wert war, und (wenn auch hauptsächlich vom Hörensagen) Beweise für Imogens Unzulänglichkeiten zu sammeln. So weit, so gut – keine Liebende, die den Namen verdient, hätte anders gehandelt.

Doch dabei blieb es nicht. Nach Ivors Tod hatte sich zu dem begreiflichen Kummer und Schock noch ein neuer, bis dahin ungekannter Faktor gesellt. Ihr war dasselbe Gerücht zu Ohren gekommen wie Teri; die beiden hatten sich zusammengesetzt, die Sache beredet und gemeinsam einen Entschluss gefasst. Mit vereinten Kräften (zischte Piggy, ihre Lippen grau und verkniffen im Mondlicht) – mit vereinten Kräften würden sie dafür sorgen, dass Imogen gehängt wurde, jawohl, die Todesstrafe würde genau rechtzeitig wieder eingeführt werden …

»Aber das ist doch irr …«, protestierte Imogen schwächlich, wie sie auch schon bei Teri protestiert hatte. »Ich meine, ich kann *beweisen*, dass ich …«

»Beweisen, beweisen!« Piggys Lippen formten das Wort, als wäre es eine Obszönität. »Für Beweise ist es leider zu spät, Mrs B. Sie haben es zu lange aufgeschoben. Inzwischen weiß sogar Ihre Familie, dass Sie es waren, o ja!«

Mit lodernden Augen stand sie vor Imogen, die geballten Fäuste weiß bis zu den Fingerknöcheln. Imogen stieß ein kurzatmiges kleines Lachen aus, für das sie selbst keinen rechten Grund wusste.

»Was, Herbert und sie alle?«, fragte sie. Das wurde ja immer grotesker. »Warum haben sie denn dann nie etwas gesagt? Warum haben sie mich nicht beschuldigt, dass ich …«

Piggy sah sie aus schmalen, leuchtenden Augen an.

»Weil sie Angst haben, deshalb! Sie fürchten sich zu sehr. Sie wissen, dass Sie verrückt sind, verstehen Sie? Sie wissen es schon seit Wochen, und deshalb haben sie Angst. Weil keiner weiß, wozu Sie noch alles fähig sind.«

21

Vielleicht hatte sie sich mit Cynthia doch nicht die richtige Mitwisserin ausgesucht. Wie sie da saß, mit einer weißen Hand das zartrosa Bettjäckchen um sich gerafft, in der anderen (nun auf dem Weg zum Munde erstarrten) ihren Toast, schien sie der Wucht dieser letzten Enthüllungen endgültig nicht mehr gewachsen. Imogen sah es schuldbewusst und ein wenig beschämt. Nur, wem von allen hier im Haus hätte sie sich sonst anvertrauen können? Robin, der die Geschichte lachend abgetan und Piggy bei nächster Gelegenheit damit aufgezogen hätte? Oder Dot, die gesagt hätte: Aber diese Vorhänge sollten sich überlappen, wie konnte da ein Spalt sein? Oder Herbert, der nachzuweisen versucht hätte, dass er nichts dafür konnte, und selbst wenn, dann wäre er doch …

Erst an diesem Punkt ihrer Betrachtungen drang zu Imogen durch, dass Cynthia, weit entfernt von jeglicher Überforderung, hellauf entzückt war. Frühstück im Bett und ein Skandal dieses Ausmaßes – selbst im Schlaraffenland konnte nicht mehr geboten sein.

»Ich wusste es! Ich wusste es einfach!«, rief sie aus, eine Behauptung, die Imogen weniger für eine Tatsache als für eine Form von Beifall nahm. »Ich wusste es! Und, Imogen, wirklich, damit ist alles klar. Die Schrift, meine ich … du weißt doch, wie das ist, wenn man verliebt ist …« In ihre Augen trat ein verklärter Blick. »Wir hatten einen Geographielehrer, oh, ich werde ihn nie vergessen. Er hatte so ein braunes Schnurrbärtchen, und er bekam diese kleinen Kräuselfalten um die Augen, wenn er schimpfte ... Ich fand ihn einfach umwerfend, auch wenn ich ihn heute vermutlich keines Blickes würdigen würde ... Aber fast das ganze Schuljahr über habe ich versucht, so zu schreiben wie er – ein bisschen abgeflacht, weißt du, sodass die ›t‹s wie ›r‹s aussehen. Ich konnte es am Schluss richtig gut, die anderen Mädchen haben mich immer bestochen, dass ich mit roter Tinte ›Sehr gut‹ unter ihre Hausaufgaben schreibe, und wenn dann die Klassenlehrerin die Hefte durchsah, fürs Zwischenzeugnis, dann ... Ich hatte zwar manchmal das Gefühl, es entweiht meine Liebe, wenn sie für solche Zwecke missbraucht wird, aber du verstehst, was ich meine, oder? Genauso muss es der armen Piggy gegangen sein, oh, ich kann es mir alles so gut vorstellen!«

Auch Imogen konnte das. Es war schon etwas dran an dem, was Cynthia da sagte. Während eine vorsätzlich für einen bestimmten Zweck gefälschte Schrift mit Sicherheit Symptome von Künstlichkeit und überexakter Nachahmung aufweisen würde, mochte das bei einer Schrift, die ein Mensch sich aus Liebe anverwandelte, aus einem Bedürfnis, sich jede Geste, jeden Manierismus des Geliebten zu eigen zu machen, durchaus anders sein. Die Frage war nur, wie Piggy an Proben von Ivors Schrift gekommen sein konnte. Schließlich war sie nicht einmal seine Studentin gewesen.

Diesen Einwand behandelte Cynthia mit all der Verachtung, die er verdiente. Also wirklich, ob Imogen denn niemals verliebt gewesen sei? Natürlich war es Piggy irgendwie gelungen, sich Blätter mit seiner Handschrift zu sichern ... und Haarlocken von ihm bestimmt auch ...

»Also gut«, gegen Cynthias überlegenes Wissen mochte Imogen nicht ankämpfen, »schon möglich, dass du recht hast – zig Studentinnen haben ihn angeschwärmt, das kam dauernd vor. Die Ärmste, ich hoffe, er hatte ab und zu ein freundliches Wort für sie übrig …«

»Ja, bestimmt war …«, setzte Cynthia an, besann sich dann aber offenbar eines Besseren, denn sie fuhr fort: »Ich sag dir was, Imogen, soll ich vielleicht mit ihr reden? Ich meine, es ist natürlich alles Unsinn – dass du den armen Ivor ermordet haben sollst und all das, aber man fragt sich doch, wie kommt sie auf so eine Idee? Das klingt vielleicht überheblich, aber ich habe einfach das Gefühl, wenn ich sie fragen würde … Ich wäre ja nicht überrascht, wenn sich herausstellt, dass sie in Wahrheit Teri liebt und diese ganze verrückte Geschichte nur ihm zuliebe mitmacht …«

Aber es verhielt sich genau umgekehrt. Als Cynthia von ihrer erfolgreichen Unterredung mit Piggy zurückkehrte wie eine Entdeckerin mit einem Sack voller Gold, war schnell klar, dass es Piggy war und nicht Teri, von der die »verrückte Geschichte« ausging, und während ihr Motiv Rachsucht war und nichts sonst, war das seine (wie letztlich bei jedem Mittelsmann) die Gier nach Geld und nach Status. Geld um des Geldes willen natürlich, und Status in seiner Eigenschaft als Verflossener, der bei seiner Angebeteten punkten will.

Kein Wunder, dass er sich als Erpresser so schwertat. Seine sämtlichen »Informationen« und »Beweise« waren aus zweiter Hand, ihm eingeflüstert von Piggy. Sie hätte besser daran getan, ihre Schmutzarbeit selbst zu verrichten – die in ihrem Fall so schmutzig nicht gewesen wäre. Kein anderer Beweggrund ist so rein wie die Rache, so frei von jedem Gedanken an einen persönlichen Vorteil.

Cynthia hatte ganze Arbeit geleistet. Der »Draht zur Jugend«, dessen sie sich rühmte, war offenbar keine bloße Einbildung – wobei ihre hemmungs- und kritiklose Begeisterung für alles, was auch nur im Ansatz schockierend war, so gut wie jeden Übeltäter aus der Reserve locken musste, ob alt oder jung.

Worin immer ihr Geheimnis bestand, es hatte funktioniert. Sie hatte Piggy nach dem Mittagessen mit einem Minimum an Wirbel und Protest beiseitenehmen können und ihr einige erstaunlich detaillierte und intime Geständnisse entlockt.

»Und ich habe ihr versprochen, dass du keine Silbe davon erfahren wirst«, erklärte Cynthia, »also gehen wir lieber in dein Zimmer hoch und sperren die Tür zu«, und nachdem sie so den Anforderungen der Loyalität nachgekommen waren, machte Cynthia es sich zum Erzählen auf Imogens Bett gemütlich, während Imogen, ganz Ohr, in dem Korbstuhl unter der Dachschräge kauerte. In dem schwindenden Nachmittagslicht, sanft angeweht von der Zugluft in ihrem Nacken, vernahm sie zunehmend erleichtert, was Cynthia in Erfahrung gebracht hatte.

Erleichtert deshalb, weil die Geschichte nicht so sehr bedrohlich wie vielmehr bedauerlich schien: ein unreifes junges Ding in den Fängen der ersten Liebe, das, schier von Sinnen vor Trauer und Schock, blindwütig nach etwas oder jemandem suchte, dem sie die Schuld an der Tragödie geben konnte.

Dieser »Jemand« war schnell gefunden.

»Sie hat wirklich gedacht, du wärst in der Nacht in dem Hotel gewesen, Imogen«, erklärte Cynthia. »Das haben offenbar die Angestellten gesagt. Sie hatte sich den halben Abend vor dem Hotel rumgetrieben, weißt du, und gehofft, einen Blick auf Ivor zu erhaschen, aber er kam nicht, und als sie sich dann endlich ein Herz gefasst und drinnen gefragt hat, ob er noch da ist, hat sie sie darüber reden hören. Sie haben alle miteinander getuschelt und gelacht – angeblich sollst du ihn durch das ganze Hotel verfolgt haben. Das ist natürlich hanebüchen, aber woher hätte sie das wissen sollen? Und um die Zeit muss sie sowieso komplett erschöpft und durch den Wind gewesen sein … sie war in aller Herrgottsfrühe aufgebrochen, per Anhalter, um seinen Vortrag zu hören, aber das war natürlich aussichtslos, es gab schon längst keine Karten mehr, und die Veranstaltung war ja ohnehin nicht öffentlich. Du kannst dir vorstellen, wie ihr zumute war …«

Das konnte Imogen bestens. Bis hierher klang es alles rührend und peinlich und ganz und gar plausibel. Bis auf die Tatsache, dass die Hotelangestellten sie, Imogen, gesehen haben sollten. »Wie kann das sein? Ich war schlicht und ergreifend nicht dort«, beharrte sie.

»Ach, das weiß ich doch, Liebste«, beeilte sich Cynthia zu versichern. »Natürlich warst du nicht dort – aber ich habe ihr lieber nicht widersprochen, ich wollte nicht, dass sie sich auf den Schlips getreten fühlt und mir womöglich den Rest nicht erzählt …«

Da sei Gott vor! Also gut, Piggy in der Hotelhalle, die jedes Mal Stielaugen machte, wenn die Drehtür aufging, ihr Kopf schwirrend von Stimmen, die alle von Ivors Frau zu sprechen schienen …

Was sagten sie, diese Stimmen?

Na ja, dass sie eben am frühen Abend dagewesen sei und eine Szene gemacht habe. Sie habe in Ivors Zimmer angerufen und sich partout nicht abwimmeln lassen wollen, habe Portier und Liftboy aus dem Weg gerempelt und sei durch die stillen, vornehmen Gänge gerannt, um an seine verschlossene Tür zu trommeln und ihn zu beschwören, doch aufzumachen … ein furchtbares Drama war es gewesen, da stimmten sie alle überein, und Piggy hatte zweifelsohne atemlos gelauscht.

Aber Ivors Frau in die Quere zu kommen (selbst unter solch vorteilhaften Umständen) war nicht Teil von Piggys Plan gewesen, weshalb sie, nachdem sie noch eine kleine Zeit unschlüssig ausgeharrt hatte, doch lieber auf Plan B zurückgriff, nämlich rein zufällig als Anhalterin am Rand exakt jener Landstraße zu stehen, auf der Professor Barnicott heimwärts fuhr. Die Tatsache, dass es ein zweistündiger Fußmarsch zu dem anvisierten Rendezvous war, dass sie keine Ahnung hatte, ob ihr Held noch am selben Abend oder erst am nächsten Morgen heimzufahren gedachte, und dass es während der ganzen Unternehmung nicht eine Sekunde aufhörte, wie aus Kübeln zu schütten – all dies schreckte sie nicht im Geringsten ab, ja, es machte die Sache eher noch aufregender und glamouröser. Imogen sah sie vor sich, am Straßenrand stehend, in derselben Art von Trance wie gestern im Mondschein, während die Scheinwerfer der Autos im Regen an ihr vorbeiwischten, nur halb wahrgenommen von ihr, weil ihr Blick, ihre Seele, fixiert war auf ein anderes Auto, ein Nicht-Auto, das nicht kam und das früher oder später doch kommen *musste*, denn dies war sein Weg nach Hause. Die Kälte, ihre durchnässten Kleider, all das hatte sie im Zweifel gar nicht gespürt, weil sie gewärmt und durchglüht war von ihren Träumen: Träumen von dem Moment, in dem das magische Auto endlich in Sicht kam … abbremste; in dem das geliebte Antlitz sich ihr entgegenbeugte, fragend zunächst, doch dann (denn alles war möglich) aufleuchtend bei ihrem Anblick. Träume auch von dem, was dann kam … schwelgerische, glorreiche Wunschträume im Wechsel mit grauenvollen, sengenden Albträumen … dass er kalt sein würde … zerstreut … dass sie ihn langweilen könnte … Träume kurzum, die jede nur erdenkliche Möglichkeit abdeckten, im Guten wie im Schlechten, außer der einen: dass er nämlich, sowie sie mit erhobenem Arm ins Scheinwerferlicht trat, wie ein Irrer Gas gab und das Steuer herumriss, um in rasendem Tempo auf der Gegenfahrbahn die schwarze, regenglitzernde Viertelmeile bis zum Aufprall zu schlittern, dem langsamen, rumpelnden Aufprall, der für den Rest von Piggys Tagen in ihrem Kopf widerhallen würde.

Wer anderes konnte der Grund dafür sein als seine Frau! Diese Szene, die sie im Hotel gemacht hatte – was sonst sollte einen so erfahrenen und sicheren Autofahrer wie Professor Barnicott derart aus dem Lot gebracht haben? So hatte Piggy geschlussfolgert, und als sich auf dem Campus auch noch herumzusprechen begann, dass Professor Barnicotts Frau die Presse bezüglich des Unglücksdatums belogen hatte – einen vollen Tag so getan hatte, als lebte er noch –, geleugnet hatte, in jener Schicksalsnacht im Hotel gewesen zu sein, obwohl sie doch von mindestens einem halben Dutzend Hotelangestellten dort gesehen worden war – nun, was das bedeutete, lag ja wohl auf der Hand. Ganz offenkundig hatte seine Frau den Unfall eingefädelt, entweder bei ihm im Auto sitzend, aus dem sie in letzter

Sekunde herausgesprungen war, oder indem sie ihm vor dem Losfahren etwas eingeflößt hatte, das ihn …

Irgendwie so. Es war sonnenklar. Teri sah das genauso.

Wie auch sonst? Der abgeblitzte Liebhaber, der die Gunst des geliebten Mädchens zurückzuerlangen hofft … Wie Cynthia sagte: Es war alles völlig verständlich und normal. Eigentlich süß, wenn man es sich überlegte.

»Sehr süß«, bestätigte Imogen, nachdem sie es sich überlegt hatte. »Das heißt, er hat ihr geholfen, sich unter Vorspiegelung falscher Tatsachen in mein Haus einzuschleichen, um noch mehr ›Beweise‹ gegen mich zu sammeln? Sprich mich zu bespitzeln?«

»Ganz genau«, bekräftigte Cynthia eifrig, »und weißt du, Imogen, das war auch ein Grund, warum es sie so getroffen hat, von *dir* bespitzelt zu werden. Es war alles so verwirrend. Sie hatte das Gefühl, gar nicht mehr zu wissen, wer wo steht.«

»Tja. So ein Pech …«, begann Imogen, und Cynthia nahm den Faden begierig auf.

»Ja, sie hat einfach solches Pech, nicht wahr? Die Ärmste, wirklich. Ich bin so froh, dass du es auch so siehst. Weil sie nämlich unglücklich ist, Imogen, kreuz-kreuzunglücklich. Ich meine, sie hat ihn wirklich geliebt …«

»Das glaube ich sofort. Ich habe ihn auch geliebt. Aber ich nehme das nicht zum Anlass, ihr nachzustellen. Hast du hoffentlich versucht, sie ein bisschen zur Vernunft zu bringen, Cynthia? Schon zu ihrem eigenen Besten. All diese Lügen und Hirngespinste – sie ist besessen, und das kann nicht gut für sie sein. Sie muss zur Besinnung gebracht werden. Schließlich ist es jetzt Monate her, dass er gestorben ist.«

»Vier Monate«, schob Cynthia ein, und obwohl ihr Ton neutral war und die Aussage korrekt, wusste Imogen, was sie damit sagen wollte. Sie meinte es nicht böse, aber sie meinte es eben doch: dass nämlich Piggy, so unrecht und töricht ihr Verhalten auch war, Ivor auf eine angemessenere Art betrauerte als Imogen selbst.

Die Trauer ist ein seltsames Übel. Bei welcher anderen Krankheit versuchen die Freunde – selbst die besten unter ihnen –, den Patienten aktiv an der Genesung zu hindern?

Nur noch ein Rätsel galt es zu lösen, dann wäre, in Cynthias Worten, alles klar: Was war Robins Part bei dem Ganzen? Schließlich war er es gewesen und nicht Teri, der das Mädchen an Weihnachten ins Haus gebracht hatte.

Zum ersten Mal seit Beginn ihrer Erzählung schien Cynthia ein wenig aus dem Tritt zu geraten.

»Ach Gott, du weißt ja, wie Robin ist«, sagte sie kurz angebunden, und Imogen drängte sie nicht weiter. Denn es stimmte ja, sie wusste, wie Robin war. Wer wusste es besser als sie?

22

»Mummy, wo ist Minos hin?«

»Daddy, hast du Minos gesehen?«

»Omi, wir können Minos nicht finden, er ist *nirgends*.«

Sinnlos, ihnen zu erklären (wie Dot das ausufernd tat), dass Minos ein großer, vernünftiger Kater war und aller Wahrscheinlichkeit nach einfach einen Spaziergang machte.

»Katzen gehen nicht spazieren!«, schallte es entrüstet im Chor. »Nur Hunde gehen spazieren.«

»Glaubst du, er ist zurück nach Twickenham gelaufen? Glaubst du, er findet es hier blöd?«, erkundigte sich Vernon mit einer Mischung aus Wissbegier und Besorgnis. »Könnte eine Katze den Weg finden, wenn sie immer die Gleise entlanggeht?«

»Klar könnte sie!«, warf Timmie kennerhaft ein. »Ich hab von dieser Katze gelesen, die …«

»Doofmann! Das war nur eine Geschichte!«

»War es nicht. Es stand in der Zeitung. Und als sie zuletzt, ganz erschöpft und mit wund gelaufenen Pfoten, an das Tor kam, durch das es in ihren Garten ging, ist sie …«

»Ist sie nicht!«

»Ist sie wohl!«

Nein! Doch!

Und damit durfte die Angelegenheit, sehr zur Erleichterung der beteiligten Erwachsenen, vorerst auf sich beruhen.

Wie sprunghaft Kinder waren. Nach all dem Theater, das sie um Minos gemacht hatten, den Tränen, dem Bitten und Betteln – und nach all den Mühen, die Imogen auf sich genommen hatte, um das Tier den weiten Weg von Twickenham herbeizuholen –, war ihre Reaktion, als sie ihn am nächsten Morgen in der Küche vorgefunden hatten, bestenfalls lauwarm zu nennen gewesen.

»Ach, Minos ist da«, hatte Vernon bemerkt, indem er kurz von seinen Cornflakes aufsah, während von Timmie kam: »Du darfst aber Minos nicht an meinen Goldfisch lassen, Omi!«

»Das ist nicht dein Goldfisch«, hatte Vernon klargestellt, »das ist der Goldfisch von uns allen.«

»Ist er nicht! Ich hab mir den Namen für ihn ausgedacht, also ist es meiner. Ich hab ihn Goldi genannt.«

»Goldi ist kein Name, das ist nur eine …«

Und so weiter und so fort. Imogen hatte eine ganz unsinnige Enttäuschung empfunden. Während der langen Rückfahrt im Zug und dann auf dem Weg durch die dunklen Straßen, immer den Katzenkorb im Arm, hatte sie sich ausgemalt, wie überrascht und beglückt die Kinder sein würden, wenn sie am Morgen zum Frühstück herunterkamen und ihr geliebter Minos vor ihnen saß – hatte sich ihre Freudenschreie vorgestellt, die Küsse und Umarmungen, mit denen sie überhäuft werden würde.

Nichts dergleichen. Nach jenem einen ernüchternden Wortwechsel hatten sie von dem Kater keinerlei Notiz mehr genommen. Den ganzen Tag hatten sie ihre üblichen Spiele gespielt, hatten ferngesehen und sich gezankt, und all die Zeit hatte Minos auf dem bequemsten Sessel neben dem Esszimmerkamin gedöst, den er nur einmal verließ, um hoheitsvoll zu dem zweitbequemsten hinüberzustolzieren, und zwar, als Robin kam und seine eigenen Ansprüche auf den bequemsten Sessel geltend machte.

Zu sagen, dass Minos ein Ärgernis war, wäre übertrieben gewesen, aber ihn herzuholen hatte sich definitiv nicht gelohnt.

»Da werde ich wohl dran denken müssen, Katzenfutter zu kaufen«, hatte Dot geseufzt, »es ist schon wieder teurer geworden, 6 Pence für die kleine Dose …«

Und in die Gleichgültigkeit der Kinder mischte sich schon bald ein gewisser Unmut: »Wieso ich?«, hatte Timmie gemurrt, als er den Sack Katzenstreu unter der Treppe hervorholen sollte. »Wieso nicht Vernon?«

Und jetzt: welches Drama. Nur weil das verfluchte Tier vor dem Schlafengehen eine oder zwei Stunden abgängig war, wurde es plötzlich wieder zum Ziel all ihrer Wünsche. »Wir brauchen Minos!«, »Ohne Minos können wir nicht schlafen.«, »Omi, muss Minos verhungern, wenn er die ganze Nacht nicht heimkommt?«.

»Redet kein so dummes Zeug!« Imogens Ton war scharf. »Nachdem ihr ihn den ganzen Tag nicht beachtet oder euch sonst irgendwie für ihn interessiert habt …«

»Oh, aber Omi …«

»Aber Omi, das haben wir doch! Ich hab mich total für ihn interessiert.«

»Und ich auch, Omi. Omi, was ist mit ihm passiert, glaubst du?«

Ihre Sorge wirkte um keinen Deut weniger aufrichtig als ihre vorherige Unbeteiligtheit. In Timmies Augen glitzerten echte Tränen, und Vernons kleine dünne Ärmchen, die aus den zu kurz gewordenen Ärmeln seiner Schlafanzugjacke herausragten, zupften und stupsten mit jammervollem Eifer an den Decken und Bezügen seines Stockbetts herum, falls sich Minos in irgendeiner Ritze verbarg.

Nein, natürlich wird er nicht ersticken. Nein, natürlich findet er wieder zurück. Nein, Katzen ertrinken nie, sie gehen gar nicht erst ans Wasser. Nein, das reicht, ihr Süßen, Schluss, jetzt wird geschlafen. Ja, natürlich höre ich es, wenn er draußen miaut. Ja, natürlich lasse ich das Fenster in der Speisekammer offen … Ja, natürlich wird er da sein, wenn ihr morgen früh aufwacht … natürlich … natürlich … natürlich …

Aber er war nicht da. Ganz kurz fühlte sich Imogen, während sie an der Hintertür stand und in das froststarre Schweigen des Januarmorgens hinausrief, stark versucht, einfach zu lügen. Zu behaupten, Minos sei zurückgekommen und schlafe jetzt oben auf ihrem Bett. Dann würden sie schlagartig jegliches Interesse verlieren, und mit dem Getue wäre Schluss. Ganz sicher würde keiner sich die Mühe machen, bis hoch unters Dach zu steigen, um auf ihrem Bett nachzusehen.

Aber das verbot sich ja leider. So etwas machte man nicht. Sodass das Frühstück – genau wie gestern das Abendbrot – halb gegessen auf den Tellern zurückblieb, durch die unentwegt auf- und wieder zufliegende Tür zur Spülküche der Nordwind hereinfuhr und die streitenden und klagenden Stimmen durchs ganze Haus tönten.

Minos! Minos! Wo steckst du nur? Blödsinn, wie soll er da denn hingekommen sein … Habe ich doch gar nie gesagt … Hast du wohl … Minos! Mi-i-nos!

Mittags reichte es Imogen endgültig, und eher als Beschäftigungstherapie als in einer echten Hoffnung auf Erfolg schlug sie den Kindern vor, am Nachmittag mit ihnen loszuziehen und die Nachbarschaft abzusuchen.

Als sie endlich aufbrachen, hatte die Sorge um den alten Kater auch sie erfasst. Sie hätte ein Auge auf ihn haben sollen während dieser ersten Tage in der ungewohnten Umgebung, aber er schien sich so gut eingelebt zu haben, in gar keiner Weise irritiert durch den Ortswechsel. Und natürlich war nichts Bemerkenswertes daran, wenn ein Kater eine Nacht im Freien verbrachte – oder auch mehrere Nächte hintereinander –, aber er war nun einmal nicht mehr der Jüngste, und er kannte die Gegend nicht …

Zudem war es kalt und wurde immer noch kälter. Sie eilten die verlassenen Straßen entlang, die Schultern hochgezogen gegen den Wind, und Imogen meinte fast, Schnee in der Luft zu riechen. Vernons Backen waren schon jetzt fleckig vor Kälte.

»Minos! Mi-i-i-nos!«, riefen sie dann und wann aufs Geratewohl in die winterliche Vorortödnis, während sie mit vor Kälte tränenden Auge die grauen, toten Gärten und die noch graueren Straßen absuchten, die sich kahl und schnurgerade im Wind erstreckten.

»Mi-nos! Mi-nos!« Der Klang der Kinderstimmen, so brüchig und dünn durch die tauben Lippen, schlug Imogen seltsam stark aufs Gemüt. Es war alles so sinnlos, natürlich würde Minos nicht kommen, er war nicht hier. Ein wachsendes Gefühl der Unruhe und Beklemmung machte sich in ihr breit, das in keinem Verhältnis zu dem Verschwinden eines Katers zu stehen schien. Etwas in der grauen, schneegeladenen Luft erfüllte sie mit den bösesten Ahnungen.

»Omi, mich friert so. Können wir jetzt zurückgehen?«

»Ich hab ganz kalte Hände, Omi. Wenn wir jetzt heimgehen und schauen, meinst du nicht, dass Minos vielleicht schon wieder da ist?«

Die spitzen kleinen Gesichter blickten vertrauensvoll zu ihr empor, halb schuldbewusst und halb voller Hoffnung. Sie konnte sehen, wie auf ihren klaren, unerprobten Stirnen Heldenmut und gesunder Menschenverstand miteinander kämpften.

Wer sagt, dass der gesunde Menschenverstand immer den Sieg davontragen muss?

»Gehen wir noch kurz den Weg hier runter, die Mülltonnen da vorn an der Straße wären doch vielleicht etwas für ihn. Und wenn ihr nicht zu müde seid, können wir danach noch bei Garveys Bootshaus vorbeigehen, da soll es ganz viele Ratten geben. Das würde Minos sicher gefallen.«

Ratten! Echte, lebendige Ratten! Die Aussicht ließ ihre sinkenden Lebensgeister kurzzeitig wieder erwachen, aber der Umweg war dennoch ein Fehler, wie Imogen sehr schnell klar wurde. Sie waren schon zu müde, zu durchgefroren, und um das Elend vollzumachen, war das Bootshaus, als das niedergeschlagene kleine Trio dort ankam, abgesperrt. Mit starren Fingern, fast weinend vor Enttäuschung, rüttelte und zerrte erst Vernon und dann Timmie an dem schweren Vorhängeschloss.

»Das gilt nicht«, schluchzte Vernon – oder war es Timmie? –, »ich hab doch gleich gesagt …«

»Pscht! Sei still! Hörst du!«, unterbrach Timmie – oder war es Vernon? –, der andere jedenfalls, der, der zu weinen aufgehört hatte; und wie sie dort standen, in dem Wind, der von allen Seiten zugleich um die alte Hütte zu fegen schien, hörten sie es alle oder glaubten es zu hören: einen wimmernden Quietschlaut, der das Miauen einer Katze sein konnte. Oder ein loses Brett, das sich am Nachbarbrett rieb. Oder ein verwittertes altes Ruderboot, das in seiner Halterung ächzte. Oder was auch immer.

Wiewohl viel zu verfroren und verzagt, um ihre Mission fortzusetzen, sträubten sich Timmie und Vernon dennoch heftig, als Imogen sie heimwärts trieb. Weinerlich, quengelig, sich in selbstgerechten Sentimentalitäten über die unbestimmbaren Laute aus dem Inneren des Bootshauses ergehend, schleppten sie sich neben ihr her, und erst als sie die Geduld verlor und sagte: »Also gut, gehen wir noch mal zurück«, war mit einem Schlag Ruhe.

Sie an dem Abend zum Schlafen zu bringen, war keine einfache Aufgabe.

»Minos! Der arme, arme Minos!«, heulten sie und konnten nur durch eine Reihe hastig aus dem Ärmel geschüttelter Versprechen für den nächsten Tag beschwichtigt werden, von denen eins übermenschlichere Suchanstrengungen verhieß als das andere. Nur allmählich nahmen die Proteste ab und verstummten erst, als Dot jedem eine Banane gab, die sie im Bett essen durften. Nach dem Zähneputzen waren sonst nur Äpfel erlaubt, doch wie Dot sagte: Nach so einem aufwühlenden Tag würden ihre Zähne das schon mal überleben.

Überhaupt zeigte Dot erstaunlich viel Empathie in der Angelegenheit. Für jemanden, der so viele Jahre damit verbracht hatte, Minos' Tod zu fordern, nahm sie wirklich rührend Anteil. Das ganze Abendessen hindurch und auch hinterher im

Wohnzimmer fing sie immer wieder davon an. Wo denn der Kater zuletzt gesehen worden sei? Hatte er sein Schälchen leer gefressen, bevor er verschwunden war? Und wo war eigentlich der Katzenkorb, in dem Imogen ihn von Twickenham hierhergebracht hatte? Sie hätte schwören können, ihn gestern früh noch unter der Anrichte gesehen zu haben. Jemand musste ihn genommen und …

Und immer so weiter. Selbst nachdem das Thema gründlich totgeredet war, blieb sie seltsam zappelig, schaltete den Fernsehapparat an und wieder aus, griff nach ihrem Buch und legte es wieder weg und saß dazwischen nur da, sonderbar angespannt, als lauschte sie auf etwas.

»Ruhe!«, sagte sie einmal in scharfem Ton, als Cynthia ihre Stickarbeit sinken ließ, um die Geschichte von ihrem kürzlich überkronten Backenzahn zu erzählen, und auf Cynthias beleidigtes: »Na gut, wenn sich niemand für meinen Backenzahn *interessiert*«, sagte Dot nur erneut: »Ruhe!«, noch gebieterischer als beim ersten Mal.

Um halb zehn hatte Imogen es satt und ging in die Küche, um Tee zu kochen. Zu ihrer Überraschung – wenn auch nicht ihrer Freude – kam Cynthia hinter ihr her geklimpert, um zu helfen.

Das zumindest nahm sie an. Wenn Gäste mit in die Küche kamen, dann in der Regel, um sinnlos herumzustreifen und Sachen an die falschen Plätze zu stellen, und man selbst musste Konversation mit ihnen machen und sich anschließend auch noch bei ihnen bedanken. Imogen wappnete sich schon für die leidige Prozedur, als ihr klar wurde, dass ihre Annahme voreilig gewesen war: Cynthia hatte keineswegs vor, mit anzupacken.

»Schau, Imogen«, sagte sie in dem gedämpft frohlockenden Ton eines Menschen, der eine unheilvolle Nachricht überbringen darf: »Schau, das kam heute Nachmittag an! Mit der Post! Ich wollte es dir nicht vor allen anderen geben.«

Im Sprechen hielt sie Imogen einen braunen Umschlag hin, schon etwas verbogen durch den langen Aufenthalt in ihrer Rocktasche.

»Wie, für mich?« – und Cynthia besaß wenigstens den Anstand, etwas verlegen dreinzuschauen.

»Ja, weißt du, ich fand es einfach so merkwürdig«, rechtfertigte sie sich. »Ich meine, warum sollte sie dir überhaupt schreiben? Und auch noch aus London? Ich weiß gar nicht, wann sie in London gewesen sein kann, weil …«

Imogen drehte und wendete den Brief im Lampenlicht. Sie hatte die Schrift gleich in dem Moment erkannt, als Cynthia den Umschlag aus der Tasche gezogen hatte: Ivors Schrift. Sprich die von Piggy.

Sie nahm ein Messer aus der Küchenschublade, und widerstrebend, mit einem Gefühl anschwellenden, quälenden Grauens, schlitzte sie das Ding auf.

»Was ist, Imogen? Was steht da?« Cynthia spähte ihr aufgeregt über die Schulter, aber da sie sogar in diesem hoch spannenden Moment zu eitel war, ihre Lesebrille aufzusetzen, half ihr das wenig. »Was hast du? … Warum machst du so ein Gesicht? … Ach bitte, Imogen, antworte doch …!«

Und nun endlich antwortete Imogen.

»Komm mit«, sagte sie mit einer Stimme, die selbst in ihren eigenen Ohren heiser und fremd klang, »komm mit, wir hätten schon längst nachschauen sollen. Mein Gott, waren wir dumm!«

Piggy war nicht in ihrem Zimmer, aber das machte nichts, ganz im Gegenteil. Es war leichter – deutlich leichter –, hinter ihrem Rücken in ihren Papieren und Aufzeichnungen zu stöbern. Außerdem ging es blitzschnell – sie war schließlich Studentin, eine ziemlich gewissenhafte Studentin, deshalb fanden sich Proben ihrer Schrift überall.

Mit der von Ivor hatte sie nichts gemein. Warum auch?

Cynthias Theorie war einleuchtend und wunderbar romantisch gewesen, nur leider traf sie nicht zu.

Das konnte nur heißen – was hieß das? Die beiden Frauen beugten sich über die kurze Nachricht, die eine schier platzend vor Neugier, die andere erfüllt von einer unsinnigen, verzweifelten Hoffnung, der Wortlaut könnte sich seit ihrem letzten Blick verändert haben.

Das hatte er nicht.

»Ich habe mir meine Katze geholt«, stand da, »und morgen hole ich mir meine Enkel.«

Keine Unterschrift, nichts. Und während Imogen noch wie erstarrt dastand, ging ihr nach und nach auf, dass »morgen« in einem Brief, den die Post gebracht hatte, »heute« hieß.

23

»Weg? Wie, sie sind weg?« Dot starrte Imogen verständnislos an. »Aber das kann nicht sein, ich habe ihnen doch vorhin erst gute Nacht gesagt …«

Dann endlich drang es zu ihr durch, und die Hektik und der Aufruhr und die Panik setzten ein.

»Versteckt …? Aber wie kann …?«

»Draußen? Aber sie würden doch niemals …«

»O nein …! Wie sollen sie denn …«

Polizei? In neun von zehn Fällen, wusste irgendwer, fand die Polizei das verschwundene Kind heil und sicher im eigenen Haus.

Auf dem Dachboden also?

Da war ich doch längst.

Im Keller?

Unter der Treppe?

Denkst du, da hätten wir nicht schon gesucht? Und da? Und da? Und da?

Der Kater. Dieser elende Kater. Um den ging's ihnen doch den ganzen Tag. Sie haben doch wohl nicht …?

Sie können doch unmöglich …?

»Die Polizei wird gleich da sein«, meldete jemand und kam aus dem Flur zurück ins Zimmer, und auf diese Nachricht hin brach Dot mit einem dünnen Schrei im Sessel zusammen.

»O nein. O nein. Ich kann nicht … ich kann nicht …«, schluchzte sie, bis zwei Hände sie bei den Schultern packten und unsanft auf die Beine stellten.

»Hör auf. Hör sofort auf!«, befahl Herbert ihr und schüttelte sie herrisch ein bisschen – ein Anblick, der Imogen so sprachlos machte, dass ihre verzweifelte Sorge einen Moment lang vergessen war. »Du reißt dich jetzt zusammen, Dot. Wir fahren nach Twickenham. Doch, jetzt sofort. Hier übernimmt die Polizei. Was? Ach, dummes Zeug. Ist doch schnurzegal, ob sie da ist oder nicht, es geht um die Kinder. Begreifst du nicht, sie sind in Gefahr. Also sei still und komm mit!«

Und Dot, benommen und sanftmütig wie ein Lamm, folgte ihrem Mann aus dem Zimmer und aus dem Haus, ohne sich auch nur nach ihrer Handtasche umzusehen.

So beeindruckt Imogen von diesem plötzlich so dominanten Herbert war, kam ihr doch sein Plan, die Jungen in Twickenham zu suchen, gelinde gesagt etwas weit hergeholt vor. Ja, es stimmte, sie hatten sich unter anderem auch darüber gezankt, ob ein Kater über eine so weite Distanz nach Hause zurückfinden konnte oder nicht, aber eine gemütliche, theoretische Kabbelei in der warmen Stube der Großmutter war eins; sich dagegen im kalten Winterdunkel tatsächlich aufzumachen, mit Zug, Bus und U-Bahn, wenn man erst sieben und acht Jahre alt war … Die dunklen, fast völlig verlassenen Straßen, das riesige, höhlenartige Bahnhofsgebäude … vom Geld für die Fahrkarten gar nicht erst zu reden …

Nein. Völlig ausgeschlossen.

Oder doch nicht? Kannte Herbert seine Söhne möglicherweise besser als alle anderen?

Und falls sie mit ihren sieben und acht Jahren vor dieser

nächtlichen Reise nach Twickenham nicht zurückschreckten, was war ihnen dann noch alles zuzutrauen?

Das Bootshaus. Das verriegelte Bootshaus. Mit Minos darin, der wartend auf dem bequemsten Brett saß und mit unbestechlichen gelben Augen die Tür fixierte, durch die seine Befreier nahen würden.

In Gesellschaft der Ratten natürlich, der wunderbar aufregenden Ratten.

Nicht ganz so wunderbar vielleicht in einer eisigen Winternacht, ohne einen Erwachsenen weit und breit, nur mit der Silhouette des Bootshauses, das schwarz und stumm in den unermesslichen, gleichgültigen Himmel aufragte.

Sehr einsam würde es zu dieser Abendzeit unten am Fluss sein. Zu kalt für Spaziergänger, zu spät, als dass noch letzte heimkehrende Pendler unterwegs wären. Die kleinen Buben würden sehr, sehr allein sein.

Nein, wenn sie überhaupt losgezogen waren, hielten sie sich ganz bestimmt an die nähere Umgebung, die sicherer und vertrauter war.

Es war alles wieder wie bei der Suche nach Minos, nur dass jetzt die Vorstadtgärten Abgründe aus undurchdringlicher Schwärze waren und die Straßen, die weiß und hart im Mondlicht lagen, komplett menschenleer. Der Wind war abgeflaut, und die Luft roch nicht mehr nach Schnee, aber dafür war sie kälter als zuvor – eine harsche, beißende, mit Feuchtigkeit unterlegte Kälte. Über den Hausdächern hing die makellose Scheibe des Vollmonds, nun freilich umgeben von einem pelzigen Hof, sodass sie keine Schatten warf. Überall herrschte die gleiche fahle Blässe, durch die Imogen eilte wie in einem Traum.

Eilte, obwohl jede Eile unsinnig war, da sie nicht wusste, wohin. Jeder Schritt, den sie machte, konnte sie noch weiter weg von den Kindern führen, aber dann wiederum brachte er sie vielleicht näher zu ihnen. Sich von der Stelle zu bewegen war ebenso zwecklos wie stillzustehen, aber zweckloser immerhin auch nicht.

»Timmie! Vernon!«, rief sie ins Leere, genau wie sie vor ein paar Stunden noch »Minos!« gerufen hatten. »Timmiiee … Ver-non …!« Sie wusste natürlich, dass sie nicht antworten würden, weil sie nicht hier waren, so wie auch Minos nicht hier gewesen war, und so lief sie weiter, um die nächste Ecke, die nächste Straße entlang.

Zwei-, dreimal streckten hilfsbereite Anwohner den Kopf aus der Tür und fragten, ob sie irgendetwas tun könnten, doch das konnten sie natürlich nicht. Haben Sie zwei kleine Jungen gesehen, sieben und acht? Nein, leider nicht. Nicht zwei kleine Jungen. Nicht zwei kleine Jungen. Nein. Nein. Tut mir leid …

Einmal weckte eine alte Dame eine kurze, wilde Hoffnung in ihr, die erklärte, sie habe einen kleinen Jungen gesehen, der einen Korb mit irgendwas drin getragen hätte … doch das aufzüngelnde Flämmchen der Erregung wurde sogleich im Keim erstickt.

»Ach, red keinen Blödsinn, Oma, das war Ron mit den Fish 'n' Chips, weißt du nicht mehr? Außerdem ist das Stunden her, um sechs war das schon …«, und Imogen bedankte sich und lief weiter.

»Ver-non! Tim-miiee!«

Als sie das Bootshaus endlich erreichte, lag es exakt so da wie erwartet, schwarz, stumm und ganz und gar verlassen. Und natürlich abgesperrt, wie auch am Nachmittag schon. Das Vorhängeschloss hatte jetzt einen Perlenbesatz aus halbgefrorener Nässe, der in die Hände stach. Sie rüttelte sinnlos daran, eine Art rituelle Handlung: Schau her, lieber Gott, ich tu ja *alles*.

»Ver-non! Tim-miiee!«

Es erforderte Mut, so laut zu rufen an diesem verlassenen Ort, wo die Stimme zwischen den leeren Holzhütten geisterte wie Fledermausflügel, aber sie zwang sich dazu.

»Ver-non! Tim-miiee!«

»*Da* sind sie langgelaufen, Lady«, informierte sie der verschlagen aussehende Halbwüchsige, der so spät abends ganz sicher nichts bei den verlassenen Schuppen am Wasser verloren hatte. »Ja, da so runter«, er gestikulierte vage in Richtung des Treidelpfades. »Und gerannt sind sie«, fügte er mit einer gewissen Genugtuung hinzu und beobachtete dann interessiert, wie Imogen davonhetzte ins Dunkel. Wie die abdüste! Dabei musste sie so alt wie seine Ma sein, oder noch älter.

Nach ein paar hundert Metern wurde sie langsamer. Woher wollte sie wissen, ob der Junge die Wahrheit gesagt hatte? Vielleicht schwindelte er ihr ja nur etwas vor. Oder er hatte es ihr einfach recht machen wollen, fast jeder antwortete schließlich lieber mit »Ja« als mit »Nein«, und es gehörte nicht viel dazu, um zu merken, wie sehr Imogen sich wünschte, er hätte die Kinder gesehen.

Nicht *rennen* sehen, wohlgemerkt. Nicht, vielleicht von Entsetzen gepackt, an dem drohenden schwarzen Wasser entlangrennen sehen, das jetzt so viel tiefer und breiter erschien als bei Tag. Was konnte es sein, vermeintlich oder real, vor dem sie so blindlings davonstürzten, fort von der Stadt, weg von jeglicher menschlicher Behausung, hinein in die hohle, mondbeschienene Nacht?

»Tim-miiee! Ver-non!«

Ihre Stimme klang so armselig unter der Weite des Himmels, sie reichte nirgendwo hin, die Silben strichen schwächlich über das schwarze Wasser und verloren sich, wurden hinabgesogen von den dunklen Stromschnellen in der Flussmitte, ohne je bis ans andere Ufer zu gelangen.

So stolperte sie dahin, bald rennend, bald gehend, tiefer und tiefer in die einförmigen, schattenlosen Räume der Nacht, die sich bleich vor ihr ausdehnten, so weit ihr Auge reichte.

»Tim-miiee! Ver-non!«

Die Rufe verhallten über den flachen, blassen Flussauen, verhedderten sich in den schwarzen Schilfbüscheln am Uferrand, und nicht einmal ein Echo ihrer eigenen Stimme kam zu ihr zurück unter dem Mond.

24

»Ist es noch hinter uns her?«, fragte Timmie mit zittriger Stimme. »Sag, Vernie?«

Es war Jahre her, dass Timmie seinen Bruder »Vernie« genannt hatte – oder überhaupt in irgendeiner Sache seine Meinung hatte hören wollen. Vernon, so verängstigt er selber war, fühlte ein Fünkchen Stolz in sich aufglimmen.

»Nein – nein, ich glaub nicht«, sagte er mit einem Blick auf den mondhellen Uferweg hinter ihnen. »Kann's ja auch gar nicht, Timmie«, fügte er, schon etwas selbstsicherer, hinzu. »Ich meine, wenn's ein Gespenst wäre – aber es kann ja keins sein, weil's Gespenster ja gar nicht gibt –, aber wenn, hätte es uns schon längst einholen müssen, weil es ja dann viel schneller wäre als wir.«

Das hätte er nicht sagen dürfen. Das Bild, das er damit heraufbeschwor – von dem Wesen, das auf dem schimmernd bleichen Pfad mit langen, mühelosen Schritten an Boden gewann –, war zu viel für Timmie. Er fing laut zu heulen an.

»Aber es ist ja keins«, versicherte Vernon ihm und umfasste seine Hand noch fester – auch das musste Jahre her sein, dass die beiden Kinder sich zum letzten Mal dazu herabgelassen hatten, Hand in Hand zu gehen –, »Gespenster gibt's nicht, Timmie, ganz bestimmt. Und es hat ja auch nicht wie eins ausgesehen, oder?«

Nein, das hatte es nicht, anfangs jedenfalls. Und es hatte auch nicht geredet wie ein Gespenst, anfangs. Es hatte ziemlich vernünftig geredet. Überhaupt hatte das Ganze so unverfänglich begonnen, so harmlos – keine Sekunde hatten die kleinen Buben, als sie schuldbewusst und aufgeregt zur Haustür hinausschlichen, gedacht, dass sie sich auf ein Abenteuer dieses Ausmaßes einließen. Ihnen war natürlich klar, dass sie etwas Verbotenes taten, dass sie eigentlich ins Bett gehörten: Aber es sollte ja nur eine Minute oder zwei dauern, und die Zeit drängte, denn wenn sie nicht schnell machten, würde Minos vielleicht schon wieder weg sein; er war ganz nah, gleich um die Ecke, aber niemand konnte ihn einfangen, weil er nicht zu Leuten kam, die er nicht kannte.

Und es war ja nicht so, als hätte sie jemand Fremdes nach draußen gelockt. Mit jemand Fremdem wären sie natürlich niemals mitgegangen. Sie wussten sehr gut, dass man unter keinen Umständen mit Fremden mitgehen durfte, ganz gleich, wie plausibel die Begründung.

Aber eine Person, die schon bei ihnen zu Hause gewesen war, mit der Mummy und Daddy auf der Treppe geredet hatten, die ihnen Schokolade mitgebracht hatte, konnte ja wohl nicht fremd sein? Als darum Minos doch nicht gleich um die Ecke war, hatten sie sich nichts dabei gedacht, noch ein Stückchen weiterzugehen, bis zur Grünanlage. Vor deren Zaun versammelten sich sehr viele Katzen, erfuhren sie, weil dort alte Damen hinkamen und sie fütterten, und ganz sicher würde unter ihnen auch Minos sein.

Aber er war nicht da, eins führte zum anderen, und so fanden sie sich wenig später am Bootshaus wieder – etwas beklommen nun doch, aber zu schüchtern, um etwas zu sagen.

Wäre Imogen nur eine Stunde früher dort angekommen, hätte sie sie noch angetroffen.

»Aber weggerannt bin ich wegen dem Picknick«, gestand Timmie seinem Bruder, während sie Hand in Hand durch das Mondlicht stiefelten. »Das war so unheimlich, echt. Kein *echter* Mensch macht Picknick mitten in der Nacht.«

»Nein.« Vernon wägte das Argument ängstlich ab. »Trotzdem, Timmie, deshalb ist es noch lang kein Gespenst. Ich meine, nicht mal Gespenster würden…«

»Und das mit Großpapa, der uns erwartet«, fuhr Timmie schaudernd fort. »Das hat mich auch so gegruselt. Großpapa ist tot, da *kann* er uns doch gar nicht erwarten.«

»Natürlich nicht, das war einfach bloß … Blödsinn«, bekräftigte Vernon so zuversichtlich, wie er nur konnte. Die Angst saß auch ihm tief in den Knochen. Denn wenn es kein Gespenst war, was sollte dann dieses Gerede von Großpapa, der auf der Wiese am Fluss auf sie wartete? Kein *echter* Mensch macht mitten in der Nacht Picknick, hatte Timmie gesagt, und das stimmte. Kein echter Mensch tat so was. Noch dazu am Fluss … Würde Großpapa auch ein Geist sein, wenn er zu ihnen stieß, würde er über das dunkle Wasser angerudert kommen, stumm und nachtfalterbleich, mit Geisterrudern, die sich ohne einen Laut hoben und senkten …?

»Vielleicht rennen wir noch mal ein Stück«, sagte er mit einer kleinen, dürren Stimme zu Timmie, »dann bleibt uns warm«, und Hand in Hand liefen sie wieder los, ins Nichts und Nirgendwo unter dem Licht des Mondes. Als Imogen keine Stunde später zu der Stelle kam, war auf dem furchig gefrorenen Weg nicht mehr die kleinste Spur ihrer Schritte zu sehen, und nicht der leiseste Nachhall ängstlicher Kinderstimmen hing noch in der stillen Nachtluft.

Imogen hatte es schon lange aufgegeben, nach den Kindern zu rufen. Irgendwie erschien es ihr unverantwortbar gefährlich, ihre Namen blind den unendlichen Weiten der Nacht preiszugeben. Ab und zu warf sie einen verstohlenen Blick auf das schwarze, schwach bewegte Wasser jenseits des Schilfs und meinte inmitten der kleinen silbrigen Kräusel einen helleren Wirbel auszumachen, einen Strudel, der von einem grausigen Geschehen zeugte. Aber natürlich war da nie etwas, nur ein kleiner Fisch, der sprang, oder ein vorbeitreibender Zweig, der sich langsam in das silberne Glänzen hineindrehte. Dann wieder schaute sie nach links statt nach rechts, suchte die grauen Feuchtwiesen mit den Blicken nach zwei kleinen schwarzen Punkten ab, die davonstapften in die weiße Mondlandschaft, und jedes Mal fand sie sie, nicht nur zwei, sondern Dutzende, Hunderte: tanzende, miteinander verschmelzende, ins Nichts zerfließende Punkte. Einen Moment lang waren sie da, im nächsten wieder nicht, auf- und abtauchend, im Mondschein ertrinkend wie in einem unendlichen Meer.

Plötzlich kam ihr auf dem Treidelpfad mit schnellen Schritten eine Frau entgegen. Eine schon ältere, nein, eine alte Frau mit einem Schal um den Kopf. Imogen stand einen kurzen Augenblick starr vor Verblüffung. Dann räusperte sie sich und eilte auf sie zu.

»Entschuldigen Sie«, sagte die Frau, als Imogen näher kam, und blieb stehen. »Haben Sie vielleicht zwei kleine Jungen gesehen, sieben und acht Jahre alt? Ich finde sie nicht mehr.«

25

Im Nachhinein hätte Imogen sich ohrfeigen können, dass sie nicht eher eins und eins zusammengezählt hatte. Was für ein sagenhafter Zufall!, war ihr einziger Gedanke in dem Moment, und selbst als die Fremde die abhanden gekommenen Kinder im nächsten Atemzug »meine Enkel« nannte, dachte Imogen in ihrer Verwunderung nur, dass der Zufall immer erstaunlicher wurde.

Die Schlüsselblumen waren es, die ihren Verstand wieder in Gang brachten.

»Ich wollte ihnen die Schlüsselblumen zeigen«, sagte die Frau betrübt. »Ich weiß schon, es ist nicht die rechte Jahreszeit, und tagsüber wäre natürlich auch besser. Aber es ist ganz nah von hier, und es ist so ein besonderer Ort – unser Frühlingsplätzchen, als ihr Großvater und ich noch jung waren, wenn die Schlüsselblumen blühten und der Kuckuck rief. Vierzig Jahre muss das jetzt her sein, dass er und ich zusammen dort waren! Ich wollte so gerne, dass ich es bin und nicht jemand anderes, der es unseren Enkeln zeigt.«

»Unseren Enkeln.« Ihren und Ivors Enkeln. Von ihrem eigenen Fleisch und Blut – nicht von Imogens.

Wie dumm ich war, dachte Imogen. Warum war sie nie darauf gekommen, dass Ivors Tod auch seine erste Frau herbeilocken könnte? So, wie er Cynthia herbeigelockt hatte, Ehefrau Nummer zwei. Seine erste Frau – Lena, ja, so hieß sie – warum habe ich in all der Zeit keine Sekunde an sie gedacht? Ich wusste doch – selbstverständlich wusste ich es –, dass sie noch lebt, in einem Heim irgendwo, oder? Irgendeiner Art Pflegeheim …

Hier warf Imogen einen unbehaglichen Blick auf ihre Begleiterin. Sie gingen jetzt nebeneinanderher in die Richtung, aus der die Frau – Lena – gekommen war. Sie war größer als Imogen, und obwohl sie schon alt sein musste (fünfzehn Jahre älter als Ivor, also vier- oder fünfundsiebzig, überschlug Imogen rasch), war ihr Schritt zügig und ihre Haltung kerzengerade. Unter dem Schal lugten hier und da graue Locken hervor; die feinziselierten Züge glänzten bleich im Mondlicht, und ihre Augen – sehr große, leuchtende, tief liegende Augen – schimmerten hell. Sie musste einmal bildschön gewesen sein.

Doch für solche Überlegungen war jetzt keine Zeit.

»Wo … Wann haben Sie sie zuletzt gesehen?«, fragte Imogen atemlos und ging schneller, um mithalten zu können. »Die Jungen? Woher wissen Sie, dass sie in diese Richtung gelaufen sind?«

Lena lächelte, ein seltsam zufriedenes Lächeln, und in Imogen zuckte eine kleine, schwer greifbare Furcht auf. Wie ruhig die Frau im Angesicht dieser Krise blieb! Zu ruhig. Und wie glatt, wie faltenlos das im Mondschein gebadete Gesicht der Mittsiebzigerin war! Fast hätte es das Gesicht eines jungen Mädchens sein können.

Fast, aber nicht ganz. In den sanften, gelassenen Zügen erkannte Imogen die sonderbare, nur scheinbar jugendliche Unverbrauchtheit derer, die lange Jahre in Heilanstalten verbracht haben.

»Keine Sorge«, sagte Lena und lächelte den Mond an, »es ist nicht mehr weit, Sie werden sehen …« Unerwartet stieß sie ein kurzes Lachen aus und beschleunigte ihren ohnehin schon schnellen Schritt. »Freche kleine Rabauken – ich habe ihnen gesagt, sie sollen nah bei mir bleiben, aber Sie wissen ja, wie Kinder sind. Aber das macht nichts, sie werden sicher bald am Picknickplatz auftauchen. Das war immer meine eherne Regel bei den Kindern: ›Wenn wir uns verlieren, lauft auf direktem Weg zurück zum Picknickplatz und wartet da.‹«

»Dieser *Picknickplatz* …«, begann Imogen – und beschloss dann, ab sofort den Mund zu halten. Fragen und Einwände würden nur wertvolle Zeit kosten. Der einzige Hinweis auf den Verbleib der Kinder in all der weiß schimmernden Weite unter der Schale des Himmels lag unter diesem Schal verborgen, hinter diesen glänzenden Augen. Ihr selbst blieb nichts übrig, als zu folgen. Auf den Wegen des Wahnsinns kann der Verstand nur ein Stolperstein und ein Hemmschuh sein.

Schweigend setzten die beiden ihren Weg fort. Schweigend wechselte Imogen auf die zum Fluss hin gelegene Seite, wo sie das schwarze Wasser im Blick hatte, seine schwachen, unergründlichen Wirbel bleichen Lichts. Sie ging so dicht am Ufer, dass ihr Mantel ab und zu mit einem trockenen Flüstergeräusch das Schilfrohr streifte.

Bisher hatte die erste Mrs Barnicott die dritte offenbar nicht erkannt – wie auch? Sie hatte ja schon lange, ehe Imogen auf der Bildfläche erschien, das Sanatorium kaum noch verlassen, darum waren sie einander nie begegnet. Imogen hätte nicht gewusst, warum sie sich jetzt zu erkennen geben sollte, im Gegenteil, der Gedanke wurde zunehmend unattraktiver, denn im Weitergehen begann Lena mit bitterer, monotoner Stimme ihr Unglück vor ihr auszubreiten – dessen Hauptursache, so schien es, die derzeitige Stiefmutter ihrer Kinder war, eine Frau namens Imogen. Eine böse Person, eine Familienzerstörerin, eine Frau, die ihre Stiefkinder, Dot und Robin, ihrer wahren Mutter entfremdet hatte und nun, als wäre das noch nicht genug, es mit den Enkeln genauso zu machen versuchte.

»›Omi‹ lässt sie sich von ihnen nennen! ›Omi‹ – obwohl sie doch gar nicht mit ihnen verwandt ist. Und mich, ihre leibliche Großmutter, kennen sie kaum! Höchstens zwei oder drei Mal durfte ich sie sehen, seit ich aus der Klinik entlassen bin – aber nicht als ihre Großmutter, o nein! Es ist so falsch, so grausam – wo sie ja auch noch in meinem Haus wohnen – dem Haus, das Ivor und ich zusammen gekauft haben, als wir nach unserer Hochzeit nach Twickenham gezogen sind. Nicht einmal zu Besuch wollen sie mich dort haben, ist das zu fassen? ›Du machst mir Angst‹, sagt meine Tochter zu mir, ›es macht mir Angst, dich im selben Haus wie meine Kinder zu wissen, Mutter …‹. Was sagen Sie dazu? Meine eigene Tochter hat Angst, ihre Kinder in einem Haus mit ihrer Großmutter zu lassen! Aber bei dieser Imogen lässt sie sie ständig, da hat sie keine Angst. O nein, da heißt es, ›Omi‹ dies, ›Omi‹ das. Sogar nachts rufen sie nach ihr … Was glauben Sie, was für ein Gefühl das war, als diese kleine Stimme mitten in der Nacht ›Omi!‹ rief und nicht ich gemeint war, sondern sie. Diese völlig Fremde, die nicht mal mit ihnen verwandt ist … Und als ich, seine echte Großmutter, mich über ihn beugte, um ihn zu küssen, was glauben Sie, was er da gemacht hat? Nach mir geschlagen hat er, und laut geschrien! Geschrien und geschrien, bis *sie* ihn trösten kam. Wenn ich diese Frau in die Finger bekäme … wenn ich sie allein zu fassen bekäme, nur eine Minute lang … selbst noch in meinem Alter …«

Imogen sagte sehr, sehr wenig, während sie Seite an Seite im Mondlicht gingen, nur ein gelegentliches »Hmm« oder »Ach je« kam ihr über die Lippen. Auf diese Art versuchte sie, möglichst nicht zu existieren und die Frau dennoch am Reden zu halten. Irgendwo tief unter all diesen Kränkungen, all diesem Groll musste die Landkarte begraben liegen, die sie so dringend brauchte: die geisterhaft gleißende Karte mit einem großen X an der Stelle, wo die Kinder waren.

»… und Dot – meine eigene Tochter Dot – ist Wachs in ihren Händen«, klagte die bittere, kraftvolle Stimme weiter. »Nicht mal an Weihnachten haben sie mich mitfeiern lassen, die zwei! Dabei hatte ich den Kindern Geschenke gekauft – sogar das alte Weihnachtsmannkostüm hatte ich herausgesucht, das Dot so fasziniert hat, als sie noch ganz klein war und ihr Vater für sie den Weihnachtsmann spielte, mit Schnee überzuckert und beladen mit Geschenken … Das waren die Tage, als wir noch glücklich waren, Ivor und ich … so glücklich …«

Ein abwesender Blick war in die wilden, glänzenden Augen getreten, und Imogen versuchte sie behutsam in die Gegenwart zurückzulenken.

»Und wie ging es dann weiter?«, erkundigte sie sich. »Mit dem Weihnachtsmannkostüm, meine ich. Hat irgendjemand es getragen?«

»O ja. Und ob jemand es getragen hat.« Lena stieß ein harsches Lachen aus. »Ich habe es getragen! Ich musste mich dazu heimlich ins Haus schleichen. Das erste Mal bin ich durchs Fenster eingestiegen wie ein Einbrecher, aber ab da kam und ging ich nach Belieben durch die Haustür. Weil ich nämlich die Schlüssel meines Mannes gefunden habe, als ich mich in seinem Arbeitszimmer umsah, den Schlüsselbund, den er immer bei sich trug, und zu meinem Glück war der Schlüssel für unser Haus in Twickenham auch dabei. Das heißt, von da an kam und ging ich in beiden Häusern, wie es mir gerade passte, ohne dass irgendwer etwas merkte. Ich konnte in Twickenham wohnen … konnte meine Katze versorgen …«

»Aber Weihnachten … das Weihnachtsmannkostüm?«, wagte Imogen nachzuhaken, und wieder lachte Lena bitter auf.

»Tja, Weihnachten! Mein erstes Weihnachten außerhalb der Klinik, und da saßen sie alle bei ihrem Festmahl, zu dem ich nicht eingeladen war, und feierten ohne mich. Euch zeige ich es, dachte ich. Ihr kriegt den Schrecken, den ihr verdient, und die Kinder eine schöne Überraschung. Ich hatte alles genau geplant. Ich wollte mir das Kostüm im Arbeitszimmer anziehen, während die anderen noch beim Essen saßen, und sobald sie fertig wären, würde ich hereinkommen wie früher Ivor, mit meinem roten Mantel und dem Bart, beide Arme voller Geschenke – danach würden sie mich schlecht weiter ausschließen können, dachte ich.

Aber so kam es nicht.

Ich war viel zu früh fertig, das war das Dumme. Sie saßen immer noch am Tisch, und um mir die Zeit zu vertreiben, fing ich an, in meinen alten Büchern zu blättern, meinen griechischen Texten, die ich Ivor überlassen hatte, als er jung und arm war. Es war ein seltsames Gefühl, sie wieder in den Händen zu halten … meinen schönen, ledergebundenen Sophokles … Platos gesammelte Werke … meinen alten *Liddell and Scott*, den ich schon als Studentin benutzt hatte. Die Schrift ist jetzt natürlich zu klein für mich, meine Augen sind nicht mehr das, was sie einmal waren, doch zum Glück lag auf dem

Schreibtisch eine Lesebrille – sie muss Ivor gehört haben, aber ich sah damit ganz gut, und schon bald war ich in *Die Bakchen* vertieft.

Ich weiß nicht, wie viel Zeit vergangen war – mir schienen es nur wenige Minuten –, als plötzlich, völlig unerwartet, einer von den kleinen Jungen hereingerannt kam – der jüngere. Es war so unvermittelt, ich war so versunken in diesen wunderbaren Chor, der beginnt: ›Werd wieder ich die Nächte durch // Im Tanze die weißen // Füße drehn …‹, dass ich erst gar nicht wusste, wie mir geschah. Trotzdem, es war so eine Freude, ich sprang auf, um ihn zu umarmen, ihm frohe Weihnachten zu wünschen, seine eigene, *richtige* Oma – und wissen Sie, was passierte? Wissen Sie, was er machte? Er rannte davon! Rannte davon wie vor einem Ungeheuer! Das hat *sie* ihnen beigebracht – mich als ein Ungeheuer zu sehen. Wo Liebe herrschen sollte, da hat sie Hass gesät; statt Vertrauen hat sie ihnen Furcht eingeimpft. Das war der Augenblick – als das Kind, mein eigener Enkelsohn, entsetzt aus dem Zimmer stürzte –, das war der Augenblick, in dem ich begriff: Wenn meine Enkel je lernen sollen, mich zu lieben, muss ich sie fortbringen von diesen Leuten, und sei es nur für ein paar Stunden. Also begann ich nach Mitteln und Wegen zu suchen, wie ich sie einmal für mich haben könnte, bei einem Ausflug zum Beispiel, nur sie und ich. So hatte ich mir das heute Abend gedacht … unser Picknick am Fluss …«

Imogen hielt den Atem an. Hier kam sie endlich, die Offenbarung, auf die sie die ganze Zeit schon gehofft hatte; jeden Moment würde sie erfahren, wo die Jungen waren und was sie machten. Sie wartete stumm, erlaubte sich nicht einmal ein fragendes Murmeln, um die Sprecherin nur ja nicht abzulenken.

Aber man kann auch zu taktvoll sein. Ohne den Ansporn von Nachfragen und Kommentaren seitens einer mitfühlenden Zuhörerin verlor Lena sehr schnell den Faden. Die angestaute Bitterkeit eines halben Lebens ist einem klaren, schlüssigen Erzählen nicht förderlich, und so begannen die vielfältigen Kränkungen und Verletzungen sogleich wieder wild zu kochen und zu brodeln und wahllos an die Oberfläche zu steigen.

»… und wissen Sie, was sie noch gemacht hat? Meine Manuskripte versteckt! Sie oben auf dem Dachboden vergraben, unter Bergen von anderem Zeug. Sie gehören ins Schlafzimmer, das war immer unser Platz für die Manuskripte, weil sie da am sichersten sind. Also habe ich sie wieder dorthin gebracht. Eine ziemliche Plackerei, muss ich sagen, zigmal diese schmale Treppe auf und ab, beide Arme voll mit Papieren – ich hatte schreckliche Angst, jemand könnte mich sehen, obwohl ich natürlich so leise und vorsichtig war, wie ich nur konnte.

Aber dann hatte ich eine Eingebung. Hinter einer der Mansardentüren hing so eine Art schwarzer Umhang, den legte ich um und zog mir die Kapuze tief ins Gesicht. Ab da hätte mich sogar jemand sehen können, ohne dass ich aufgeflogen wäre. Später erfuhr ich dann, dass der Umhang einem Mädchen gehört, das mit den anderen nicht redet; das heißt, selbst wenn mich jemand zur Rede gestellt hätte, hätte es nichts ausgemacht, weil alle im Haus wissen, dass sie unhöflich genug ist, um nicht zu antworten, wenn man sie anspricht. Ich hätte einfach schweigend weitergehen können, und niemand hätte sich etwas dabei gedacht.

Aber niemand sah mich – glaube ich jedenfalls. Es war ein Sonntagvormittag, und die anderen waren alle unten. Ich lud sämtliche Stapel auf dem großen Himmelbett ab, und dann zog ich die Vorhänge um mich zu, als wäre es eine kleine Festung, und ging alles durch. Es war unglaublich, was für Sachen ich entdeckte, Notizen, Artikel, Übersetzungen, die ich völlig vergessen hatte. Und inmitten all dieser Dinge – ich traute meinen Augen kaum – fand ich mein Buch! Mein Buch über die minoischen Schriftzeichen. Das Buch, das mich berühmt gemacht hätte, wenn ich es nur hätte zu Ende schreiben können … Aber nach meiner Heirat mit Ivor habe ich nie wieder etwas zu Ende geschrieben … nie wieder. Manchmal, wenn ich an die Karriere denke, die ich hätte machen können … an den Ruhm, der fast schon zum Greifen nahe war …«

Die Liste der Enttäuschungen, die mehr als ein Vierteljahrhundert umspannte, schien endlos weitergehen zu wollen, während die beiden Frauen durch die Nacht eilten, aber mit einem Mal schien etwas an dem Schweigen ihrer Gefährtin Lenas Argwohn geweckt zu haben, denn sie blieb jäh stehen, drehte sich ihr zu und musterte sie. In dem fahlen Mondschein mussten Imogens Gesichtszüge bestens ausgeleuchtet sein.

Konnte diese zornige, verbitterte Frau bei einer ihrer Wanderungen durch das Haus Imogens Gesicht gesehen haben? Und falls ja, würde sie es in dem geisterhaften Licht wiedererkennen?

Imogen blickte starr geradeaus und wartete.

»Es tut mir leid. Ich langweile Sie«, sagte Lena schließlich entschuldigend. »Es ist nur so lange her, dass ich jemanden zum Reden hatte … Sie sind sehr freundlich … Aber macht es Ihnen etwas aus, wenn wir ab jetzt nicht mehr sprechen? Wir sind fast da …«

Es war nicht leicht, mit der behänden alten Frau mitzuhalten, als sie abrupt vom Pfad abbog und den Weg über die mondübergossenen Wiesen einschlug. Die Büschel verdorrten Grases waren schwarz und trügerisch in dem Licht, aber Imogen war es, nicht die Ältere, die stolperte, als sie, flink wie ein Traum, auf die schwarze vereiste Hecke zuhielten, wo im Sommer die Hundsrosen blühten und der fast hüfthohe Wiesenkerbel die warme Luft mit seinem Duft erfüllte.

Auf dem erfrorenen Gras, im Licht des dunstverhangenen Mondes, ließ Ivors erste Frau sich nieder – lehnte sich mit einem zufriedenen Seufzer zurück und schloss die Augen.

»Seltsam«, sagte sie, »in meiner Vorstellung ist hier immer Mai. Immer scheint die Sonne, warm und golden, und ich höre die Insekten zwischen den Gräsern summen, und immer, immer blühen die Schlüsselblumen. Hier, genau hier war der Platz, wo wir Rast zu machen pflegten, Ivor und ich … wo wir im hohen Gras lagerten wie die Götter und der Duft des Weißdorns uns umwehte …

Oh, er war ein Adonis damals, ein strahlender Jüngling! Er kam zu meinen Vorlesungen, wissen Sie, meinen Vorlesungen über das minoische Kreta, da fiel er mir zuerst auf; in der vordersten Reihe saß er, sein rotgoldenes Haar leuchtend wie die Sonne. Anfangs amüsierte es mich, wie gebannt er mich ansah, und dann, bei unseren Tutorien, bemerkte ich, dass seine Handschrift der meinen von Woche zu Woche mehr zu ähneln begann, bis man die zwei zum Schluss nicht mehr auseinanderhalten konnte.

Selbst da fand ich es hauptsächlich amüsant – und natürlich auch schmeichelhaft, welcher Frau würde es nicht schmeicheln, ihre Schrift, ihre *Hand*, durch die Liebe verewigt zu sehen …

233

Aber er war schüchtern damals – so schüchtern. Ich hätte mir nicht träumen lassen, dass mehr daraus entstehen könnte – schließlich war er in seinem ersten Jahr, noch keine zwanzig, und ich eine vierunddreißigjährige Dozentin auf dem Höhepunkt meiner Laufbahn. Vielleicht hätte ich nie zulassen dürfen, dass mehr daraus entstand – bei dem Altersunterschied –, aber ich liebte ihn eben. Liebte ihn so rückhaltlos und leidenschaftlich, wie er mich liebte. Außerdem hatte ich Angst, er könnte sich etwas antun, so jung und wild, wie er war. Er sagte oft, wenn ich ihn jemals verließe, würde er sich vom Cobley Tower stürzen.«

Das hätte er sicherlich auch, dachte Imogen, wenn die Zuschauermenge groß genug gewesen wäre. Aber laut sagte sie nichts, und die Ältere fuhr fort: »Eine Liebe wie die unsere – wie kann so etwas unrecht sein? Welche Rolle kann es bei solch einer Liebe spielen, wer wie alt ist? … Da! Ruft da nicht der Kuckuck? Einen Augenblick lang dachte ich allen Ernstes, der Kuckuck ruft. Wie dumm von mir! Wie soll der Kuckuck rufen, wo doch Nacht ist, und Winter …«

Sie lachte, ein kleines, nervöses Lachen, und stützte sich auf den Ellbogen auf. Der Schal war ihr vom Kopf gerutscht, und in dem bleichen Mondlicht hätte das offene graue Haar ebenso gut golden sein können, goldene Locken, die ihr um die Schultern fielen wie vor all den Jahren, als Ivor lachend die Nadeln und Kämme aus dem strengen, glänzenden Dutt gezogen und so die brillante Altphilologin innerhalb von Sekunden in das Mädchen seiner Träume verwandelt hatte.

Imogen unternahm einen neuen Versuch, sie in die Gegenwart zurückzuholen.

»Aber die Jungen?«, drängte sie besorgt. »Die kleinen Jungen … Ihre Enkel. Wir können hier nicht einfach nur sitzen und …«

»Ach je! Natürlich!« Lena setzte sich hastig auf und fuhr sich über die Stirn. »Sie müssten ja längst hier sein.« Sie spähte an ihr vorbei in das konturlose, leere Schimmern, das sie beide umgab, so weit das Auge reichte.

»O je, sie sind wieder ungezogen. Ich habe ihnen doch gesagt, dass wir hier picknicken wollen. Vielleicht, wenn ich schon mal das Essen aufdecke …«

Wie Essen sah es nicht aus, mehr wie Abfall, obwohl alles essbar war. Ein Donut in einer knittrigen Papiertüte, ein paar ältliche Käsebrote und ein in Zeitung gewickelter Vollkornkeks. Lena arrangierte sie mitsamt Verpackung auf dem Gras. Es folgten eine ramponierte Schachtel Erdnüsse, eine Orange und ein flach gedrücktes Stück Schokolade. Zweifelnd betrachtete sie das dürftige, unordentliche Häuflein.

»Ich dachte, ich hätte viel mehr …«, murmelte sie und wühlte erneut in den Tiefen ihres Wintermantels. Diesmal brachte die Suche etwas Lakritz zum Vorschein, ein Rosinenbrötchen und eine fettige kleine, schon halb leergegessene Tüte Kartoffelchips. Auf der Erde ausgebreitet wirkte das Sammelsurium wie der Inhalt eines umgekippten Mülleimers.

Die alte Frau betrachtete es verwirrt, als wüsste sie nicht recht, was damit nicht stimmte.

»Damals hatten wir natürlich warme Brötchen«, sagte sie kummervoll. »Köstlich frische, knusprige Brötchen … aber den Laden gibt es schon lange nicht mehr, statt der Bäckerei ist dort jetzt ein Waschsalon. Und manchmal habe ich Hähnchenflügel mitgebracht oder Schinken, und Ivor kam durch das

Gras auf uns zu wie Dionysos, in jeder Hand eine Flasche Wein … Oh, er hat mich geliebt damals! Geliebt hat er mich!«

Ihre Augen glitzerten triumphierend. »Ja, er hat mich geliebt. Das ist etwas, das sie mir niemals wird nehmen können, denn nachdem er aufgehört hatte, mich zu lieben, hat er nie wieder jemanden geliebt.«

Stimmte das? Imogen blickte auf die grauhaarige alte Frau, so geisterhaft anmutend in dieser Mondnacht, und versuchte, sie sich in ihrer Blütezeit vorzustellen, vierzig Jahre zuvor. Versuchte sich vorzustellen, wie Ivor sie während dieser Jahre geliebt haben musste, leidenschaftlich, innig, solange er des Liebens fähig war – bevor er jene Welt eingetauscht hatte für eine, die heller, kälter, aufregender war …

Imogen zog ihren Mantel enger um sich. Ihre Zähne klapperten.

»Die Jungen …«, setzte sie neuerlich an. »Die Kinder … sie werden uns hier doch nie finden … sie dachten doch bestimmt nicht, dass Sie ernsthaft vorhaben …« Von einer furchtbaren Vorahnung gepackt, wandte sie sich jäh an ihre Begleiterin: »Was haben Sie ihnen gesagt? Bitte, bitte, versuchen Sie sich zu erinnern! Was genau haben Sie den beiden gesagt?«

In dem schaurig bleichen Licht schien es ihr erst, als wären die Züge der alten Frau wutverzerrt. Sie sah grotesk aus, entstellt, abgrundtief böse. Dann, mit einem Mal, wurde ihr klar, dass Lena lediglich gegen das Weinen ankämpfte. Der müde alte Mund bebte vor Erregung, das ganze Gesicht zuckte von der Anstrengung, die Kontrolle zu bewahren. Das also war das Gesicht, das Vernon in der besagten Nacht über sich gesehen haben musste: seine eigene, richtige Großmutter, die ihre Tränen der Liebe und Sehnsucht zurückzudrängen versuchte.

Diesmal war das Ringen erfolgreich; mit einem sichtlichen Kraftakt gewann die alte Frau ihre Beherrschung wieder, blinzelte die Tränen weg, ehe sie fallen konnten. Sie lächelte sogar kurz, etwas angespannt.

»Ihnen gesagt … Was habe ich ihnen gesagt … ja, wie schon gesagt, ich …«

Ihre Stimme schwankte, verlor sich, und zum ersten Mal sah Imogen in den großen, leuchtenden Augen ein Flackern der Furcht.

»Ich … ich …« Lena starrte nach links und nach rechts, dann wieder nach links, als versuchte sie eine beschriebene Seite zu überfliegen, als stünde die Antwort in riesigen schwarzen Lettern quer über der leeren Landschaft.

»Ich habe ihnen gesagt … ja, ich habe ihnen natürlich gesagt …«

Und nun sah Imogen, wie ihre Lippen zu zittern begannen, wie eine wachsende Angst ihre Augen verdunkelte.

»Ich habe ihnen gesagt – oh, wie konnte ich nur so dumm sein! Wie konnte ich nur! Das habe ich ja erwähnt, oder, dass für mich hier immer Mai ist? Doch, ich habe ihnen gesagt – jedenfalls glaube ich das –, dass sie schwimmen gehen dürfen! Da drüben, im Fluss – ich habe ihnen gesagt, sie dürfen baden, bis ich sie rufe … weil ich vergessen hatte, dass es Winter ist und Nacht … Ich hatte es einfach vergessen … Oh, wie kalt ihnen sein muss. So kalt!«

Imogen war es, die als Erste auf die Füße kam, die stolpernd, keuchend, beinahe schluchzend vor Entsetzen Richtung Fluss rannte – rannte, was das Zeug hielt, ihr Herz in wildem Aufruhr, ihre Brust kurz vor dem Zerspringen; aber die Ältere überholte sie mühelos, schien über das struppige Wintergras zu fliegen wie eine Athletin, wie eine Göttin, eine Unsterbliche unter dem unsterblichen Mond. Und als die Dahinfliegende das Ufer erreichte, kam aus ihrem Mund ein wilder, unirdischer Schrei der Panik und der Verzweiflung: »Kommt raus, meine Süßen, kommt raus! Ihr friert euch zu Tode …! Dot … Robin … kommt raus …!«

Imogen war zu weit hinter ihr, um zu hören, dass durch die eisige Nacht Namen von Kindern hallten, die längst keine Kinder mehr waren, und als sie schließlich zu ihr aufschloss, war, was immer Lena in dem schwarzen Wasser gesehen haben mochte, nicht mehr zu sehen; da war nur noch der dunkle, stille Fluss, fahl glimmend im Mondlicht. Und gleich zu Imogens Füßen, mit dem Gesicht nach unten im flachen Uferwasser, lag Lena, reglos, so, wie sie gefallen war.

Sie sei nicht ertrunken, sagten die Ärzte hinterher, Imogen habe sie mehr als rechtzeitig herausgezogen. Es müsse der Schock gewesen sein: Schock, Überanstrengung und Unterkühlung.

Wie sie freilich so hatte auskühlen können in der goldenen Maisonne, während die Schlüsselblumen blühten und der Kuckuck rief, diese Frage beantworteten sie nicht.

Nicht, dass sie ihnen gestellt worden wäre: Das wäre zu absurd gewesen, zu irrsinnig.

26

Vernon und Timmie durften nicht mit zum Begräbnis ihrer Großmutter. Sie hatten ja, wie Dot mehrfach betonte, gar nicht geahnt, dass sie ihre Großmutter *war*. Ganz abgesehen davon, dass sie (so Dot) noch unter Schock standen. Oder hätten stehen sollen.

De facto schienen die Jungen den nächtlichen Schrecken bemerkenswert gut weggesteckt zu haben; nicht einmal erkältet hatten sie sich. Die Polizei hatte sie auf dem Treidelpfad aufgelesen, keine ganze Meile stadtauswärts, und als die ahnungslose Imogen die Stelle erreichte, etwa eine Stunde später, saßen die beiden längst wohlbehalten zu Hause, umhegt mit heißem Kakao, Wärmflaschen und einem Grad der Hingabe, wie er ihnen vielleicht nie wieder zuteilwerden würde. Wenn sie am Tag der Beerdigung an etwas litten, dann an einer gewissen Katerstimmung. Niemand umarmte und bejubelte sie mehr für ihre bloße Existenz, und die Geschichte ihrer Abenteuer (selbst in Timmies ausgeschmückter Fassung) langweilte allmählich sogar sie selbst. Die Beerdigung mit einem richtigen Grab und einem richtigen Sarg, auf den Erde geschaufelt werden würde, hätte da eine willkommene Abwechslung dargestellt.

Aber Dot blieb eisern.

»Sie kannten sie so gut wie nicht, wie sollen sie da um sie trauern?«, erklärte sie, die Hände um einen Becher heißen

Kaffee gewölbt, den Imogen gekocht hatte, um sie alle für das lange, kalte Stehen am offenen Grab zu stärken. »Sogar ich, ihre Tochter, kann nicht von mir sagen, dass es mir übermäßig naheginge … das wäre geheuchelt…«, und mit diesen Worten setzte Dot ihren Becher mit einem Ruck auf dem Küchentisch ab und brach in Tränen aus.

Sie weinte nun schon seit drei Tagen, immer wieder, und sie selbst hätte wohl als Erste zugegeben, dass dahinter weniger Trauer stand als ein schlechtes Gewissen.

»Hätte ich sie nur öfter in der Klinik besucht … Hätte ich mich nur öfter auf ihre Seite gestellt … Hätte ich nur schneller verstanden, dass es mit ihr so kommen *musste*, nachdem er sie verlassen hat … Hätte ich sie nur mehr unterstützt, als sie diesen ersten Nervenzusammenbruch hatte … als sie zu trinken anfing … als sie …«

Wäre sie nur unendlich geduldig gewesen, unendlich mitfühlend. Wäre sie nur eine bessere Tochter gewesen, ein heiligmäßigeres Kind.

»Mir war doch klar, auch mit sieben schon, dass etwas nicht stimmte. Dass meine Mutter mich gebraucht hätte, dass sie meine Hilfe gebraucht hätte. Selbst in dem Alter konnte ich sehen, wie hässlich Dad zu ihr war … wie ungerecht. Ich habe sie streiten gehört, ich habe ihre Auseinandersetzungen und Kämpfe mitbekommen, und ich wusste jedes Mal, sie ist im Recht und er im Unrecht. Sie war gut … so gut … und er schlecht und böse, und dennoch war er es, den alle liebten – immer! Nachts lag ich im Bett und weinte, weil es alles so ungerecht war – und die ganze Zeit über, das war das Schlimmste, wusste ich tief im Herzen, dass auch ich ihn mehr liebte, viel viel mehr, als ich sie jemals geliebt hatte. Er war egoistisch, überheblich, er konnte sogar richtig grausam sein – aber trotzdem liebte ich ihn mehr. Immer. Und Robin ja auch. Robin hat ihn angebetet. Dad war sein großer Held, er hätte sich auf den Kopf gestellt, um ihm zu gefallen … um mehr so zu sein wie er. Und jetzt *ist* er wie er« – hier schwoll Dots Stimme zu einem durchdringenden Geheul an –, »und ich bin schuld! Ich war seine große Schwester … ich hätte es verhindern müssen …«

Bei einem selbstanklägerischen Rundumschlag dieser Größenordnung lässt sich schwer eingreifen; das Opfer muss sich in seinem eigenen Tempo hindurchkämpfen. Zum dritten Mal in achtundvierzig Stunden wies Imogen ihre Stieftochter darauf hin, dass eine Elfjährige schwerlich für die psychische Entwicklung ihres vierjährigen Bruders verantwortlich zu machen ist, aber Dot schüttelte nur trostlos den Kopf.

»Ich hätte ihn retten können, ich weiß es«, jammerte sie. »Ich hätte ihn anleiten können … ihm helfen … und ich habe es nicht getan. Robin ist allein meine Schuld!«

»O welche Selbstüberschätzung … Die liegt eben doch in der Familie.«

Beim Klang von Robins Stimme fuhr Dot hoch und blinzelte ihren in der Tür stehenden Bruder mit nassen, verschwollenen Augen an. »Es schmerzt mich, dich deiner Illusionen berauben zu müssen, Schwesterherz« – er kam ganz herein und stützte die Unterarme auf eine Stuhllehne, um besser zu ihnen herabsprechen zu können –, »aber ich bin in keiner Weise ›deine Schuld‹. Oder in fast keiner. Ich bin *ihre* Schuld« – hier richtete er abrupt einen anklagenden Finger auf Imogen. »Sie war's! Sie ist die Schuldige! *Sie* hat mich verzogen … mich vor Dad abgeschirmt. Genau so, wie sie *ihn* immer verzogen und vor dem Rest der Welt abgeschirmt hat. Gib's zu, Stief, versuch nicht, es abzustreiten. Du bist in ein Nest voller Psychopathen geraten und warst augenblicklich in deinem Element. Wie du all unsere abstoßendsten Eigenschaften gefördert und uns immer noch schlimmer gemacht hast – ganz große Klasse!« Er streckte die Hand aus und klopfte ihr beifällig auf die Schulter. »Die geborene Psychopathenbraut, Stief, das bist du. Warts ab, bald kannst du mit Timmie weitermachen. Der wird der nächste, die Anzeichen sind alle da …«

»Das stimmt nicht! Hör auf, so schreckliche Dinge zu sagen!«

Robin schien hochzufrieden, seine Schwester zu dieser Reaktion aufgestachelt zu haben. Er lächelte.

»Was heißt hier schrecklich, das ist ein Kompliment. Ich wünschte, ich könnte dasselbe über den armen Vernon sagen, aber der schlägt ja leider nach dir, Dot. Niemand käme jemals darauf, dass er einer langen und namhaften Linie erfolgreicher Psychopathen entstammt. Der Arme, er wird nie wissen, was ihm entgeht – wird nie das Glück kennenlernen, dieses triumphale Gefühl, in jeder, wirklich jeder Situation derjenige zu sein, dem es letztlich gleich ist. Wer gleichgültig ist, sitzt immer am längeren Hebel, verstehst du, weil er nicht verlieren kann. Das ist wie eine magische Gabe, die dich hoch über all die anderen Sterblichen hinaushebt. Du siehst mitleidig herunter aus deiner Höhe … schaust ihnen zu, wie sie sich da unten abplagen, beschwert von all den Dingen, die sie für ach so wichtig halten, und du fühlst dich, als würdest du fliegen … Wie ein Gott unter Menschen fühlst du dich. Darum lieben uns ja auch alle so, darum sehen sie uns so vieles nach. Weil sie erkennen, dass wir das Gottähnlichste sind, was ihnen in ihrem Leben begegnen wird.«

»Hochmut kommt vor dem Fall«, das war alles, was Dot zu diesem lyrischen Höhenflug ihres Bruders einfiel. »Man darf nicht gleichgültig sein, Robin, sonst …«

Robin wirbelte zu seiner Schwester herum.

»Sonst was? Du nimmst alles wichtig, jeden kleinsten Furz, und schau, wo es dich hingebracht hat! Und wo es die Leute hinbringt, die du so verdammt wichtig nimmst! So viele Monate der Gewissenskämpfe und Selbstzerfleischung darüber, ob du Mutter einladen sollst, bei dir zu wohnen – und dann? Lädst du sie nicht ein. So wenig wie ich. Sodass Mutter in der privilegierten Lage war, die Wahl zu haben zwischen deinen Schuld- und Betroffenheitsverrenkungen und meiner ganz offenen Herzlosigkeit. Hinaus lief es beides aufs Gleiche: Keiner wollte sie. Oder?

Aber das war nicht deine Schuld, Dot. Und meine auch nicht. Es war Dads Schuld.«

Robin hatte recht. Nun, da das ganze unrühmliche Mosaik zusammengefügt war, konnte es keinen Zweifel geben, dass die Schuld bei Ivor lag – oder vielmehr bei dem verklärten Bild seiner selbst, das ihm so lange Jahre treue Dienste geleistet hatte.

Ihn musste die Panik überfallen haben. Nach all den Jahren, die er getrost angenommen hatte, seine erste Frau würde bis ans Ende ihrer Tage weggesperrt bleiben, musste die Nachricht von ihrer bevorstehenden Entlassung ihn getroffen haben wie ein Blitz aus heiterem Himmel. Die Ankündigung, dass es ihr besser ging – dass die neuen Medikamente, die neuen Anwendungen und der neue, offenere Therapieansatz der Klinik in ihrem Fall tatsächlich zum Erfolg geführt hatten, sodass sie nun ins Leben zurückkehren konnte, vorausgesetzt, sie hatte eine Familie, die sie auffing –, musste ein echter Tiefschlag gewesen sein.

Ein ehrlicherer Mann hätte zugegeben: Nein, so eine Familie hat sie nicht; ein warmherzigerer hätte zumindest den Versuch unternommen, ihr eine zu sein. Aber Ivor hatte sich vor beidem gedrückt. Ihm hatte die Idee seiner selbst als Oberhaupt einer »auffangenden« Familie gefallen – Imogen sah ihn förmlich, wie er die Klinikleiterin umgarnte, sich ihr als der netteste, liebevollste, einfühlsamste Mann der Welt präsentierte, mit der nettesten, liebevollsten, auffangendsten Familie im Hintergrund.

Ein bezauberndes Bild familiärer Hingebung und Solidarität, bei dem er nur leider eines ausließ: die Tatsache, dass er gar nicht daran dachte, auch nur einen Finger in dieser lästigen Angelegenheit zu rühren, wenn erst die Kliniktür hinter ihm zuschwang. Ihm war es sogar zu beschwerlich gewesen (oder konnte das echte Vergesslichkeit sein?), seine Kinder vorzuwarnen, dass ihre Mutter in Kürze wieder in ihrem Leben auftauchen würde.

Und so kam es, dass Lena bei ihren ersten Schritten zurück in die Welt auf nichts als entsetzte Ablehnung stieß, erst durch ihre Tochter, die nicht aus noch ein wusste vor Unschlüssigkeit und Schuldgefühlen, und dann durch ihren Sohn, der nicht lange fackelte und bei dem von Schuldgefühl oder Unschlüssigkeit keine Rede sein konnte: Er packte seine Mutter kurzerhand ins Auto und heizte mit ihr auf der Autobahn nordwärts bis zu der Stadt, in der sein Vater (wie er in Erfahrung gebracht hatte) just an diesem Wochenende irgendeinen hochgelehrten Vortrag hielt. Soll *er* sich mit ihr herumschlagen, der alte Halunke, *er* ist schließlich schuld – das in etwa war die Einstellung, mit der er seine Mutter vor der Treppe zum Hörsaal abgesetzt und sich davongemacht hatte, ohne auch nur abzuwarten, ob man sie ohne Voranmeldung denn überhaupt einließ.

Man ließ sie nicht ein; eine bittere Enttäuschung zweifelsohne, nach all den beglückenden Visionen während der Fahrt, in denen sie sich ihrem verblüfften Ex-Mann zu erkennen gab, indem sie sich mit einem scharfsinnigen Einwand oder Kommentar aus dem Publikum erhob …

Eine »Mrs Barnicott«, die sich an dem Abend im Hotel »merkwürdig« aufgeführt haben sollte … Die Ärmste, kein Wunder, wenn ihr Ex-Mann, den sie noch immer liebte, vor ihr von Raum zu Raum floh, vom Fahrstuhl zur Rezeption und wieder zurück, Haken schlagend wie ein umstellter Fuchs, während sie ihn die langen, plüschigen Korridore auf und ab jagte, mittlerweile vermutlich selbst etwas derangiert, ihr graues Haar, das sich immer mehr aus seinen Nadeln und Kämmen löste, hinter ihr herflatternd wie bei einer gealterten Artemis, der Göttin der Jagd …

»Merkwürdig« war wahrscheinlich noch untertrieben.

Und nach alldem war ihr Ivor dennoch entkommen, indem er seine Reservierung einfach sausen ließ und ohne ein Wort zu irgendwem mit seinem Wagen in die Nacht hineindonnerte.

Verständlicherweise ließ Piggy diese korrigierte Fassung der Geschehnisse nur ungern gelten. Sie war naturgemäß davon ausgegangen, dass die »Mrs Barnicott«, von der die Hotelangestellten sprachen, die derzeitige war, und dabei sollte es bitte schön bleiben.

»Na gut, von mir aus«, räumte sie schließlich unwillig ein, »aber es muss trotzdem jemand was gemacht haben. Er konnte spitzenmäßig Auto fahren, er wäre nie so ins Schleudern gekommen, wenn nicht irgendjemand ihn durch irgendetwas zu Tode erschreckt hätte …«

Irgendjemand, ja. Imogen konnte Piggy nur wünschen, dass sie niemals begreifen würde, wer dieser Jemand war.

Ein liebeskrankes junges Mädchen im strömenden Regen, das wild vom dunklen Fahrbahnrand winkt, ihr fanatisch leuchtendes Antlitz von fahlen Haarsträhnen umflossen wie von Seetang … eine solche Erscheinung kommt ungelegen, wenn man gerade in heller Panik vor einer anderen wild gestikulierenden Fanatikerin flieht, deren wirr herabhängendes Haar im Neonlicht der teppichbelegten Hotelgänge mehr fahl als grau aussah … Doch, bei solch einem Anblick konnte es durchaus sein, dass einem Mann einen fatalen Sekundenbruchteil lang das Herz stehen blieb vor Schreck, während sein Hirn das lang vergessene Bild zu verarbeiten suchte. Seine Liebe, seine Göttin von einst, die Frau, die den gehemmten, unbeholfenen Jungen mit ihrer Schönheit betört, die ihn mit ihrem funkelnden Geist angeleitet, ihn gefördert und auf den Pfad zum Ruhm gebracht hatte: hier plötzlich war sie wieder, in dieser schwarzen Regennacht, zurückgekehrt in all ihrer Macht und Herrlichkeit; hier harrte sie seiner, eine rächende Furie jetzt, umflattert von fahlem Gelock, und forderte Vergeltung für all die Jahre der Gleichgültigkeit, der verratenen Liebe …

Einen kleinen Schock hatte natürlich auch Robin erlitten. Nachdem er den schwarzen Peter so schadenfroh wieder dort abgeladen hatte, wo er (aus seiner Sicht) hingehörte, dürfte es ihn doch etwas verstört haben, dass plötzlich der Tod mit im Spiel war. Jetzt würden sie ankommen und ihm auf den Zahn fühlen. In alles würden sie ihre Nase stecken. War es eine Straftat, seine alte, frisch aus der Klinik entlassene Mutter ganz allein in einer fremden Stadt auszusetzen? Nicht, dass es der guten Lena keinen Heidenspaß gemacht hätte, sich auszumalen, wie sie sich in die Vorlesung ihres Ex-Mannes einschlich und ihn dann mit einer Wortmeldung aus den Zuhörerreihen zu Tode erschreckte. Zu dumm, wirklich, dass sie sie nicht hereingelassen hatten. Aber dafür konnte schließlich Robin nichts.

Anlasten würde man es ihm dennoch. Bei plötzlichen Todesfällen reagierten die Leute gern überzogen. »Grob fahrlässig« würden sie sein Verhalten nennen, oder etwas in der Art, und auch wenn ihm dafür kein Gefängnis drohte, würde ihm die Sache unter Garantie auf die Füße fallen. Am besten, er stritt die ganze Geschichte einfach ab – sein Wort würde doch sicherlich Gewicht haben gegen das wirre Gerede einer frisch aus der Klapse Entsprungenen? –, und um ganz sicherzugehen, würde er diesen Freund von Piggy – den mit dem bescheuerten Namen, Teri oder so – dafür einspannen, ihm ein Alibi zu beschaffen. Der war angeblich clever bei so etwas.

O ja, clever war er. Durch sorgfältiges Vergleichen der Zeitungs- und Polizeiberichte kriegte er schon bald spitz, dass hier irgendetwas vertuscht wurde. Diese Stiefmutter, die erst den ganzen Sonntag durch so getan hatte, als wäre ihr Mann noch am Leben, und dann obendrein noch behauptete, ihr Stiefsohn Robin sei in der Schicksalsnacht bei ihr gewesen, wo

Teri doch aus erster Hand wusste, dass er das nicht war – die Vielfalt von Alibis war faszinierend und stachelte ihn zu Erpressungsgedanken an (Imogen hatte ihm Unrecht getan: er kannte das Wort sehr wohl, er sprach es nur nicht so gern aus). Erst mussten allerdings mehr Fakten her, und hier kam Piggys Einsatz.

Unterdessen hatte sich Dot stumm unter der Last ihrer geheimen Schuldgefühle gewunden.

»Und das Furchtbare war«, gestand sie nun, »dass das Haus in Twickenham ja eigentlich ihr Haus war. Ich meine, offiziell gehörte es Dad, der Vertrag lautete auf ihn, aber sie hatte fast ihre ganze Ehe durch dort gelebt und nach der Scheidung auch noch. Wenn sie nicht in der Klinik war, kam sie dahin zurück – Minos gehörte ursprünglich ihr, das weißt du, oder? Ich dachte, du hättest es vielleicht am Namen gemerkt. Sie hat ihn sich zur Gesellschaft angeschafft, als er ein ganz kleines Kätzchen war, nur ein Jahr, bevor sie dann dauerhaft eingewiesen wurde, und das Verrückte war, er schien sich tatsächlich an sie zu erinnern. Endlich jemand, dem sie wirklich willkommen war, der schnurrte und sich an ihren Beinen rieb … Oh …!«

Wieder überkam sie die Reue.

»Oh, ich hätte sie mit offeneren Armen empfangen müssen … ich hätte sie bei uns wohnen lassen müssen. Aber das ging doch nicht! Du weißt nicht, wie sie sein konnte, Imogen. Fordernd, aggressiv, und zwischendurch so bizarr in ihrem Verhalten, dass ich wirklich Angst um die Kinder gehabt hätte. Sie kam und trommelte an die Tür … rief an … und manchmal ging sie mit ihrem Schlüssel sogar einfach rein. Ich habe Herbert immer wieder gesagt, er muss …«

Darum war es bei ihren Auseinandersetzungen über »sie« also gegangen – in letzter Zeit jedenfalls. Nicht mehr um *diese Frau*, sondern um Lena und all die vielen Dinge, die Herbert gegen sie hätte unternehmen können, wenn er nur Manns genug dazu wäre …

»Irgendetwas mussten wir tun«, verteidigte sich Dot weiter. »Ich meine, der Druck war so groß, dass unsere Ehe darüber zu Bruch zu gehen drohte – unsere wunderbar glückliche Ehe!«

Sie klang, als glaubte sie das wirklich, und so wie Herbert nach der Hand seiner Frau griff, schien es auch für ihn nicht in den Bereich des Undenkbaren zu fallen. Was konnte man sich mehr wünschen?

»… und da wurde mir klar, uns bleibt nur eins: das Haus zu verkaufen«, fuhr Dot fort. »Eine andere Wahl hatten wir nicht. Es tut mir leid, Imogen, wir hätten es dir wahrscheinlich sagen sollen, aber mir hat das alles so fürchterlich zugesetzt, ich konnte einfach nicht darüber sprechen. Und ich hätte dir auch sagen müssen, was für grässliche Dinge Piggy von dir behauptet – mir war natürlich sofort klar, dass es Mutter gewesen sein muss, die diesen Wirbel in dem Hotel veranstaltet hat, und nicht du … aber es schien einfacher, gar nicht erst davon anzufangen. Ich habe mich so elend gefühlt, verstehst du … Oh, ich war so hart gegen sie, so herzlos … Wenn ich ihr nur mehr geholfen hätte … wenn ich nur mitfühlender gewesen wäre … schon damals, als …«

Hier kam sie, die quälende Erinnerung, die quälendste von allen: Imogen hatte sie in den letzten drei Tagen schon mehrmals zu hören bekommen und würde sie auch künftig noch viele Male hören.

Dot im Alter von vierzehn, angewidert von der Mutter, der

nie ihre ganze Liebe gehört hatte und die sie nun regelrecht abstieß mit ihrem Trinken und ihrer Depression.

»Mir grauste richtig vor ihr – so geduckt, wie sie dasaß, ganz klein und krumm. Sie war ja eigentlich eine große, stattliche Frau, eine würdevolle Erscheinung … ich habe sie gehasst dafür, dass sie plötzlich so geschrumpft schien, so verändert … richtiggehend gehasst habe ich sie.

›Natürlich wirst du wieder gesund‹, habe ich sie angefahren – ich hatte es alles so satt, verstehst du, es ekelte mich an –, ›natürlich erholst du dich‹. Aber noch als ich es sagte, wusste ich, ganz gleich, ob *sie* sich erholte oder nicht, *mir* würde es immer nachhängen. Das da vor mir, das war der Lohn für Liebe und Güte, und der Schatten, den das über mich warf, war so lang, dass ich ihn mein Lebtag nicht abschütteln würde.«

Das Begräbnis würde Dots Stimmung sicherlich heben; für so etwas waren Begräbnisse da. Außerdem würde Robin nicht mehr hier sein, der ewig spottende kleine Bruder, der seine Schwester mit Fleiß auf die Palme brachte. Denn Robin flog noch heute auf die Bermudas.

»Hab ich das gar nicht gesagt?«, hatte er erst diesen Morgen beiläufig bemerkt. »Der Ex-Freund von Cynthia – nein, nicht der mit der Prostata, ich meine den religiösen, der sich nicht von seiner Frau trennen kann, es sei denn, Cynthia erbt plötzlich doch einen ansehnlichen Teil von Dads Vermögen – also der will ins Juwelengeschäft einsteigen, und in seinem letzten Brief an Cynthia hat er erwähnt, dass er dafür einen aufgeweckten jungen Mann mit vielseitiger Erfahrung sucht …«

»Und warum sucht er sich dann keinen?«, hatte Imogen bissig zurückgegeben – sie fand, dass Robin sie ein klein wenig früher in seine Pläne hätte einweihen können. »Deine Erfahrung ist überhaupt nicht vielseitig. Sie beschränkt sich auf Rausschmisse, und es würde mich sehr wundern, wenn die auf den Bermudas anders gehandhabt würden als im Rest der Welt.«

Robin hatte sie amüsiert in den Arm genommen.

»Ich liebe dich, Stief«, hatte er verkündet. »Beziehungsweise, ich würde es, wenn ich irgendwen lieben könnte außer mich selbst, aber du kennst ja uns Psychopathen!« – worauf er ihr einen raschen, warmen Kuss gab, und fort war er.

Jetzt, auf ihrem Platz in der ersten Bank der eiskalten Kirche, meinte Imogen diese Wärme wieder auf ihrer Wange zu spüren und verstand erst dann, dass es Tränen waren, wohlanständige, witwenhafte Tränen; sie fühlte Ediths billigenden Blick bohrend im Nacken.

Robin würde ihr schrecklich fehlen – vorausgesetzt, er flog nicht postwendend raus und stand nach sechs Wochen wieder bei ihr auf der Matte. Aber welch wunderbares Gefühl, um jemanden zu weinen, der nicht Ivor war! Wie ein plötzlicher, spektakulärer Ausblick, der sich nach mühsamen Stunden des Aufstiegs hinter der Bergkuppe auftat; wie das Nahen des Frühlings, wie das erste Schneeglöckchen …

»Sehen Sie nur, das erste Schneeglöckchen!«, wisperte Edith in tragischem Ton, während sie sich ihren Weg zwischen den winterlichen Gräbern suchten. »Der erste kleine Frühlingsbote – sehen Sie doch, Imogen!«

Sie sprach mit so hohler Stimme, dass Imogen sich genötigt sah, überall hinzuschauen, nur nicht auf Ediths glückloses Schneeglöckchen. Ihr Blick schweifte ziellos in die andere

Richtung – und verharrte plötzlich in ungläubigem Staunen. Dort vorne, wackeligen Schritts zwischen den Grabsteinen, kam Teri, nur dass er keinen Meter groß war und in einem Schneeanzug steckte. Teri, wie er leibte und lebte, bis hin zu dem sauertöpfischen Zug um den Mund … und dicht hinter ihm, ihn in nöligem Ton zur Ordnung rufend, kam Margot, seine Mutter … Margot mit den schwarzen Borstenhaaren, und das da – ja, das war der käsige, grämliche Kleine, von dem Imogen so sehr gefürchtet hatte, er könnte Ivors Enkel sein.

Und er war es nicht! Er war es nicht! Fast hätte sie hinter dem Sarg einen Freudentanz aufgeführt.

Glücklicher Robin! Hatte sich gerade noch rechtzeitig auf die Bermudas abgesetzt. Denn wenn Frauen wie Margot in der Januarkälte am Grab der ungeliebten Mutter ihres Ex-Freunds auftauchen, dann wollen sie für gewöhnlich etwas.

Tja, sie würde es nicht bekommen. Nicht jetzt. Nicht mit diesem quengelnden, greinenden Miniatur-Teri neben sich. Dir zeig ich es, dachte Imogen. Nur ein Wort, dass Robin dir irgendetwas schuldig sein soll, und ich …

Die Psychopathenbraut. Jetzt fängst du schon wieder damit an, dachte Imogen selbstironisch. Beschützt ihn … schirmst ihn ab … bewahrst ihn vor den Folgen seiner Unbedachtheit.

»Du kennst ja uns Psychopathen«, hatte er gesagt, aber stimmte das? Kannte sie irgendwer? So viele Millionen Worte waren über das Thema geschrieben, so viele Jahrzehnte der Forschung darauf verwandt worden, aber wusste irgendjemand wirklich Bescheid über sie?

Außerhalb ihrer Zeit Geborene, das waren sie in jedem Fall. Ging man nur ein kleines Stück in der Geschichte zurück, begegneten einem Dutzende, Hunderte von Ivors, alle auf jenem gigantischen Egotrip, der Jagd nach der Unsterblichkeit.

Könige, Fürsten, Heerführer, die zum ekstatischen Beifall von Zeitgenossen und Nachwelt gleichermaßen ganze Städte auslöschten, ganze Bevölkerungen massakrierten; jugendliche Rowdys in schimmernder Rüstung, die auszogen ins Heilige Land, um dort Randale zu machen. Rom, Karthago, Babylon: egal, wie weit man zurücksah, bis zum Trojanischen Krieg oder weiter noch, überall fand man sie. Achill, Hektor, Odysseus und der ganze Rest – würden sie heute leben, säßen sie allesamt in der Psychiatrie.

Und Ivor? Ivor hatte niemanden ermordet, keine Städte dem Erdboden gleichgemacht. Er war längst nicht so schlimm wie Zeus oder der Gott des Alten Testaments. Geboren in einem Zeitalter, in dem das Klirren der langen Speere verstummt ist und die Räder der Streitwagen stillstehen, in dem keine Fontänen schwarzen Blutes mehr spritzen, um den Ruhm von Sieger wie Besiegtem zu mehren – wo passten da Ivor und seinesgleichen noch hin?

Unsterblichkeit? Egotrip? Wie man es auch nennen mochte, dies war es, dem Ivor sein ganzes Leben und all seine Gaben geweiht hatte, genau wie die Heroen früherer Tage. Unvergänglicher Ruhm war der Preis gewesen, damals wie heute, und Ivor hatte nach ihm gestrebt auf jegliche Art, die die moderne Gesellschaft ihm zugestand – Ivor an der blitzenden Reling seiner Quadriga, über das Universitätsgelände jagend, als wäre es die Ebene vor den Mauern Trojas …

»Wie der Vater, so der Sohn«, hatte Robin einmal zu ihr gesagt und damit unterstellt, dass die glänzende Laufbahn seines Vaters nur schöner Schein war; doch auch das griff zu kurz. Die Welt war voll von Männern und Frauen, deren beruflicher Erfolg sich dem Glauben verdankte, den Ivor (dachten sie) in sie gesetzt hatte; Menschen, deren Leben bereichert und aufgehellt worden war durch Ivors vermeintliche Freundschaft. Jetzt und heute, an diesem Nachmittag im Januar, wandelten erwachsene Männer auf der Erde, gestandene, angesehene Männer, die in ihren fernen Studientagen vor Selbstmord und Verzweiflung bewahrt worden waren durch das, was sie für Ivors Mitgefühl und Zugewandtheit hielten.

Was sagt man zu solch einem Mann? Wie urteilt man über einen Blender, dessen Lügen und Täuschungen ihren Glanz auf alle geworfen haben, die mit ihm in Berührung kamen?

Nun ja, nicht auf alle. Manche, wie seine erste Frau, hatte er auch vernichtet.

Aber lag die Schuld daran wirklich bei ihm? Wer von beiden war letzten Endes das Opfer der Tragödie, wer der Täter? Ivor mit seiner lieblosen, arroganten Ichbezogenheit? Oder Lena, die schöne, reife, geistreiche Frau, die zugelassen hatte, dass sich ein törichter verliebter Junge auf Lebenszeit an sie band?

Selbst wenn darauf in jener Nacht, morgens um eins auf der nassen, heimtückischen Fahrbahn, eine endgültige Antwort erfolgt war, so war kein lebendes Ohr nahe genug gewesen, um sie zu hören.

Nach der Beerdigung, als die kleine Gesellschaft in Imogens Haus sich auflöste, war es Myrtle, die als Letzte ging. Sie stand einige Augenblicke zögernd am Gartentor und sog die kalte, schon ganz entfernt nach Frühling riechende Abendluft ein.

»Der liebe, gute Ivor«, murmelte sie mit weicher Stimme. »Ich bin so froh, Imogen, dass du und ich, die ihn beide geliebt haben, dennoch Freundinnen bleiben konnten.« Mit einem Seufzer streckte sie die Hand aus und brach einen nackten braunen Fliederzweig ab, an dem bereits erste rötlich schimmernde Blattknospen zu erahnen waren. Sie drehte ihn langsam zwischen den Fingern, und Tränen traten ihr in die Augen.

»Wie traurig ... ach, wie traurig ...! Ich glaube, ein bisschen melancholisch werde ich mich immer fühlen, Imogen, wenn ich dieses Stück Straße entlanggehe; es wird mich immer so sehr an meinen lieben Ivor erinnern. Und an meinen lieben, lieben Desmond ...«